[中国新文学发展史研究丛书]

新中国文学的开端

——十七年文学史

首作帝　李　蓉　著

浙江工商大学出版社
ZHEJIANG GONGSHANG UNIVERSITY PRESS

·杭州·

图书在版编目（CIP）数据

新中国文学的开端：十七年文学史 / 首作帝，李蓉
著 . — 杭州：浙江工商大学出版社，2020.6（2021.1 重印）
（中国新文学发展史研究丛书 / 高玉主编）
ISBN 978-7-5178-3839-5

Ⅰ . ①新… Ⅱ . ①首… ②李… Ⅲ . ①中国文学 – 当
代文学 – 文学史研究 Ⅳ . ① I209.7

中国版本图书馆 CIP 数据核字 (2020) 第 079893 号

新中国文学的开端 —— 十七年文学史

XINZHONGGUO WENXUE DE KAIDUAN —— SHIQINIAN WENXUESHI

首作帝　李　蓉 著

策划编辑	郑　建	
责任编辑	郑　建	
封面设计	王　辉　张俊妙	
责任印制	包建辉	
出版发行	浙江工商大学出版社	
	（杭州市教工路 198 号　邮政编码 310012）	
	（E–mail: zjgsupress@163.com）	
	电话：0571–88904980，88831806（传真）	
排　　版	庆春籍研室	
印　　刷	杭州高腾印务有限公司	
开　　本	710mm×1000mm　1/16	
印　　张	16	
字　　数	246 千	
版 印 次	2020 年 6 月第 1 版　2021 年 1 月第 2 次印刷	
书　　号	ISBN 978-7-5178-3839-5	
定　　价	59.00 元	

新中国文学的开端——十七年文学史

总 序

当今文学教育主要是通过文学史来完成的，本科教育是这样，研究生教育也是如此。在学科分类和学术研究中，文学史都是文学中最重要的内容，没有之一。在某种意义上，文学史涵盖或牵涉所有的文学现象和理论问题，所以不论是学术研究还是教材编写，文学史都将是说不完的话题，文学史作为教材"常编常新"，作为学术"常研究常新"。

大约从 2008 年起，我和同事们有意编一套中国现当代文学史教材，并且希望有所突破和创新。这种突破和创新不仅体现在教材内容上，也体现在体例上。我们也希望这能对中国现当代文学的教学改革有所推进，避免各种陈陈相因。我发现，很多教材之所以陈陈相因，很重要的一个原因是编纂者缺乏对他书写内容的深入研究，因而多是人云亦云，甚至以讹传讹。我们最大的努力就是把教材编写建立在研究的基础上，以此希望能够提供一些新鲜的东西，于是就有了"中国新文学发展史研究丛书"这个项目，并于 2015 年申请浙江省高校人文社科重大攻关项目，获得通过（编号 2014GH006）。

需要特别说明的是关于中国现当代文学（或"新文学"）"时间段"划分及其模式的问题。虽然说中国新文学发展至今只有一百余年的历史，就时间而论其无法与古代几千年的文学史相提并论，但这百余年与古代的任何一百年都不一样，就其发展演变的复杂性、内容的丰富性（如涉及的材料、文学现象、文化背景的交融等）、矛盾的多重性（古／今、中／外、城／乡、传统／

现代等）、作家作品数量上的巨大性（21 世纪以来，仅每年出版的长篇小说，就达数千部之多）等特征而论，它是全新的类型和品质，所以中国现当代文学史与古代断代文学史式的简单叙述不同，需要一种新的研究方式。

同时，百年来的新文学本具有一体性，把它简单地划分为中国现代文学与中国当代文学，在 20 世纪 80 年代是适合的，在今天则完全不合适了，最重要的原因就是内容上的严重不平衡。现当代文学史在发展上是"自由落体运动"式的，也即文学现象特别是作品在量上是以"加速度"的形式增加的，90 年代以来的中国文学"密度"很大，内容非常丰富且复杂，但在文学史的版图里却被"压缩"在非常有限的空间里。现代文学仅 30 年，而当代文学已有 70 年，且时间上还在向前延伸，这不仅在时间上不平衡，在内容上更不平衡。当代文学内部，由于内容的丰富性与复杂性，再加上巨大的差异性，笼统地研究中国现当代文学已经不可能，笼统地研究当代文学也不可能，因此，中国现当代文学研究也需要分工协作，需要分"时间段"来研究。

事实上，自晚清以来，新文学经历了多次转型，其中既有晚清以降传统向现代的新旧转型、中华人民共和国成立后"十七年"文学的当代转折，以及 70 年末 80 年代初的新时期裂变等这样具有"知识型"层面的大的转折，也有像"五四"时期新文学的发生发展、20—30 年代的新文学繁荣、40 年代初至 1949年的文学发展的区域性分割、"文革"前后文学演变的反转、80年代文学的盛世想象、90 年代文学的"大转型"等阶段性特征非常明显的时段。如此种种，使得以发展阶段为基础，对其特征进行深入、细致的"史"的研究，成为必要。中国现当代文学史研究既需要宏观的演变研究，也需要更为细致甚至琐碎的"横断面"的"解剖性"研究。

狭义的"中国现代文学"最初作为一个独立的学科有它的合理性，它意味着一种不同于过去三千年文学的新文学的开始，但随着新文学的发展，它越来越成为新文学的一个组成部分而不具有独立性，现代文学在实绩上的确具有巨大成就，伟大作家群星闪耀，但从文学史的角度来说，现代文学作为一个宏观时期越来越不合适，它甚至没有纯粹属于自己时代的作家，鲁迅、郭沫若、茅盾、巴金、老舍、曹禺等多跨两个时代，或者从晚清到民国，或者从现代到当代，没有跨越时间之外的叙述，这些作家都不可能是完整的。正是从"完整"的角度，本丛书专著"清末民初"文学一册。我相信，将百余年文学发展的自然时段作为分段的依据，这既是一种分期法和对约定俗成的文学现象的认知，也是一种新的文学史观的体现。这一体例既能有效避免在现代和当代之间人为强制地划定界限，避免对现代文学和当代文学中各自复杂性的化约，也能更为详细地梳理百年文学的纹理脉络，有利于我们更好地把握百年文学的历史走向。

高 玉

2019 年 10 月 23 日于浙江师范大学

目 录

第一章

转折时期的文学生态

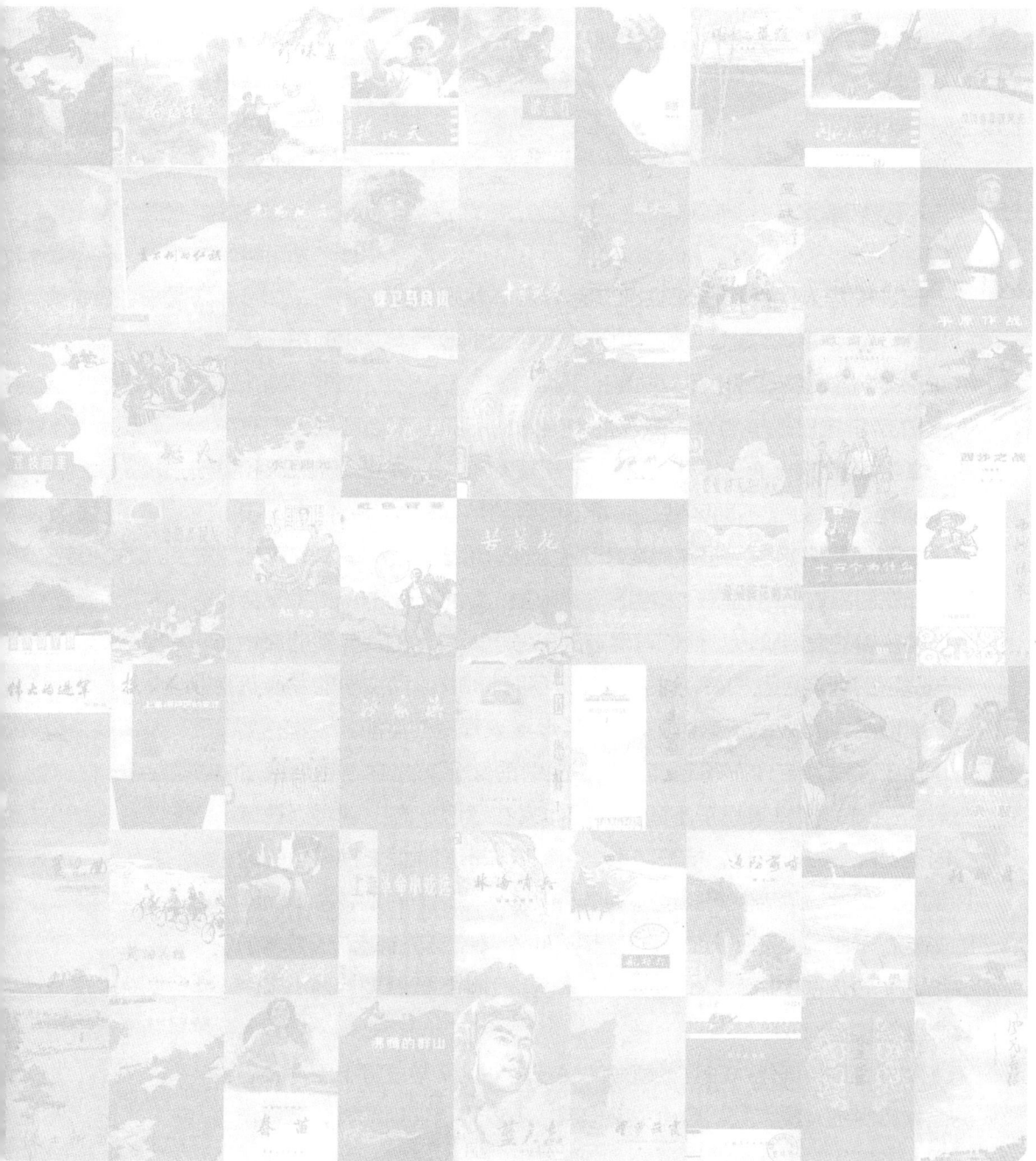

一、中华人民共和国成立前文艺界基本状况回溯

中华人民共和国成立之前，由于战时特定的政治、文化的多元化格局，文学的发展呈现出多元共存的局面。

1937 年抗日战争的全面爆发把中国分成不同的政治区域，相应地，文学界也形成了这样几个区域——国统区、沦陷区、解放区和"孤岛"文学，处于不同区域、有着不同政治信仰的作家，在面对国家兴亡和民族未来时，也在思考个人生存的可能性以及艺术的可能性，如在西南边陲西南联合大学的一群师生，就把中国的现代主义诗歌推向了新的发展阶段，他们对生存的思考、对诗歌的现代性的探索都与战争的现实息息相关，并且呈现出不同于 30 年代文学的发展状态。可以说，战争赋予了中国文学发展以更大程度的可能。

由于"国共合作"的现实需要，战时的文化、文学上也形成了"统一战线"，原来隶属于不同党派的作家在意识形态上的对立在这一时期退隐下去。不过，抗战结束之后，随着不同党派之间斗争的愈加激烈，文学的政治性问题也进一步凸现出来。这一时期，左翼文学的影响在不断增强和扩大，虽然国民党也有《文艺先锋》（张道藩主编）这样的杂志在加强文化建设工作，但其影响和成就要远远小于左翼文艺的影响和成就。

20 世纪 40 年代，在党派领导的文艺之外，文学成就上更为突出的是"自由主义作家"。"自由主义作家"不依附于任何党派，被称作

"中间阶层作家"[01]，虽然这些作家在具体的文学观念和追求上不尽相同，但在坚持文学的独立性上却是一致的，他们对文学依附于政治和商业的现象持严厉批判的态度。"自由主义作家"很多都有留学英美的经历，西方思想文化对其产生了深刻的影响，不过，他们的社会理想、文学理想在 40 年代紧张、急剧变化的社会现实面前，往往显得空泛、乏力，"中国自由主义知识分子的'社会民主主义'倾向，一方面，使得他们对苏联式的集权共产主义持严厉的批评态度，从而对中国共产党心怀疑惧；另一方面，对经济平等的追求（这在小农经济占优势的中国，也是有传统的），却使得他们对社会主义具有天生的亲和力，从而为他们接受中国式的共产主义（尽管这不免有些一厢情愿）提供了思想基础；而对毫无弊端，避免任何片面性的，绝对完美、全面、和谐的综合的社会理想的追求，更是表明中国的自由主义者都是些乌托邦的理想主义者"[02]。

中国自由知识分子在 40 年代末政治纷争、国内形势动荡不定的情况下，预感到将面临何去何从的问题。出于不同的考虑，这一群体也在 40 年代后期发生了新的分化，这种分化无疑与他们的政治立场的转移有关。1947 年，毛泽东公开发表了《目前形势和我们的任务》的报告，这份报告充满自信地宣布一个新的时代将要到来："中国人民解放军已经在中国这一块土地上扭转了美国帝国主义及其走狗蒋介石匪帮的反革命车轮，使之走向覆灭的道路，推进了自己的革命车轮，使之走向胜利的道路。这是一个历史的转折点。"[03] 时代转折的必然性就在眼前，很多知识分子都清楚地看到了这一点，沈从文在一封给朋友的信中写道："从大处来看，中国行将进入一个崭新时代，则无可怀疑。"[04] 国内形势走向已

毛泽东报告《目前形势
和我们的任务》

---

[01] 邵荃麟：《对于当前文艺运动的意见》，《邵荃麟评论选集》（上），人民文学出版社 1981 年版。原载《大众文艺丛刊》（香港，1948），第一辑。

[02] 钱理群：《1948：天地玄黄》，山东教育出版社 1998 年版，第 15 页。

[03] 毛泽东：《目前形势和我们的任务》，《毛泽东选集》第 4 卷，人民出版社 1991 年版，第 1244 页。

[04] 沈虎雏：《团聚》，《长河不尽流》，湖南文艺出版社 1989 年版，第 141 页。

经明朗，大多数知识分子都主动将自己的命运交给即将诞生的新的政权和时代，当然，这之中包含着知识分子的审视和判断，闻一多、朱自清、老舍、巴金、曹禺、冯至等在这一时期都表现出了靠近左翼的倾向。

从左翼文学界对其话语权的构建来看，对异己力量的批判和清理从 40 年代后期就已经开始，这为中华人民共和国成立后文艺界的统一打下了坚实的基础。1948 年，由中共领导、香港文化工作委员会管理的文学理论刊物《大众文艺丛刊》创刊，该刊物由冯乃超负责，邵荃麟任主编。在创刊号上，发表了火药味浓烈的批判国统区的重要作家沈从文、萧乾、钱锺书，以及胡风、路翎、臧克家、姚雪垠、骆宾基等人的文章。邵荃麟的《对于当前文艺运动的意见》一文站在革命文艺的立场，对当时文坛中所存在的各种现象和问题进行了批判，包括自然主义、主观主义和个人主义、小资产阶级的文艺等，特别是对文坛上"只顾团结、没有斗争"的右倾现象进行了批评，文章指出："我们没有认识文艺统一战线的开展，主要是为了把进步思想的影响扩大到各阶层和广大群众中去，因此它的基础不能不是安置在广大群众的中间；我们主要的力量却仅仅放在团结各个派别的作家这一点上，而这种团结又不是出发于思想上的加强领导与互相批评。在思想上，我们没有积极地去强调抗日文艺的大众立场和群众路线，或甚至以为这种强调会妨碍了文艺界的团结。在统一战线的原则下，多少松懈了领导思想前进的责任，表现了软弱与无能。"[01]

同期还有郭沫若的《斥反动文艺》一文。该文把文坛中各种反动的文艺用红、蓝、黄、黑、白五种颜色作比，具体地，桃红色是指沈从文，蓝色是指朱光潜，黄色是指色情、神怪、武侠、侦探等迎合小市民趣味的文艺，黑色是指萧乾，白色是指没有政治派别的作家。郭沫若对沈从文、朱光潜和萧乾的批判异常猛烈，称沈从文是"作文字上的裸体画，甚至写文字上的春宫"的"'看虹摘星'的风流小生"；称萧乾"这位'贵族'钻在集御用之大成的《大公报》这个大反动堡垒里尽量发散其幽渺、微妙的毒素"等。郭沫若指出要坚决消灭这些文艺，"凡是决心为人民服务，有正义感的朋友们，都请拿着你们的

---

[01] 邵荃麟：《对于当前文艺运动的意见》，《邵荃麟评论选集》（上），人民文学出版社 1981 年版。

笔杆来参加这一阵线上的大反攻吧"[01]。由此可以看出 40 年代末左翼领导层对于建立统一的文艺战线的信心和决心，这样的"清算"为保证中华人民共和国成立后文艺战线的"纯正"打下了基础。

《大众文艺丛刊》在批评国统区文学的同时，对解放区文学进行了高度的肯定和赞扬，这样一种扬此抑彼的评论方式说明了刊物明显的导向性，这无疑是不久的将来文坛格局的信号，左翼的支配性地位也将随着政治的胜利而获得，"可以毫不夸大地说，《大众文艺丛刊》的创刊，是中国共产党在历史转折时刻，强化其对于文艺（以及知识分子）的领导（或称引导）的一个重要举措——这时的'领导'（'引导'）还主要是通过'文艺批评（批判）'的形式，对正处于夺取政权的胜利前夕的中国共产党，这种领导是迟早要体现为权力意志的，这就使得《丛刊》的言论从一开始就具有了某种不言自明的权威性"[02]。

1949 年中华人民共和国的成立，标志着一个新的文学时代的到来，伴随着政权更迭的是意识形态话语的全面替换。20 世纪中国社会特殊的历史环境决定了现代化进程中文学与政治的密切关系，这也是追求"经世致用"的中国文学的传统，只不过在从"五四"到 40 年代的文学发展中，文学与政治并非都是直接对应的关系，而是根据作家对政治和文学关系的不同理解，呈现为多元化的状态。从 1949 年新政权的建立开始，政治与文学的关系根据意识形态的需要必须以"一元化"的方式存在，不同思想和艺术倾向的作家和作家群的共同存在已成为过去，左翼文学从 30 年代产生到解放区文学不断发展壮大，在中华人民共和国成立后随着政权的确立也进一步成为文艺界唯一的主导力量。

中华人民共和国成立，"十七年文学"由此拉开了序幕，从 1949 年中华人民共和国成立到 1966 年"文化大革命"开始这一时间段的文学，即是"十七年"文学，它是"当代文学"的重要发生阶段。在这一时期，新的文学体制逐步建立起来，包括文艺方针和政策的制定、作家的组织管理、文学作品的出版发行、文学批评的原则和规范

---

[01] 郭沫若：《斥反动文艺》，洪子诚主编《中国当代文学史·史料选》（1945—1999）（上），长江文艺出版社 2002 年版。
[02] 钱理群：《1948：天地玄黄》，山东教育出版社 1998 年版，第 27—28 页。

的确立和实施等，它们共同构筑了新中国文学的时代规范，这些话语规范都与政治直接相关。

二、第一次文代会和文学转折

中国共产党于 1949 年建立了统一的政权，社会主义体制的建立给政治、经济、文化等各个领域带来了巨大的变化。在文学领域，通过政治的方式，新中国文学对此前文学的多元格局进行了"一体化"的处理，在这一过程中，第一次文代会具有关键性的意义。

1949 年 7 月 2 日到 19 日，来自解放区、国统区的文学艺术工作者在北平举行了第一次中华全国文学艺术工作者代表大会，参加会议的正式代表和被邀请的非正式代表共计 824 人，代表根据不同的区域组成平津、华北、西北、华中、东北、南方、部队等不同的代表团，每个代表团都由团长、副团长和团委构成，大会设立了主席团，郭沫若任主席，茅盾、周扬任副主席。这次会议被看作是 40 年代不同政权下的文艺工作者的会师性大会，毛泽东、朱德、周恩来、董必武等国家领导人参加了会议并发表讲话，这反映了国家政权对文学艺术之于国家建设的重要作用的高度重视。

第一次中华全国文学艺术工作者代表大会

周恩来代表中共中央做了政治报告，报告指出这次会议是"从中国第一次大革命失败以来逐渐被迫分离在两个地区的文艺工作者在今天的大会师"，报告对来自解放区和国统区的文学工作者的创作成就分别予以高度评价："从'五四运动'以后，我们的新文艺大军在跟敌人作战上，曾经取得很多的胜利。我们打败过封建文艺，二十年来我们又打败过国民党反动派的法西斯文艺和为帝国主义服务的汉奸文艺。在毛主席的新民主主义的文艺方向下，我们建立了广泛的文艺战线。在解放区，许多文艺工作者进入了部队，进入了农村，最近又进入了工厂，深入工农兵的群众中去为他们服务，在这方面我们已看到初步的成绩。在以前的国民党统治区，革命的文艺工作者坚持着自己的岗位，在敌人的压迫之下绝不屈服，保持着从'五四'以来的革命的文艺传统。"[01] 报告强调了工农兵对于中国人民解放战争胜利的重要性，他们应该成为社会主义新文艺的表现对象。

茅盾、周扬等文艺界领导人也做了更具针对性的报告。周扬对解放区贯彻毛泽东《在延安文艺座谈会上的讲话》精神的文学成果进行了总结和肯定，他指出："毛主席的《在延安文艺座谈会上的讲话》规定了新中国的文艺的方向，解放区文艺工作者自觉地坚决地实践了这个方向，并以自己的全部经验证明了这个方向的完全正确，深信除此之外再没有第二个方向了，如果有，那就是错误的方向。"[02] 1942 年毛泽东在延安文艺座谈会上的讲话，自其诞生起就被看作左翼文化前进的指南针，而第一次文代会进一步明确地提出中华人民共和国成立后新的文艺方向仍然是进一步贯彻《在延安文艺座谈会上的讲话》精神。周扬在报告中以解放区文艺为标本，全面地论述了"新的人民的文艺"的具体内容，包括主题、人物、语言、形式、普及与提高、改造旧剧、建立科学的文艺批评等。

文艺理论家周扬

作家茅盾

茅盾在发言中主要对国统区的文学状况进行了总结，相对于周扬对解放区文艺的高度肯定，茅盾对国统区文艺的总结发言主要侧重于存在的问题，他认为国统区文艺"不能反映出当时社会中的主要矛盾与斗争"，茅盾指出，这些问题之所以存在是因为这些作家主观上的小资产阶级思想，不过，党和政府相信："曾经在国民党反动派统治下坚持进步的革命的文艺旗帜的朋友们，是一致抱着无限的欢欣鼓舞的热诚来走向新的中国，也一定是抱着最坚强的决心与勇气，来争取

---

[01] 周恩来：《在中华全国文学艺术工作者代表大会上的政治报告》，《文学运动史料选》（第五册），上海教育出版社 1979 年版。

[02] 周扬：《新的人民的文艺》，《周扬文集》第 1 卷，人民文学出版社 1984 年版，第 513 页。

进步，改造自己，而参与人民民主的新中国的文化建设事业的。"[01]
茅盾在报告中还对文艺大众化问题、政治性与艺术性的关系问题，以
及作家的立场、观点与态度的问题进行了阐述。

第一次文代会具有明确的政治倾向性，国家领导人和文艺界领导
的发言都对 40 年代不同区域的文艺创作的成就进行了等级性的划分
和认定，在毛泽东《在延安文艺座谈会上的讲话》精神指导下的解放
区文学具有明显高于国统区文学的政治优势。由此，第一次文代会确
立了新中国的文艺发展方向，也就是以毛泽东《在延安文艺座谈会上
的讲话》为根本的指导思想，不同政治信仰、文学立场的作家都被统
一到相同的政治规范下进行文学实践活动，从理论上看，过去一些具
有争议性的问题，如文学与政治的关系问题等似乎都不复存在了，都
得到了解决。但实际上，尽管新的文学体制的建立是以获得文化领导
权的高度集中和统一为目标的，它却并不意味着在这新的文化阵营内
部，不同的文学观念之间的矛盾和斗争就此消失了，在权利话语的运
作中，压抑机制并不能简单地解决所有的问题，相反，它可能使问题
变得更为复杂，这即是福柯说的压抑性机制具有"生产性"的功能。
我们可以看到，在"十七年"文学中，不同的文学观念、创作追求之
间的矛盾和斗争仍然存在，甚至在某些时候冲突还会非常激烈，这也
就造成了中华人民共和国成立后文坛不断"起伏"的状况，虽然"起
伏"的结果最终也是回到"文学政治化"的轨道上来，但这一变动过
程已充分说明即使在政治化的环境中文学也存在着一定的丰富性和复
杂性的可能。

由于第一次文代会具有较强的政治意义，所以对很多作家而言，
能够参加会议本身就是一种极大的荣誉，说明其政治身份得到了政权
的肯定。政治身份得到认同的这些作家，在文代会前后，都纷纷发言
表态，以各种方式表达对新中国文学的立场和态度。

三、新中国文学的资源和选择

新中国文学作为当代文学的发生期，它与现代文学的关系并非是
泾渭分明的，按照以 1949 年为分界点，把 20 世纪文学划分为现代文

---

[01] 茅盾：《在反动派压迫下斗争和发展的革命文艺》，洪子诚主编：《中国当代文学史·史料选》
（1945—1999）（上），长江文艺出版社 2002 年版，第 163 页。

学和当代文学两大块的分期法，现代文学与当代文学之间似乎有着一道鸿沟，但实际情况并非如此。首先，一大批现代时期的重要作家如老舍、丁玲、郭沫若、冰心、曹禺、穆旦、艾青等都跨越了现代和当代两个文学时期。其次，新中国文学与作为现代文学的重要组成部分的左翼文学、解放区文学有着直接的师承关系。再者，"五四"文学精神在新中国文学的发展中虽然已不被主流文学所提倡，但并未消失，而是形成了一种非主流和隐性的发展线索，对此，陈思和提出了"潜在写作"[01]的概念，体现了当代文学对"五四"文学传统的继承关系。

因此，文学转折并不意味着新中国文学是一个零的开始，新中国文学本是在多种文学传统的背景下起步的，而从各种文学传统中汲取养分也是它发展的必然前提。从纵向来看，"五四"文学传统作为现代思想和文化的母体，对现代知识分子的精神世界的影响是不可估量的，这种影响同样也延续到革命战争文化中。毛泽东以及文艺界的领导人从延安时期一直到中华人民共和国成立后都强调"五四"文化和文学对无产阶级文学的重要意义，因此，"五四"文学传统对于新中国文学来说是不能回避的精神资源；此外，作为解放区文学的合理延伸，毛泽东《在延安文艺座谈会上的讲话》是指导新中国文学前进的纲领性文件，引领着新中国文学的发展并塑造了新中国文学的基本品格。从横向来看，苏联作为社会主义建设模式的"老大哥"，它的文学经验对新中国文学的借鉴意义同样也是非常重要的，当时很多文艺方针和政策的制定、文艺理论的建设等都直接师从于苏联经验。

但是，以上三种文学资源对新中国文学的发生和发展的影响却并非在同一个平台上，由于政治话语在不同时期对这些文学资源所赋予的价值等级是不同的，这些文学传统和资源对新中国文学的影响也存在着显和隐、主和次、强和弱等不同层次的区别。同时，新中国文学对每一种文学资源的评价和接受也并非一成不变的，而是带有浓厚的主观性和当下性，因此对这些传统和资源的继承和吸收也是有选择、有轻重的。在对待"五四"文学传统的立场上，在处理"五四"文学传统和解放区文学传统的关系上，在借鉴苏联文学经验的态度上都存在各种不同的理解，即使是主流文学，对这些问题的态度也经历了一

[01] 陈思和主编：《中国当代文学史教程》前言，复旦大学出版社 1999 年版，第 12 页。

个变化的过程。

首先，考察一下"五四"文学传统在"十七年"文学时期的处境和地位。

如果说"五四"传统的影响主要体现为对启蒙主义和人道主义精神的继承，那么，这种继承在"十七年"文学中则表现为有意识的继承和无意识的继承两种情况。所谓无意识的继承是指作家在创作理性上受到的是主流文学话语的干预和影响，但"五四"文学精神的影响却未消失，它潜藏在文本中，以间接和曲折的方式流露出来，这在"十七年"大量的文学创作中都有表现。

对"五四"文学传统有意识地予以继承的是以胡风为代表的知识分子作家。早在抗战时期，胡风的文艺思想就以坚持创作主体对现实干预的"主观战斗精神"而受到关注，胡风在其 40 年代的现实主义文学观念中，强调知识分子主体的人格力量，强调现实主义的真实原则和对现实的批判精神，这与当时战争环境下政治对文学的要求是有距离的，他所理解的现实主义也就不同于周扬等人对现实主义的理解。在 40 年代《论民族形式问题》等文中，胡风表达了他对"五四"启蒙传统的坚决维护，他反对简单地服从于救亡斗争，强调应把启蒙融入救亡，使救亡具有民主性的新的时代特征和世界性。"胡风的文学思想也成熟于抗战，他把以鲁迅精神为代表的'五四'新文学传统进一步理论化、系统化，努力将'五四'新文化与抗战以后出现的新形势结合起来，用'五四'精神来指导救亡，以及解决现实中出现的文化冲突。胡风信奉马克思主义，他把马克思主义主观化，并结合'五四'以来的新文学实践，由此建构起一套新的理论体系。在这个体系中，知识分子的人格力量依然是主体，是批判者，它不仅渗透于整个文学创作精神之中，同时也渗透到日常生活之中。这样的精神状态，当然不会见容于战争中严格的军事文化体系，也无法与战后依然要把文学当作政治斗争工具的文化要求相协调。"[01] 也正是因为对主体性的张扬，从 40 年代开始，胡风就多次受到左翼文学的批评。在严酷的现实下，政治需要文学发挥的主要是宣传功能，个人的意志必须从属于集体主义的思想和原则，正是文学观念和立场的不同，构成

---

[01] 陈思和：《中国新文学整体观》，上海文艺出版社 2001 年版，第 97 页。

了胡风、冯雪峰与周扬等"左派"之间的矛盾。

这种矛盾一直延续到中华人民共和国成立后，并在一次次的批判运动中显露出来。中华人民共和国成立后，胡风仍然坚持自己文艺理论思想中的这种"五四"精神，他于 1954 年写了近三十万字的《关于解放以后文艺实践状况的报告》（简称"意见书"），集中反映了他对"五四"文学传统的坚守。在"意见书"中，他谈到了对解放区文学状况的看法："我进解放区抱的是单纯的创作热情，以为在这火热的革命时期，作家不会束缚在文艺圈子里面，以为教育作家、鼓励作家的是全国沸腾的斗争和党的道德力量，所以预定了我自己在相当的时间内完全投入到生活和创作，而且以为一定会得到条件，受到鼓励。后来，我接触到了一些客观情况，意外地发现了：党的原则和党的精神被各种庸俗的理解所遮蔽，因而在实践情况上包含着各种的不满和苦闷，我觉得这是脱离了现实主义道路的结果；在这个基础之上，"五四"传统和鲁迅实质是被否定了，我觉得这又是否定了现实主义原则的结果。"[01] 很显然，胡风在这里仍然理直气壮地以"五四"文学传统和鲁迅精神为标杆，认为一个良好的文学环境应当维护作家创作的尊严和自由。

在"意见书"中，胡风仍然坚持以"五四"人道主义精神传统以及鲁迅的现实批判精神为核心来阐发对社会主义现实主义的理解，他指出："对于一个忠实于现实的作家，现实主义的作家，他的从生活得来的经验材料（素材），他的对于它的理解（思想）和感情态度，要在创作过程中进行一场相生相克的决死的斗争。在这个斗争过程中间，经验材料通过作家的血肉追求而显示出了它的潜伏的内在逻辑，作家的理解和感情态度（主观世界）又被那内在逻辑带来了新的内容和变化，这才达到了主观和客观的统一，产生了作品。一篇作品有没有可能真正写出真实来，那最后是要从作家在创作过程中是不是做过艰苦的斗争来决定的。"[02] 这体现了他对创作主体精神自由的坚持和尊重，但是，在新的历史环境下，坚持作家创作的这种

---

[01] 胡风：《关于解放以来的文艺实践情况的报告》，《胡风全集》第 6 卷，湖北人民出版社 1999 年版，第 119—120 页。

[02] 胡风：《关于解放以来的文艺实践情况的报告》，《胡风全集》第 6 卷，湖北人民出版社 1999 年版，第 215 页。

"自由"显然是不合时宜的,"规范化""统一化"才是作家必须接受的创作现实。

不过,左翼以来的主流文学对待"五四"文学的态度也有一个不断变化的过程,这一变化过程与民族、国家命运的变动有着密切关联。"五四"文学传统就其本质来说是资产阶级性质的文学,启蒙运动强化的是人们对一些个人价值观念如自由、民主、个性解放等的认同,不仅在自由主义、民主主义文学中作家们强调这些个人价值,就是在二三十年代的早期革命文学中,对小资情调的追求、对个人主义的推崇都是其重要的写作风尚。而随着民族命运的变化,启蒙文学中所包含的强调个人价值的观念随即也被更紧迫的民族危机问题所取代。特别是在"左联"成立以后,随着无产阶级政权不断在政治格局中取得支配性地位,它对文学为政治服务的要求也变得迫切起来,无产阶级文学的发展是一个不断试图剔除其他文学杂质,建立属于自己的文学传统的过程。相应地,它对"五四"文学传统的态度也发生了急剧变化,从 30 年代开始,对个人主义、小资产阶级性质的文学的批判和清理一直就是无产阶级文学最重要的任务之一。不过,三四十年代的左翼文学仍属于新民主主义性质的文学,它与社会主义性质的文学仍然存在着差别。从某种程度来说,社会主义文学虽与"五四"文学、左翼文学存在着密切的承继关系,但它们之间的区别也是非常明显的。

由于诉诸的观念体系和价值目标不同,"五四"文学传统与社会主义文学的交锋是必然的。最早的冲突发生在解放区,当时很多来自国统区受"五四"文学影响很深的知识分子作家表现出对新的政治环境的不适应,他们身上的"五四"文化传统的因素和新的环境发生着种种碰撞,正是在这样的情况下,1942 年毛泽东发表了《在延安文艺座谈会上的讲话》,它使"五四"启蒙文学传统作为现代文学的唯一传统的这一现实发生了根本的变化。在《讲话》中,毛泽东着重论述了新文艺应该为什么人服务以及如何服务的问题。毛泽东在对"五四"以来的文化和文学对中国革命的贡献做出肯定的同时,还力图进一步建立一套不同于"五四"的思想话语和价值体系作为新文艺建设的指导方针,这就是突出党在文艺工作中的领导和支配地位,毛泽东指出:"党的文艺工作,在党的整个革命工作中的位置,是确定了的，摆好了的；是服从党在一定革命时期内所规定的革命任务的。"[01] "要使文艺很好地成为整个革命机器的一个组成部分"[02]，文艺从属于政治的观念与"五四"强调作家创作自由、思想多元的观念是完全不同的，在这样一种情况下，小资产阶级出身的知识分子必须将他们的感情和立场"移到工农兵这方面来，移到无产阶级这方面来"[03]，才能完成他们阶级身份和思想立场的改造。可以说，《讲话》的发表改变了 20 世纪中国文学的格局，也正是因为如此，有学者指出"抗日战争是中国 20 世纪文学史上的重要的分界线"[04]。

中华人民共和国成立后，文艺界的一些高层人物对"五四"思想和毛泽东文艺思想这两种新中国文学资源的态度是复杂而微妙的。"不论是周扬、茅盾、邵荃麟、林默涵，还是胡风、冯雪峰，都把当代文学看成是'五四'新文学的延伸、发展，也都肯定延安文艺整风和《讲话》在新文学史上的重要性，但是，在具体的阐释、评价上，他们之间的分歧便十分明显。"[05] 相比而言，胡风、冯雪峰等更强调的是"五四"思想和毛泽东文艺思想之间的继承关系，而周扬、茅盾等在承认它们之间的继承性的同时却强调它们之间的区别，他们更希望把毛泽东文艺思想论证为新中国文学唯一的传统和标准。茅盾指出，"'五四'以来的革命文学就是朝着社会主义现实主义的方向发展过来的，特别是《讲话》的发表，更明确地奠定了中国文学上社会主义现实主义的理论基础"，"《讲话》所指示的关于创作上的原则，包括作家的立场与观点，服务的对象，作家与群众的关系，作家对于生活和学习的态度，对于接受文化传统的态度，以及关于典型的创造，关于批评的方法等等"都是"社会主义现实主义的原则"，因此，"许多年来大家努力为毛泽东文艺方向奋斗，也就是为社会主义现实主义方向而奋斗"。[06]

---

[01] 毛泽东：《在延安文艺座谈会上的讲话》，《毛泽东选集》第 3 卷，人民出版社 1991 年版，第 866 页。

[02] 同上，第 848 页。

[03] 毛泽东：《在延安文艺座谈会上的讲话》，《毛泽东选集》第 3 卷，人民出版社 1991 年版，第 857 页。

[04] 刘志荣：《抗战爆发：中国 20 世纪文学史上的重要分界线》，章培恒、陈思和编：《开端与终结——现代文学史分期论集》，复旦大学出版社 2002 年版。

[05] 洪子诚：《1956：百花时代》，山东教育出版社 1998 年版，第 186 页。

[06] 茅盾：《新的现实和新的任务》，原载《文艺报》1953 年第 19 期。

　　周扬在《坚决贯彻毛泽东文艺路线》（1951）中指出："假如说
'五四'是中国近代文学史上的第一次文学革命，
那么《在延安文艺座谈会上的讲话》的发表及其所
引起的在文学事业上的变革，可以说是继'五四'
之后的第二次更伟大、更深刻的文学革命。"[01] 在《发
扬"五四"文学革命的战斗传统》（1954）中他进
一步指出："一九四二年毛泽东同志的《在延安文艺
座谈会上的讲话》及其在文艺上所引起的变革，是
'五四'文学革命在新的历史条件下的继续和发展。
毛泽东同志根据马克思、列宁主义的理论，概括地、
批判地总结了'五四'以来新文学运动的历史经验，
促使我们的文学艺术运动进入了一个新的阶段。"[02] 周扬对"五四"
文学传统的肯定具有明显的当代性，如"在'五四'文学作品中，资
产阶级式的个性解放的思想，往往和对社会主义的向往结合在一
起"[03]。对待"五四"文学传统，周扬认为要批判地、创造性地继承，
"五四"的反封建精神、现实精神是需要高度肯定的，但"五四"的
个人主义却具有时代的局限性，也就是说，"个人主义"在民主主义
革命中具有积极的意义，但是在社会主义阶段，个人主义就是"万恶
之源"，"我们必须反对和人民脱离的、同人民对立的个性，反对资产
阶级的卑鄙的个人主义的个性，那是破坏性的个性，和新社会不相容
的。我们的文艺作品应当以积极培养人民集体主义思想，克服人们意
识中的个人主义作为自己的任务"[04]。在后来的反右派斗争中，周扬
在《文艺战线上的一场大辩论》一文中对丁玲、冯雪峰的"个人主
义"的指认和批判，张光年在《个人主义与癌》《再谈个人主义与癌》
等文中对"五四"个人主义传统的激烈批判，都表达了这样的立场。
　　因此，中华人民共和国成立后"五四"文学传统虽然没有受到主

周扬的文艺论著《坚决贯彻
毛泽东文艺路线》

---

[01]　周扬：《坚决贯彻毛泽东文艺路线》，《周扬文集》第 2 卷，人民文学出版社 1985 年版，第
　　　50 页。

[02]　周扬：《发扬"五四"文学革命的战斗传统》，《周扬文集》第 2 卷，人民文学出版社 1985
　　　年版，第 273 页。

[03]　周扬：《发扬"五四"文学革命的战斗传统》，《周扬文集》第 2 卷，人民文学出版社 1985
　　　年版，第 279 页。

[04]　周扬：《发扬"五四"文学革命的战斗传统》，《周扬文集》第 2 卷，人民文学出版社 1985
　　　年版，第 280 页。

流话语的明确反对，但在意识形态的压力之下，"五四"文学精神在文学创作中变为一股潜流，在小说的题材选择、人物塑造、情节设置，甚至细节处理等方面时有体现，这也正是中华人民共和国成立后文艺批判运动持续不断的重要原因。

对待"五四"文学传统和以毛泽东文艺思想为核心的左翼文学传统的不同态度和立场，也体现在对社会主义现实主义创作原则的思想资源的不同阐发上。

文艺理论家冯雪峰

冯雪峰是坚持现实主义的"五四"源泉的代表者，早在 1946 年发表的《论民主革命的文艺运动》一文中他就指出："文学上的现实主义，发源于'五四'，这就是说，发源于民主主义的思想革命，发源于以文艺活动反映现实斗争和思想斗争的'为人生的文学'，所以，它历来作为人民的革命斗争的一种武器，以富有民主革命思想和思想斗争的色彩为它的特征和传统的性格，是当然的。"在该文中，他清理了现实主义的产生和接受过程："文艺思想上的现实主义，是应着民主主义的民族革命的要求，应着反帝反封建的思想和文学革命的要求，从西欧、北欧和俄罗斯，输入到我们民族里来，但立即就开始着'民族化'的过程。而这'民族化'的过程，就是我们新文艺的创造和生长的过程，是经过了我们反映现实革命斗争的

冯雪峰的文艺论著《论民主革命的文艺运动》

二三十年来的思想斗争与文艺斗争而表现出来的。这'民族化'的过程必然是体现在我们民族内部的民主主义思想的斗争过程上；我们的民主主义的思想和文学的斗争过程，还不仅对于各种文艺思想和各种旧的现实主义有所批判和选择，并且还体验着从旧现实主义到新现实主义的世界文学的发展过程。""我们的现实主义，因此，就以鲁迅先生为代表，取法着或承继着十九世纪世界文学的主潮，然而更在民族现实的革命斗争的土地上，这样生长起来的。"[01]

---

[01] 冯雪峰：《论民主革命的文艺运动》，《冯雪峰论文集》（中），人民文学出版社 1981 年版，第 41 页。

中华人民共和国成立后，冯雪峰又发表了《中国文学中从古典现实主义到社会主义现实主义的发展的一个轮廓》（1952）一文，文章仍然坚定地认为当代文学现实主义的传统应追溯到"五四"："'五四'新文学吸收了中国文学中古典现实主义的基本精神和优点，并加以发扬，加以现代化，这是'五四'新文学中现实主义的本国的来源；'五四'新文学又吸收了外国进步文学中现实主义的经验与方法，而加以应用和民族化，这是'五四'新文学中现实主义的世界的来源。"[01] 这样的观点显然与主流话语存在距离，因此在反右派斗争中，有人批判冯雪峰是以"五四"文学传统对抗讲话精神。[02]

在五六十年代文学的发展中，现实主义作为公认的创作原则得到了一致的首肯，但同为现实主义创作原则的坚持者，他们对现实主义的理解并不一样，具体体现在对政治与艺术的关系，真实性、典型性等问题理解的差异上。可以看到，文学独立性的丧失必然以概念化、公式化的文学创作为代价，但不可否认，对"五四"现实主义精神的追求也是这一时期文学所坚持的，正是因为这样，才有胡风、秦兆阳等对社会主义现实主义创作提出的质疑，才有"双百"时期关于人性、人情的讨论，它们都是"五四"文学的人道主义和批判精神的回归。

"十七年"文学除了受到"五四"这样来自 20 世纪文学内部的资源和传统的影响之外，也受到了来自 20 世纪文学外部的资源和传统的影响，这里主要是指俄苏现实主义文学传统对中华人民共和国成立后文学的影响。

20 世纪中国在政治、经济、文化、文学等方面对俄苏模式的全方位接受具有明确的意识形态目的。毛泽东在《论人民民主专政》（1949）中指出："十月革命帮助了全世界也帮助了中国的先进分子，用无产阶级的宇宙观作为观察国家命运的工具，重新考虑自己的问题，走俄国人的路——这就是结论。"[04] 正是基于相同的政治道路的选择，俄苏作为走社会主义道路的典型代表，也作为国际共产主义的领导者，在近半个世纪，对 20 世纪中国诸方面包括文学的影响都是

[01] 冯雪峰：《中国文学中从古典现实主义到社会主义现实主义的发展的一个轮廓》，《冯雪峰论文集》（中），人民文学出版社 1981 年版，第 495 页。

[02] 王瑶：《关于现代文学史上几个重要问题的理解——评雪峰〈论民主革命的文艺运动〉及其他》，《文艺报》1958 年第 1 期。

[04] 毛泽东：《论人民民主专政》，《毛泽东选集》第 4 卷，人民出版社 1991 年版，第 1471 页。

巨大而深刻的。早在 20 世纪 20 年代，俄国文学和理论就是新文学建设的重要资源。首先是俄国文学作品的翻译，它在"五四"时期的外国小说译介中占有很大的比重，托尔斯泰、普希金、果戈理、莱蒙托夫、契诃夫、屠格涅夫、高尔基、法捷耶夫等一大批俄国优秀作家的作品影响着中国文学的发展。其次是文学理论的翻译，鲁迅翻译的普列汉诺夫的《没有地址的信》《艺术论》，冯雪峰翻译的卢那察尔斯基的《艺术之社会的基础》、普列汉诺夫的《艺术与社会生活》等理论著作，它们也都对中国新文学的文学理论建设具有重大意义。

鲁迅翻译的普列汉诺
夫《艺术论》

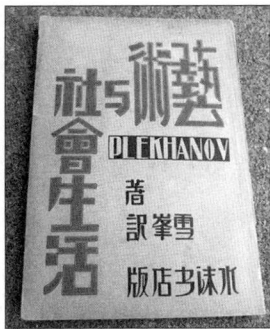

冯雪峰翻译的卢那察尔斯
基《艺术之社会的基础》

中华人民共和国成立后，在缺乏社会主义建设经验的情况下，苏联经验继续成为我国进行社会主义建设直接学习、效仿的对象，苏联文学自然也成为新中国文学建设的榜样。1952 年，周扬应邀在苏联文学杂志《旗帜》上发表《社会主义现实主义——中国文学前进的道路》一文，该文明确表达了对苏联文学的绝对认同："没有由十月社会主义革命的伟大影响和苏联的援助，中国人民革命的历史性的胜利是不可想象的。同样，没有由十月社会主义革命所诞生的苏联文学的伟大影响和示范，中国人民文学在今天的成就也是不可想象的。"[01] 在 1953 年召开的第二次文代会上，社会主义现实主义被正式确立为新中国文艺创作和批评的"基本方向"和"最高准则"。

然而，新中国文学对苏联的学习也有一个不断增加主体性的过程，即从开始对苏联经验的照抄照搬到后来逐渐地有选择地接受，"马克思主义理论的中国化"是一直困扰中国革命的问题，特别是中华人民共和国成立后，中国并不满足于只是重复苏联的社会主义道路，在学习苏联经验的同时，中国也一直在尝试走出一条具有自己民族特色的道路。这种追求当然也与一些现实刺激有关：由于斯大林对中国革命的多次错误干涉，中国和苏联在交往中产生了一些不平等的

---

[01] 周扬：《社会主义现实主义——中国文学前进的道路》，《周扬文集》第 2 卷，人民文学出版社 1985 年版，第 183 页。

负面记忆；摆脱共产国际的霸权控制，获得国家的自主和独立，走出一条具有中国特色道路既是国家政治，也是中国文化和文学所追求的目标。同时，由于 1956 年苏联国内政治形势的变动，中苏关系也出现了危机，社会主义现实主义理论在苏联国内也遭到反思和质疑，这些都给我国的社会主义现实主义理论的建设提供了反思的契机。周扬在 20 世纪对俄苏文学理论的引进和倡导中起着重要的推动作用，随着情况的变化，他对苏联的态度也发生了变化。在《关于当前文艺创作上的几个问题》（1956）中他说："我们一方面要感谢苏联，他们给了我们很多的作品和理论，使我们得到很大的帮助；可是对有些东西，我们做了机械的搬运，没有看出它是教条主义。"[01] "应当用科学的方法来研究本国艺术创作的经验，从中找出它的特殊规律和方法，把我国艺术创作的丰富经验科学化、系统化。"[02] 1958 年，周扬明确提出要"建立中国自己的马克思主义的文艺理论和批评"[03]，克服教条主义作风。周扬对待俄苏文学态度的变化说明这些决策者和理论家也是在历史的变动和缝隙中求得生存，尴尬和难以自圆其说之处在所难免。

在这样的情况下，毛泽东于 1958 年提出以革命的现实主义与革命的浪漫主义相结合的"两结合"的创作原则取代社会主义现实主义创作原则，该理论当然并不是全新的创造，它实际上也是从高尔基、卢那察尔斯基的理论中受到了启发。这一创作原则与社会主义现实主义并无实质区别，只是更加突出了浪漫主义在现实主义创作原则中的意义。过度的理想主义导致了文艺界的浮夸风和对现实的偏离，60 年代初邵荃麟提出的"现实主义深化"就包含了对"两结合"创作方法否定现实的批评。

---

[01] 周扬：《关于当前文艺创作上的几个问题》，《周扬文集》，第 2 卷，人民文学出版社 1985 年版，第 408 页。

[02] 周扬：《让文学艺术在建设社会主义伟大事业中发挥巨大作用》，《人民日报》1956 年 9 月 25 日。

[03] 周扬：《建立中国自己的马克思主义的文艺理论和批评》，《文艺报》1958 年第 17 期。

第二章

文学体制的建立和作家身份的转变

一、新中国文学体制和组织形式

意识形态的规范和管理是新中国社会主义建设的重要组成部分，文学艺术作为构成意识形态的重要力量受到了政府的高度重视，当代文学体制的建立和实施就是政府对于文学艺术领导、监督和控制的具体化，包括文学话语体系的建构、文学运作方式的形成以及管理、监督机制的建立等多方面的内容。

从第一次"文代会"到以后的各次"文代会"，"文学艺术的组织领导"的重要性问题一直都被强调，其中，中国文联和作协的管理、监督、组织功能更是关系到社会主义文化建设的胜负成败。第一次"文代会"成立了全国性的文艺界组织——中华全国文学艺术界联合会，即"全国文联"（后改名为中国文联），通过了《中华全国文学艺术界联合会章程》，选举了"中华全国文学艺术界联合会全国委员会"成员以及属于"文联"管理的各种协会的负责人。"文代会"后，又陆续成立了下属于"文联"的各种协会，属于文学创作领域的就是中华全国文学工作者协会（后改名为中国作协）。五六十年代的文艺批判运动以及对重大的理论问题的讨论，都是由中国文联和中国作协领导的，在对作家的监督、管理中，

《中华全国文学艺术界联合会章程》

它们常以"决议"的方式对作家和事件做出政治裁决。同时，中国文联和中国作协内都设有"党组"，并下属于中宣部，也就是说，作家

的创作受到党的直接领导，通过统一性的组织和管理机构以及规范化的章程和制度，新中国的文学体制逐步建立起来，它为国家和政党对作家及其创作的管理提供了保证。"中国的文联和作协等团体和机构，表面上是自愿结合的带有民间性的群众组织，相对于国家其他政府机构而言，它是边缘化的，实际上是政治的外围组织。"[01] 表面上中国文联和中国作协只是民间性质的群众组织，但实际上它们是由党直接领导和控制的，这一组织并没有多少现实的权力，文联和作协的主席、副主席等也必须听从"党组"的指挥，甚至连会议报告都需要"党组"来把关，也就是说，"党组"实际上是代替党在文艺领域行使领导权。

在文学体制的建立中，报纸、期刊也是重要的文学组织形式，它们是党在文艺界行使其职能的重要媒介。现代文学时期，期刊和报纸对新文学的发展和传播，对文学流派的形成以及国民思想的启蒙和教育都起着积极的作用，而进入当代之后，报纸、期刊所具有的功能发生了明显的变化，"基本结束了晚清以来以杂志和报纸副刊为中心的文学流派、文学社团的组织方式。现代意义上的文学社团和文学流派，随着期刊性质的改变，基本上结束了"[02]，期刊、报纸的功能在转换之后变得更为集中，它们一方面对文学创作、交流活动有积极的协调作用，另一方面作为党的机关刊物，通过开展文学批评对政策导向和舆论宣传起着重要作用。

全国文联和中国作协的机关刊物中最重要的是《文艺报》和《人

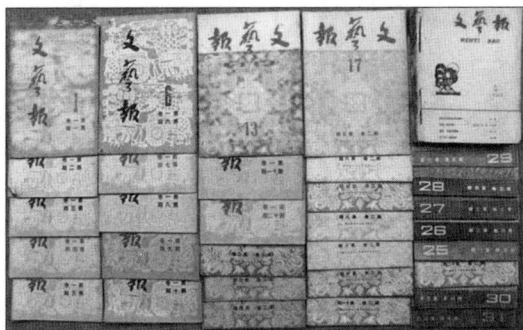

《文艺报》　　　　　　　　《人民文学》创刊号

[01] 王本朝：《中国当代文学制度研究（1949—1976）》，新星出版社 2007 年版，第 55 页。
[02] 洪子诚：《问题与方法——中国当代文学史研究讲稿》，生活·读书·新知三联书店 2002 年版，第 206 页。

民文学》，它们的主编和编委通常是文艺界的高层领导人，不过，由于政治运动频繁，这些机关刊物的领导人也经常变更。《人民文学》1949 年至 1952 年的主编是茅盾，副主编是艾青。1952 年起主编是丁玲，编委成员有艾青、何其芳、周立波和赵树理。1953 年第 7 期至 1955 年第 12 期，主编是邵荃麟，副主编是严文井，编委有何其芳、沙汀、邵荃麟、袁水拍、葛洛和严文井等。1955 年 12 月至 1957 年 11 月，主编是严文井，副主编是秦兆阳、葛洛，编委有何其芳、葛洛、张天翼、秦兆阳、吴组缃和严文井等。从 1957 年 12 月起，主编换为张天翼，副主编为陈白尘、韦君宜、葛洛，编委成员艾芜、周立波、陈白尘、吴组缃、袁水拍、韦君宜、赵树理、葛洛、张天翼。[01]

同样，另一重要机关刊物《文艺报》从主编、编委的更替到围绕它所开展的文艺批判运动，也都体现了明显的政治控制和权利斗争。《文艺报》创刊于 1949 年 5 月 4 日，最初是由中华全国文学艺术工作者代表大会筹备委员会主办的周刊，在第一次"文代会"期间，曾试发行了 13 期，用于收集各种意见，主编是茅盾，副主编是胡风和严辰。1949 年 9 月 25 日，作为中国作家协会机关刊物的《文艺报》半月刊复刊，主编是丁玲、陈企霞和萧殷，实际负责人是丁玲。1952 年 1 月，《文艺报》编辑部改组，主编是冯雪峰，编辑委员有冯雪峰、陈企霞、萧殷、光未然、马少波、王朝闻、李焕之、黄钢。1954 年 10 月 31 日，全国文联和作协召开第八次联席会议，就《红楼梦》研究中的资产阶级唯心主义倾向和《文艺报》在相关问题上的错误做了检讨。12 月 8 日，通过关于《文艺报》的决议。12 月 10 日，中国作家协会主席团决定对《文艺报》进行改组，康濯、秦兆阳、侯金镜、冯雪峰、黄药眠、刘白羽、王瑶等 7 人组成编辑委员会，以康濯、侯金镜、秦兆阳为常务编委。1955 年 12 月《文艺报》编辑部再次改组，由康濯、张光年、侯金镜组成常务编委，黄药眠、袁水拍、陈涌、王瑶为委员。1957 年 1 月《文艺报》改为周刊，编辑部又一次改组，主编是张光年，副主编侯金镜、萧乾、陈笑雨，编委有王瑶、巴人、华山、陈笑雨、陈涌、侯金镜、康濯、黄药眠、张光年、钟惦棐、萧乾等。1958 年又恢复为半月刊，张光年任主编，直到 1965 年第 9 期。[02]

---

[01] 王本朝：《中国当代文学制度研究》，新星出版社 2007 年版，第 119—120 页。

[02] 王本朝：《中国当代文学制度研究》，新星出版社 2007 年版，第 136—137 页。

刊物主编和编委的频繁更替有多方面的原因，不过在当时的政治环境下，《人民文学》和《文艺报》的人事变动更多的与政治原因有关。1954 年，《文艺报》因没有刊发两个年轻作者李希凡、蓝翎批判俞平伯论《红楼梦》的文章而受到毛泽东的批评，毛泽东把此事件上升到阶级意识的高度，认为"两个小人物"的文章批判和清算了"在古典文学领域毒害青年二十余年的胡适派资产阶级唯心论"，《文艺报》不发表他们的文章就是做了"资产阶级的俘虏"，冯雪峰作为主编责任难逃。之后，虽然冯雪峰转发了两位青年作者的文章，并做了深刻的检讨，但还是因此退出了《文艺报》。其他如 1955 年《文艺报》主编和编委的变动又与当时的"丁玲、陈企霞反党小集团"事件相关等，诸如此类。经过这些事件后，《文艺报》越发显示出主动配合主流意识形态话语的倾向。

在文学体制的建立中，除了报纸、期刊外，会议也是重要的文学组织形式，它对当代文学的进程有着深刻的影响，"有关文学的重要会议，是传达贯彻党的文艺方针政策、统一思想步调、布置当前任务、制定长远规划、矫枉纠偏等的主要形式"[01]。当代文学会议具有浓厚的政治性，它是建构适应政权需要的文学秩序不可缺少的组织形式，对于文学格局的调整和转换具有重要作用。当代文学会议的具体形式是多样的，有定期召开的全国性会议，如"文代会"，有与文艺政策的推广、落实相关的专门性会议，有解决文学创作的现实性问题的会议，还有作品研讨会，等等。从不同的会议与政治的关系来说，有些会议是为了宣传党的新文艺政策，统一文艺创作的政治指导思想，而有些会议则是为了调整旧的文艺政策，解决一些现实矛盾，使可能激化的矛盾得到缓和，如 1961 年的"新侨会议"、1962 年的"广州会议"和"大连会议"等。

综上所述，领导管理机构、机关刊物、报纸以及文学会议等因素共同建构了当代文学的生态环境，"它以'体制化'的强制方式改造了文艺创作和理论生产的品质，在长久的运作中重塑了精神生产者"[02]。

---

[01] 孟繁华：《中国当代文学通论》，辽宁人民出版社 2009 年版，第 92 页。
[02] 同上书，第 95 页。

二、文学批评和文艺政策

　　20 世纪五六十年代的文学批评缺乏从文学的角度对作品进行批评、评价的功能，这一时期的文学批评更多发挥的是政治性的功能，文学批评没有独立的标准，政治话语规范即是文学的标准，不仅如此，文学批评常常是政治运动的风向标和晴雨表。

　　毛泽东《在延安文艺座谈会上的讲话》中指出，"文艺界的主要的斗争方法之一是文艺批评"，"文艺批评有两个标准，一个是政治标准，一个是艺术标准"。"任何阶级社会中的任何阶级，总是以政治标准放在第一位，以艺术标准放在第二位的。"[01] 周扬在第一次文代会上也指出："批评必须是毛泽东文艺思想之具体应用，必须集中地表现广大工农群众及其干部的意见，必须经过批评来推动文艺工作者相互间的自我批评，必须通过批评来提高作品的思想性和艺术性。批评是实现对文艺工作的思想领导的重要方法。"[02] 文学批评和文学创作一样，被纳入政治化的轨道，它维护着意识形态的利益，并以此为出发点实行对文学创作的指导和监管。五六十年代文学批评的思想斗争性质主要集中在对三种类型思想的批判上：首先，是对资产阶级和小资产阶级思想的长期批判。其次，是对封建主义思想的批判。最后，是对发生在文学内部的异端思想的批判。[03]

　　由于文学批评充当着政治权力的护卫的角色，因而领袖人物的意见常常对文学批评的走向具有重要的指导作用。毛泽东作为当代文艺思想的创造者和权威阐释者，他所发表的意见常常是文艺运动最早的声音，起着引导文艺界运动的重大作用。中华人民共和国成立初期的一些文艺运动的发起都与毛泽东有关，电影《武训传》的被批判、俞平伯《红楼梦研究》的被批判等事件就是如此。

　　20 世纪五六十年代的文学批评活动是为政治服务的，它对意识形态话语的建构具有重要的作用：批判电影《武训传》是为了批判封建性的思想，批判胡适、俞平伯的《红楼梦研究》是为了批判资产阶级唯心论，批判胡风的文艺思想是为了纯净革命的队伍……"政治标

---

[01] 毛泽东：《在延安文艺座谈会上的讲话》，《毛泽东选集》第 3 卷，人民出版社 1991 年版，第 868—869 页。
[02] 周扬：《新的人民的文艺》，《周扬文集》第 1 卷，人民文学出版社 1984 年版，第 535 页。
[03] 王本朝：《中国当代文学制度研究》，新星出版社 2007 年版，第 199 页。

准"是文学批评活动的首要标准，文学批评活动的主体并不具有独立的判断、评价的权利。当文学批评活动根据政治的需要演变成文艺批判运动时，被批判者是丝毫没有发言机会的，他们被剥夺了平等对话和自我辩驳的权利。如果可以，被批评作家的"反批评"往往也是站在和批评者相同的政治立场，为自己进行"辩解"。当文学批评不再具备交流、沟通、探讨的功能，而是变成了政治的附庸和压制文学的手段，那么，它对促进文学自身发展的价值和意义也就等于零了。

政治对文学批评的过分干预导致了文学批评的政治化和主观化，文学批评所存在的严重问题在当时已被一些作家和理论家所看到，路翎批评它说"以滥用政治上的结论的方法来代替了创作问题的讨论"[01]。"双百"时期，有批评家把文学界盛行的这种文学批评称作庸俗社会学的文学批评，该文章严厉批评了其中的教条主义作风"一个阶级一个典型""一种生活一个题材""一个题材一个主题"，[02] 庸俗社会学的批评方法把作品中的艺术问题直接等同于作家的政治倾向和立场，在批评方式上随意"戴帽子""打棍子"，用词武断、粗暴，常常是"断章取义、寻章摘句、咬文嚼字，或者莫须有地，就给作者按（安）上了罪名"。[03]

不过，五六十年代的文学批评活动并不是完全单一化的，这是因为主流文学批评一方面要保证文学在政治上的正确性和稳定性，对小资产阶级思想进行清理和批判，另一方面也要保证文学对于政治宣传的有效性，对文学创作的公式化和概念化倾向进行纠正，因而经常会在这之间进行调整。表现在不同的时期，主流文学批评对这两方面各有侧重，同时，两方面的交锋也间隔一段时间就会出现。中华人民共和国成立后的文学界就出现过三次大的文艺争鸣，第一次是 50 年代初期围绕胡风、阿垅、路翎等的文艺思想展开的文艺论争；第二次是50 年代中期"双百"时期围绕秦兆阳、陈涌、巴人、钱谷融、刘绍棠等的文艺观点展开的论争；第三次是 60 年代初期围绕邵荃麟、李何林等人的文艺观点展开的论争。这说明，文学批评的开展并非都能

[01] 路翎：《为什么会有这样的批评——关于对〈洼地上的战役〉等小说的批评》，《文艺报》1955 年第一、二期合刊、第三、四期。
[02] 于晴：《批评的歧路》，《文艺报》1957 年第 4 期。
[03] 于晴：《批评的歧路》，《文艺报》1957 年第 4 期。

在意识形态的规范和掌控之中，实践和理论之间总会出现各种各样的偏差。

五六十年代从事文学批评的理论家除了以周扬、邵荃麟、林默涵、张光年、冯雪峰等为代表的主流的意识形态化的文学批评之外，还有一些"非主流"的文学批评，以胡风、路翎、秦兆阳、黄秋耘等为代表，他们文学批评的理论思想表现出不同于主导的文学观念的勇气和坚持。此外，还有以作家为主体的经验式文学批评，如茅盾、赵树理、孙犁、周立波等作家的文学批评，他们的文学批评则表现出对创作中的一些具体问题的探讨。文学批评家的这种分层也使得五六十年代的文学批评活动表现出并非单一化的面貌。

三、新中国作家的构成及身份的确立

40 年代到 50 年代时代发生了巨大的转折，作家们的人生选择是不尽相同的。特别是那些从现代走来的成就卓著的作家，他们面对的是一次新的人生选择。过去的成就已经成为历史，在时代转折关口如何判断和选择事关他们后半生的人生走向。当时的状况是，有的作家选择离开大陆，如胡适、梁实秋、苏雪林、张爱玲等；而有的作家选择留在新中国——这也是大多数作家的选择；更有些作家如老舍、曹禺、卞之琳、穆旦等是从海外回到祖国的。当时作家们的心态是非常复杂的，即使是相同的选择，他们的心态也并不完全相同。[01] 而即使在中华人民共和国成立初期，作家们的心态实际上也呈现出或抵触、或观望、或期待、或积极参与等多种不同的状况。

中华人民共和国成立之初，较大一部分作家特别是一些知名作家都聚集在当时的政治和文化中心北京。同时，整个五六十年代，来自北京的声音对各个地方的文学发展具有引导和示范作用。

中华人民共和国成立初期的作家队伍分为不同的层次。从资历来看，有中华人民共和国成立前已成名的现代作家，也有中华人民共和国成立后成长起来的新作家；从政治身份来看，有来自左翼和解放区的革命作家，也有来自左翼之外的自由作家、民主主义作家等。不过，这只是就总体情况而言，实际上，在这些不同层次的内部，作家

---

[01] 贺桂梅：《转折的时代——40—50 年代作家研究》，山东教育出版社 2003 年版。

的状况也并不完全一致。比如，虽然中华人民共和国成立后居于文坛领导地位的大都是来自左翼和解放区的革命作家，但在这些作家中，既有以周扬为代表的"主流派"，也有一些和周扬等的文学立场并不相同并发生了矛盾的"次主流派"，这主要包括两类：

一类是来自解放区却受到"五四"启蒙思想影响的作家，如丁玲、萧军等，在经历了延安整风运动之后，他们已经明确意识到必须改造自己身上的小资产阶级思想。在这样的改造之后，他们创作的变化是明显的。不过，思想、观念上的转换要兑现成新的文学实践并不容易，很多作家在努力实现这种转换时不仅作品失去了原有的光彩，与同时代一些优秀的作品相比也是逊色的，这说明，在掌握文学表达新的话语方式上，他们并没有实现成功的转换。

另一类是来自国统区的左翼知识分子，他们在左翼文学中做出过较大的贡献，和左翼文学一起经历了革命的历程。由于受"五四"文学传统的影响，他们的文学观念和创作曾受到过来自左翼文学的批评，但中华人民共和国成立后，他们仍然以主人公的姿态迎接新时代的到来，如胡风就较为典型。虽然在 40 年代受到过批评，但在中华人民共和国成立后，胡风仍然以饱满的热情投入新中国的文学建设，他创作的长诗《时间开始了》就体现了歌颂新政权、新中国的豪迈姿态。不过，虽然他们主观上是要更好地为新中国做贡献，但由于对个人文学观念的坚持，客观上却与政治对文学的要求产生了冲突，最后导致了悲剧的结局。相对于解放区的作家，这类来自国统区的作家对知识分子自我改造的必然性显得缺乏清醒的认识。

除了左翼作家群体之外，中华人民共和国成立前还有一些非左翼的现代知名作家，他们在中华人民共和国成立后的境况也有很大不同：

一类是具有进步的民主主义倾向的知识分子，他们有着独立的政治和文学理想，之前与国、共两党都保持着一定距离，但因其作品所表现出的积极进步的人道主义思想和对民族命运的深切关怀，受到了左翼政治的认可，如巴金、老舍、曹禺等作家。这些作家在中华人民共和国成立后积极调整自己的写作观念和方式，表现出对新政权的积极配合。在中华人民共和国成立初期他们都普遍经历了自我搏斗、自我批判的思想斗争过程，在各种场合他们纷纷对自己过去的创作进行批评和检讨："贸然以所谓'正义感'当作自己思想的支柱"，"是非常幼稚、非常荒谬"的（曹禺）；"过分强调了悲观怀疑、颓废的倾向"（茅盾）；"只表达了小资产阶级知识青年的一些稀薄的、廉价的哀愁"（冯至）；"我几乎不敢看自己在解放前所发表过的作品"（老舍）……他们还把这种自我否定付诸实践，纷纷对自己的旧作进行修改，而这些旧作正是代表现代文学成就的经典作品。冯至在中华人民共和国成立后对自己早年的诗作《昨日之歌》《北游及其他》《十四行集》都做了修改；曹禺对自己的代表作和成名作《雷雨》进行了重大的修改；茅盾对《子夜》进行了修改、巴金对《家》进行了修改、老舍对《骆驼祥子》进行了修改……他们中的少数也创作出了具有时代特征的优秀作品，如老舍创作的话剧《茶馆》《龙须沟》等，在当时就获得了高度的评价。

不过，这些作家和政权之间建立的这种信赖关系仍是脆弱的，因为政治具有不稳定性，一旦来自政权的对作家身份的认可断裂，作家自我身份的认同就会出现巨大的危机。在中华人民共和国成立后的多次政治运动中，包括"文革"时期，很多在中华人民共和国成立前后被政权认可的作家都相继被打倒，这给他们的身心造成了巨大的伤害，老舍"文革"时的自杀就是一例。

另一类是过去和左翼有过冲突，或心理、情感上和左翼有隔阂的作家，他们在中华人民共和国成立后，一方面对自己的命运怀着恐惧和不可知的心理，另一方面仍然希望能够和政权的关系有所改善，这类作家的心理压力是最大的。最典型的是沈从文，他从 20 世纪 40 年代末开始就因倡导"抽象的抒情"而受到左翼的严厉批评，后又被拒之第一次文代会的门外。中华人民共和国成立后，沈从文在经历了剧烈的精神震荡之后，彻底放弃了文学创作事业，而去故宫博物院做了一名文物讲解员。

总的来说，政治身份和创作实践都被意识形态认可的作家通常拥有较高的社会地位，他们在作家身份外，还拥有各种政治头衔和职务，一般除了在文联、作协任职，还常常在政府机构、社会团体担任职务，也是人民代表大会、政治协商会议的重要成员。获得这种政治利益并不仅仅因为这些作家创作了符合意识形态的作品，也因为其在政治言论上所表现出的配合意识形态的积极态度。当然，正如前面所说，这种状况并不稳定，随着政治形势的变化及一些其他因素的影响如作家创作、人际关系等都可能使作家从巅峰坠入深渊。

由于政治环境的影响，中华人民共和国成立后，现代文学时期一些有较大成就的知名作家如钱锺书、沈从文、巴金、冯至、曹禺等普遍在创作上出现了中断和倒退的情况，就是左翼的一些作家如茅盾、丁玲、艾青、夏衍等也同样在创作上出现了衰退，其原因当然不仅仅是因为面对新的政治文化环境，作家们还没有掌握与新的时代对话的方式，而是因为"一体化"的文学格局削弱了作家的想象力和创造力。

第三章

中华人民共和国成立后的
文艺批判运动和政策调整

一、对电影《武训传》的批判

文学批评在五六十年代的极端形式就是文艺批判运动，中华人民共和国成立后有四次大规模的文艺批判运动，它们的发展演变过程充分说明了五六十年代文学批评活动的特点，由此也可以看出当时文学创作的生态环境。

1951 年对电影《武训传》的批判是中华人民共和国成立后第一次大的文艺批判运动。1944 年，教育家陶行知先生送给电影导演孙瑜一本《武训传画传》，武训行乞办义学的故事感动了孙瑜，经过改编，他于 1948 年开拍电影《武训传》，不过拍了一部分就中断了。1949 年 1 月，私营上海昆仑影业公司收购了该片的摄制权和已拍的胶片，1950 年，该公司对剧本进行修改后重新拍摄。电影由孙瑜导演，赵丹主演，到年底拍摄

电影《武训传》海报

完成。孙瑜说，他拍这部电影一是揭露封建主义统治者的愚民政策，迎接文化建设高潮；二是铲除封建残余，配合土地政策；三是歌颂武训的忘我的服务精神，在武训身上典型地表现了中华民族的勤劳、勇敢、智慧的崇高品质。作者认为，武训"甘做无产阶级和人民大众的牛"，具有"全心全意为人民服务的崇高精神"[01]。

---

[01] 孙瑜：《论导〈武训传〉记》，《光明日报》1951 年 2 月 26 日。

新中国文学的开端——十七年文学史

　　电影公映后，好评如潮。但是，毛泽东看了这部电影后，却并不认同这部电影和当时大家的评价，他通过《人民日报》发表了看法。1951 年在《人民日报》上发表的社论《应该重视电影〈武训传〉的讨论》是经毛泽东大量修改后定稿的，基本可看作毛泽东个人的文章。社论指出："《武训传》所提出的问题带有根本的性质。像武训那样的人，处在清朝末年中国人民反对外国侵略者和反对国内的反动封建统治者的伟大斗争的时代，根本不去触动封建经济基础及其上层建筑的一根毫毛，反而狂热地宣传封建文化，并为了取得自己所没有的宣传封建文化的地位，就对反动的封建统治者竭尽奴颜婢膝之能事，这种丑恶的行为，难道是我们所应当歌颂的吗？向着人民群众歌颂这种丑恶的行为，甚至打出'为人民服务'的革命旗号来歌颂，甚至用革命的农民斗争的失败作为反衬来歌颂，这难道是我们所能够容忍的吗？承认或者容忍这种歌颂，就是承认或者容忍污蔑农民革命斗争，污蔑中国历史，污蔑中国民族的反动宣传为正当的宣传。"[01] 社论同时对目前文艺批评界的态度提出了严厉的批评："电影《武训传》的出现，特别是对于武训和电影《武训传》的歌颂竟至如此之多，说明了我国文化界的思想混乱达到了何等的程度。"[02]

　　这篇社论发表后，文艺界对《武训传》的态度急转直下，为了响应《人民日报》的号召，当时郭沫若、周扬、何其芳、邓友梅、夏衍、袁水拍等都发表文章做出回应，对《武训传》进行批判。胡绳在文章《为什么歌颂武训是资产阶级反动思想的表现》中提出："武训歌颂者所加于武训身上的这种幻想甚至还落后于当时的具有资产阶级倾向的贵族知识分子……康有为的改良主义运动究竟还是要去触动封建统治秩序，哪怕是很少的触动。……当然，康有为并没有主张根本推翻封建教育。他只是主张按资产阶级的方向在教育上进行一种改良，这和他在政治上的改良主张是相适应的。如果实行这种改良，封建统治秩序就不能不发生某种程度的变动，这是当时的封建统治势力所不能接受的。但是武训怎样做的呢？他只是按照地主官僚的方向而办义学，在他的义学中，封建教育的内容分毫也没有改变。所以在当时康有为的思想还是属于资产阶级革命萌芽时期的思想的范畴，尽管

[01]《人民日报》社论 :《应该重视电影〈武训传〉的讨论》，1951 年 5 月 20 日。
[02]《人民日报》社论 :《应该重视电影〈武训传〉的讨论》，1951 年 5 月 20 日。

资产阶级革命思想在这个贵族知识分子身上只能表现为十分软弱的改良主义。而借用武训来表现的这种文化教育普及论却完全是属于资产阶级反动思想的范畴的。"[01]

《武训传》这部电影对历史的描述确实存在主观的成分，随着批判的深入，《人民日报》连续发表了《武训历史调查记》，对有关史实进行了澄清，同时也展开了对一些资产阶级改良主义思想的批判。首先，武训开始的时候的确是行乞办学，可是，他后来通过地主豪绅放债敛财，变成了高利贷者，最后成为横跨三县的大地主，实际上，他办"义学"所收的学生大都是富家子弟，因此武训的"义学"并非给穷苦人民施行义务教育，而是为封建地主阶级服务的。陶行知对武训为穷人办"义学"的称颂是有其历史语境的，即在国民党统治时期的教育状况下，他的教育思想在当时是具有积极进步的意义的。中华人民共和国成立后，电影《武训传》的创作语境已经发生了变化，在对武训办义学中消极的因素不闻不问的情况下，歌颂武训的改良主义和个人英雄主义行为显然是不符合历史语境的。在批判中，郭沫若等认为人们对武训的歌颂很大原因是对陶行知的"盲从"："有好些武训的歌颂者和崇拜者，事实上是受了陶行知表扬武训的影响而盲目附和的。这一盲目附和的绝大部分，最具体、最集中、最夸大地表现在孙瑜的电影《武训传》里。"[02] 其次，电影《武训传》中周大所代表的农民反抗失败了，而武训的办义学却成功了，这无疑是认为对穷人来说只有读书才是第一要紧的事情，革命是没有出路的，这对于通过无产阶级革命才取得胜利的中国共产党而言是不能接受的。同时，电影用"为人民服务"形容武训办义学，也是欠妥的。

然而，无论电影《武训传》有怎样的失误，都应该是文艺界内部的问题，而不应该形成如此大规模的政治批判，这次批判运动持续半年之久，首开用政治运动解决文艺问题的先河。过于敏锐的政治嗅觉导致了中华人民共和国成立之初人们敏感的政治神经和巨大的创作压

《人民日报》发表的《武训历史调查记》

---

[01] 朱寨：《中国当代文学思潮史》，人民文学出版社 1987 年版，第 70—71 页。（原载《学习》杂志四卷四期）

[02] 郭沫若：《读〈武训历史调查记〉》，《人民日报》1951 年 8 月 4 日。

力，同时也形成了文艺创作题材的单一化倾向。这次批判以后，电影工作者的创作热情大大降低，"文化界形成了一种不求有功、但求无过的风气"[01]。

二、对萧也牧《我们夫妇之间》的批判

在对电影《武训传》的批判之后，文学界对萧也牧《我们夫妇之间》的批判接踵而来。萧也牧的《我们夫妇之间》发表在 1950 年第 3 期《人民文学》上，小说讲述的是知识分子出身的革命干部李克和他的妻子——农民出身的革命干部在解放军进城之后所发生的矛盾。李克在过去艰难的革命岁月中，与妻子的乡村生活是"静穆、和谐"的，夫妻感情极好。进城后，随着各自生活习惯和审美趣味的显露，两个人之间的裂痕也逐渐增大。小说写李克一进城就表现出对物质生活的怀念和喜爱："这城市，我也是第一次来，但那些高楼大厦，那些丝织的窗帘，有花的地毯，

作家萧也牧

那些沙发，那些洁净的街道，霓虹灯，那些从跳舞厅里传出来的爵士乐……对我是那样的熟悉，调和……好像回到了故乡一样。这一切对我发出了强烈的诱惑，连走路也觉得分外轻松……"而妻子不仅继续保持着农民的俭朴，而且对城市的生活方式和审美趣味表现出反感："那么多的人！男不像男女不像女的！男人头上也抹油……女人更看不得！那么冷的天气也露着小腿；怕人不知道她有皮衣，就让毛儿朝外翻着穿！嘴唇血红红，像是吃了死老鼠似的，头发像个草鸡窝！那样子，她还觉得美得不行！坐在电车里还掏出小镜子来照半天！整天挤挤嚷嚷，来来去去，成天干什么呵……总之，一句话：看不惯！"李克和妻子所代表的不同的生活方式和价值观念，实质上体现的是无产阶级与资产阶级之间的矛盾，这在五六十年代是原则性的问题，而绝不像李克所说的："仔细想来，我们之间的一切冲突和纠纷，原本都是一些极其琐碎的小节，并非是生活里边最根本的东西！"小说最

[01] 夏衍：《〈武训传〉事件始末》，《战略与管理》1995 年第 2 期。

后缴械投降的只能是李克，在他重新发现了妻子身上的闪光点之后，两人和好如初。

这篇小说所表现的小资产阶级知识分子被改造的主题是显在的，但是，在表达显在主题的同时，小说流露出来的对被改造者的理解和同情，却又包含着不被作者自己意识到的"反改造"的潜隐主题。在和妻子的矛盾中，李克始终表现出知识分子的儒雅和忍让，而妻子则表现得非常"狭隘、保守、固执"，她的蛮横粗俗、不讲道理甚至会使读者产生厌恶感。同时，两人最后和好的重要原因也与妻子自身的改变有关：讲究仪容、漂亮起来，并开始努力不再说粗话、脏话。小说对妻子的生活、语言习惯的描写被指责有丑化工农的嫌疑，当时陈涌、李定中（冯雪峰）、丁玲、康濯都写了批判文章。冯雪峰化名为李定中写了火药味很浓的一篇文章《反对玩弄人民的态度，反对新的低级趣味》，该文认为《我们夫妇之间》的作者对于工农出身的女干部张同志"从头到尾都是玩弄她""对于我们的人民是没有丝毫真诚的爱和热情的"，"因此，我觉得如果照作者的这种态度来评定作者的阶级，那么，简直能够把他评为敌对的阶级了，就是说，这种态度在客观效果上是我们的阶级敌人对我们劳动人民的态度"。"总之我是反对这种对人民没有爱和热情的玩世主义；反对玩弄人物！反对新的低级趣味！" [01] 而之后，丁玲又发表了尖锐的声讨文章，该文指出：

> 李克实际上是个很讨厌的知识分子。他最使人讨厌的地方，倒不是他有一些知识分子爱吃点好的，好抽烟，或喜欢听爵士音乐的坏习气，或是其他一般知识分子的缺点。最使人讨厌的是：他高高在上地欣赏他的老婆的优点哪，缺点哪，或者假装出来的什么诚恳的流泪了哪，感动了啦，或者硬着脖子，吊着嗓门向老婆歌颂几句在政治上我是远不如你哪，或者就又像一个高贵的人儿一样，在讽刺完了以后，又俯下头去，吻着她的脸啦……李克最使人讨厌的地方，就是他装出一个高明的样子，嬉皮笑脸来玩弄他的老婆——一个工农出身的革命干部。但假如你要责备他的时候，作者萧也

---

[01] 冯雪峰：《反对玩弄人民的态度，反对新的低级趣味》，《文艺报》1951 年 4 卷 5 期。

牧又会跑出来说："我是说李克不行，他还需要很大的改造，我并不是当一个肯定的人物来写的。"也牧同志！在这里，也许你也是真心地想对李克有所批评，但事实上，你却的确是很能干地玩了一个花头！你这篇穿着工农兵衣服，而实际是歪曲了嘲弄了工农兵的小说，却因为制服穿得很像样而骗过了一些年轻的单纯的知识分子，正迎合了一群小市民的低级趣味。这种迎合，我觉得你个人也应负责，应该早就有所警惕的。

什么是小市民低级趣味？就是他们喜欢把一切严肃的问题，都给它趣味化，一切严肃的、政治的、思想的问题，都被他们在轻轻松松嬉皮笑脸中取消了。他们对一切新鲜事物感受倒是敏快的。不过不管是怎样新的事物，他们都一视同仁地化在他们那个旧趣味的炉子里了。[01]

丁玲的这段话反映了作品表层和深层之间存在一种不协调，作者在无意识中表现了与小说主题相反的倾向性。在丁玲看来，作者通过对李克的生活习惯和审美趣味的描写来反映人物作为知识分子的缺点倒还是次要的，李克那种高高在上地对待妻子的姿态，才是最为虚伪的，它显露的是知识分子的优越感。但显然，所谓知识分子的优越感也是以李克的"旧趣味"为基础的，作品所散发出的"不良"气息，源自作者没有对李克的生活趣味持严厉的批判立场，而是在轻松的日常氛围中让一切得到原谅和化解。

萧也牧作为新中国第一个写城市日常生活的作家，他对这一题材的尝试本身就存在风险，小说中妻子所反感的城市生活方式，也正是中国20世纪40年代都市作家笔下所表达的"日常"，作品真实地表现了革命者在面对新的环境时所出现的人性的困惑和矛盾，它在当时应该是一篇非常成功的作品。不过，因为作品的"不纯粹"，作者承受着巨大的压力。面对各种批评意见，作者只能发表检讨书，承认"是我的小资产阶级立场、观点、思想未得到切实改造的结果"[02]。对《我们夫妇之间》的批判，作为中华人民共和国成立初期文学问题政

---

[01] 丁玲：《作为一种倾向来看——给萧也牧同志的一封信》，《文艺报》1951年4卷8期。
[02] 萧也牧：《我一定要切实地改正错误》，《文艺报》1951年5卷1期。

治化的典型文学批评事件，它把正常的文学批评、文学交流活动变成
了"扣帽子"，动辄"上纲上线"，这也是整个"十七年"文学批评惯
用的方式。这次事件对作家创作的题材选择以及创作心理的影响是很
大的，它表明知识分子题材写作的敏感性，即使作家描写的是"被改
造"的主题，也容易因知识分子写作的某种惯性而出现"反改造"的
问题。

三、对《红楼梦研究》的批判

俞平伯是古典文学研究专家，其《红楼梦研究》受
胡适研究方法的影响，注重考证，是"新红学"的代表
作品。所谓"新红学"是相对于"索隐派"等"旧红学"
而言的，它注重通过科学考据的方法进行研究。俞平伯
在 1923 年曾出版过《红楼梦辨》，1952 年，他在《红
楼梦辨》的基础上，经过删改、增订，出版了《红楼梦
研究》一书。

红学家俞平伯

俞平伯通过多年的研究，形成了对《红楼梦》的独
特看法，他认为《红楼梦》是作者个人的自叙传，其表
达的主要观念是"色""空"，风格是"怨而不怒"，在文
学继承上是接受和发展了唐传奇、宋话本的传统，并受
到了《西厢记》《水浒传》《金瓶梅》等小说的影响，这
些观点与当时政治化的环境显然是格格不入的。当时有
两位青年研究者李希凡、蓝翎根据马克思主义的文学观
念对俞平伯的研究表示质疑，认为俞平伯否定了《红楼
梦》的反封建倾向。他们写成《关于〈红楼梦〉简论及
其他》一文并投到《文艺报》，却没有被接纳，后来另投

俞平伯的《红楼梦研究》

山东大学《文史哲》杂志发表（1954 年 9 月号）。文章指出："俞平
伯先生离开了现实主义的批评原则，离开了明确的阶级观点，从抽象
的艺术观点出发，本末倒置地把水浒贬为一部过火的'怒书'，且对
他所谓的红楼梦的'怨而不怒'的风格大肆赞扬，实质上是企图减低
红楼梦反封建的现实意义。"另有一文《评〈红楼梦研究〉》在《光明
日报》上发表（10 月 10 日第 24 期）。

《文艺报》对俞平伯的《红楼梦研究》一直是持肯定态度的，该

书出版时《文艺报》于 1953 年 5 月发表了介绍和推荐的文章，文章说："《红楼梦研究》一书做了细密的考证、校勘，扫除了过去'红学'的一切梦呓，这是很大的功绩。"[01]《文艺报》还陆续发表了该书中的一些内容。这样，对于李希凡、蓝翎，包括之前有一个名叫白盾的读者寄来的批评文章，《文艺报》是抵制的。后来，《文艺报》虽应要求转载了这篇文章，但作为主编的冯雪峰在转载时加了这样的编者按："作者的意见显然还有不够周密和不够全面的地方。""只有大家来继续深入地研究，才能使我们的了解更深刻和周密，认识也更全面。"[02] 这些都是招致它后来受到批判的根源。

毛泽东后来看了驳俞平伯的这两篇文章，并了解了整个事情的经过，在 1954 年 10 月 16 日给中央政治局写了一封信，信中他指出："这是三十多年以来向所谓红楼梦研究权威作家的错误观点的第一次认真的开火。……看样子，这个反对在古典文学领域毒害青年三十余年的胡适派资产阶级唯心论的斗争，也许可以开展起来了。事情是两个'小人物'做起来的，而'大人物'往往不注意，并往往加以阻拦，他们同资产阶级作家在唯心论方面讲统一战线，甘心作资产阶级的俘虏，这同影片《清宫秘史》和《武训传》放映时候的情形几乎是相同的。"[03] 毛泽东的信虽然当时没有直接公布，但信的精神却得到间接的传达，随即引起了强烈的反响。《人民日报》于 10 月 23 日发表了钟洛的文章《应该重视对〈红楼梦研究〉中的错误观点的批判》，28 日又发表了袁水拍《质问〈文艺报〉编者》一文（原文发表前经过毛泽东的审阅修改）。批判的矛头不仅指向俞平伯，也指向《文艺报》编委。

10 月 24 日，中国作协古典文学部召开《红楼梦》研究座谈会，会议由古典文学部部长郑振铎主持，被邀请参加会议的除了被批判的俞平伯和助手王佩璋，还有李希凡、蓝翎、冯至、舒芜、钟敬文、王昆仑、老舍、吴恩裕、黄药眠、范宁、聂绀弩、启功、杨晦、浦江清、何其芳等专家教授共 49 人，周扬也出席了会议并做了发言，会

---

[01]《文艺报》1953 年第 9 期。

[02] 冯雪峰：《李希凡、蓝翎的〈关于红楼梦简论及其他〉一文的〈文艺报〉编者按》，《冯雪峰论文集》（下），人民文学出版社 1981 年版，第 262 页。

[03] 毛泽东：《关于红楼梦研究问题的信》，《毛泽东选集》第 5 卷，人民出版社 1977 年版，第 134—135 页。

议旁听的有 20 人，多为报刊编辑。11 月 8 日，《光明日报》发表了郭沫若的记者谈话《文化艺术界应开展反对资产阶级思想的斗争》。[01]文章态度鲜明地表达了"这是一场严肃的思想斗争"，"应该看作是马克思列宁主义思想与资产阶级唯心论思想的斗争"。郭沫若强调："讨论的范围要广泛，应当不限于古典文学研究的一个方面，而应当把文化学术界的一切部门都包括进去。在文化学术界的广大的领域中，特别是在历史学、哲学、经济学、建筑艺术、语言学、教育学乃至于自然科学的各部门，都应该来开展这个思想斗争。作家们、科学家们、文学研究工作者、报纸杂志的编辑人员，都应当毫无例外地参加到斗争中来。"随后，首都文艺界率先展开了讨论和批判。在不到一个月的时间里，中国文联主席团和中国作协主席团连续召开了四次扩大联席会议，这场批判运动由开始的对俞平伯《红楼梦研究》的批判，逐渐转向对胡适文学观念的批判，并且由文学领域逐渐转向整个文化学术领域，这也正是毛泽东发起这场文艺运动的真正动机，即彻底消除胡风等资产阶级思想在社会主义的影响和存留。

在这次运动中，受打击最大的是冯雪峰和《文艺报》，虽然在巨大的压力下，冯雪峰发表了《检讨我在〈文艺报〉所犯的错误》的深刻检讨，文中承认并接受了所有的指控，不过仍然不能幸免于责罚。1954 年 12 月 8 日，中国文联、作协主席会议通过了毛泽东审阅过的《关于〈文艺报〉的决议》，《决议》中说："《文艺报》在思想上和作风上有许多错误。""对于文艺上的资产阶级错误思想的容忍和投降；对于马克思主义新生力量的轻视和压制；在文艺批评上的粗暴、武断和压制自由讨论的恶劣作风。这些错误的性质是严重的，是违背了马克思主义立场和党的文艺方针的。"[02]《文艺报》随后被改组，受此影响，各个地方的文艺机构和刊物也都面临着整顿。

四、对胡风"资产阶级唯心论"的批判

对俞平伯的《红楼梦研究》和冯雪峰的错误的批判还没有结束，另一场范围更广、性质更为严重的批判运动又开始了，这就是 1955 年的"胡风反革命集团案"，这场规模更大的批判运动是左翼内部矛

---

[01] 朱寨：《中国当代文学思潮史》，人民文学出版社 1987 年版，第 161 页。
[02]《文艺报》1954 年第 23、24 期合刊。

盾在新的历史条件下的总爆发，同时也是中华人民共和国成立后最大规模的将学术问题扩大到政治问题并最后上升到法律问题的事件。

文艺理论家胡风

胡风是中国现代文学史上卓有成就的理论家和诗人，作为"七月派"的理论建设者，胡风的现实主义理论对"七月派"的创作有着深刻的影响。然而，由于文艺观念的差异，胡风与周扬之间一直存在着分歧，他们的矛盾造成了左翼内部两大阵营的分立。

胡风与周扬的矛盾由来已久。1936年胡风与鲁迅、冯雪峰因提倡"民族革命战争的大众文学"与提倡"国防文学"的周扬产生过论争（即"两个口号"的论争），之后，在民族形式、"五四"文学传统、现实主义等诸多问题上胡风也都和周扬等发生过论争，这些论争实际上也是左翼内部宗派斗争的体现。

中华人民共和国成立后，周扬一直居于文艺界主流，处于重要的领导位置，而相比之下，冯雪峰、胡风、丁玲却处在不断受冷落、排挤的位置上。不过，相对于冯雪峰和丁玲，胡风受到的排挤和打击要更直接、更激烈。在中华人民共和国成立前，胡风的文艺观念就不断受到左翼的批判。40年代，左翼在香港的刊物《大众文艺丛刊》就集中批判了胡风的文艺思想。中华人民共和国成立后，"七月派"的文学观念和作家的创作因为和主流的现实主义的差距而常受到批评。在第一次文代会上，茅盾在对国统区文学的总结中也不点名地批评了胡风的文艺观点。1950年，阿垅在《论倾向性》一文中，发表了对艺术和政治的关系的看法，他反对公式主义、教条主义地对待政治与艺术的关系，认为"在艺术问题上，如果没有艺术，也就谈不上政治"[01]，后来陈涌等在《人民日报》《文艺报》等刊物上发表了反驳他的文章。1952年，中宣部召开了四次由胡风本人参加的胡风文艺思想座谈会，胡风在座谈会上检讨了自己的文艺思想，但并没有获得批判者的原谅。迫于压力，同属"七月派"的作家舒芜公开发表文章进

---

[01] 阿垅:《论倾向性》,《文艺学习》, 1950年第1期。

行检讨。[01] 3 个月后,舒芜在《文艺报》上又发表了一封致路翎的公开信,承认"我们过去在文艺上所走的道路,……是与毛泽东文艺战线背道而驰的"[02]。舒芜除了进行自我检讨和对胡风进行批判,还声明要脱离胡风的"小圈子"。1953 年,《文艺报》第 2 期发表林默涵的《胡风反马克思主义的文艺思想》一文,第 3 期又发表何其芳的《现实主义的路,还是反现实主义的路》一文,这两篇文章可看作对胡风大规模批判的前奏。

1954 年 3 月至 7 月,胡风在不为人知的情况下,写成了近三十万字的《关于解放以后文艺实践状况的报告》(以下简称"意见书")于 7 月上呈给中央,"意见书"反驳了林默涵、何其芳对他的批判,并全面申诉了自己的文艺观点。他认为林、何的文章对他的指责实际上暴露出插在读者和作家头上的五把"理论刀子",即共产主义世界观、工农兵生活、思想改造、民族形式、题材等五个理论观点,"在这五道刀光的笼罩之下,还有什么作家与现实的结合,还有什么现实主义,还有什么创作实践可言?"[03] 他指出了中华人民共和国成立以来文艺界的方针、政策和措施存在的问题,并提出了具体的改革的措施方案。当时,中央对这份"意见书"并没有马上做出反应。

1954 年 10 月 31 日至 12 月 8 日,全国文联和作协主席团召开了 8 次联席扩大会议,对《红楼梦研究》中的问题和《文艺报》的错误进行批判,而胡风于 11 月 7 日和 11 月 11 日做了两次措辞激烈的发言。发言中,为阿垅所受到的不公正待遇鸣不平,并且批评了《文艺报》的庸俗社会学作风,这次发言可以说是引火烧身。在这次会议结束时,周扬做了《我们必须战斗》的总结性发言,把胡风的问题作为重大的理论问题提出来,认为"他的许多观点和我们的观点是有根本的分歧的",而且"历来就存在着分歧",胡风把"许多真正马克思主义的观点一律称之为庸俗社会学加以否定",而实际上,

---

[01] 舒芜:《从头学习〈在延安文艺座谈会上的讲话〉》,《长江日报》1952 年 5 月 25 日。后被 6 月 8 日的《人民日报》转载,转载时编者指出胡风的文艺思想"实际上属于资产阶级、小资产阶级的个人主义的文艺思想",并指出以胡风为首的"文艺上的小集团"的存在。

[02] 舒芜:《致路翎的公开信》,《文艺报》1952 年第 18 期。

[03] 胡风:《关于解放以后文艺实践状况的报告》,《胡风全集》第 6 卷,湖北人民出版社 1999 年版,第 303 页。

胡风自己才是"庸俗社会学"。这篇文章还对 40 年代在大后方围绕舒芜的《论主观》展开的那场论争进行了追溯，周扬说解放后《论主观》的作者舒芜抛弃过去的错误观点，站到马克思主义方面来，"党对他的这种进步表示欢迎，而胡风先生却表现了狂热的仇视"[01]。这样，本来批判俞平伯的《红楼梦研究》和胡适的"资产阶级唯心论"的运动遂转向了对胡风的批判，此时，新账旧账就一起被扯出来。当时作家出版社还编辑出版了《胡风文艺思想批判论文汇集》六辑，收集了 40 年代以来的批评文章。不过，批判开始的时候仍然是理论批判，升级到政治批判和刑事事件是 1955 年的事情。

对于胡风为什么在自身命运岌岌可危的情况下站出来大发议论，学术界有不同的看法。洪子诚根据 90 年代出版的《胡风自传》[02]，认为这是一场误会，是"胡风误以为毛泽东和中共中央对《文艺报》和文艺界领导的批评，是他的'意见书'起了作用，以为全面质疑当时文学界掌权者的时机已到，便在会议上做了两次措辞激烈的长篇发言"。陈晓明则认为这并非一场误会，而是胡风根本没有明白自己的问题所在，还借此机会对党进行"表白"："表明他对毛主席的革命文艺路线的拥护，表明他的

作家出版社出版的《胡风文艺思想批判论文汇集》

一贯的文学主张与毛主席开创的革命文艺方向并不矛盾，同时也表明，他对那些资产阶级唯心主义、庸俗社会学的深恶痛绝。胡风的悲剧在于他与革命文艺运动的本质产生抵牾，他始终是以文艺来进行革命，而革命文艺的本质则是以革命来进行文艺。前者不过是文艺化的政治，而后者则是政治化的文艺，本质上是彻底的政治化。胡风始终幻想在学理的层面把这些问题理清，在逻辑上与毛主席开创的革命文艺路线接轨，希望他的忠心和对党的文艺事业的谋略被毛泽东赏识。但他显然犯了历史性的错误，并且从头到尾都没有明白他错误的根本。"[03] 不管胡风真正的动机如何，他的言论都被认为是在向党的文

---

[01] 周扬：《我们必须战斗》，《文艺报》1954 年第 23、24 期。

[02] 胡风：《胡风自传》，江苏文艺出版社 1996 年版。

[03] 陈晓明：《中国当代文学主潮》，北京大学出版社 2009 年版，第 90 页。

艺政策发起进攻。

1955 年 1 月 26 日，中央批转中宣部《关于开展批判胡风思想的报告》，意味着对胡风的批判成为全国性的运动。胡风的"意见书"是以中国作家协会主席团的名义公布的，但说明是"经中共中央交本会主席团处理的"，当时主要是将"意见书"的二、四部分随《文艺报》附送。实际上，1 月 15 日，毛泽东在胡风的"意见书"上已做出批示："应对胡风的资产阶级唯心论，反党反人民的文艺思想进行彻底的批判。"1955 年 4 月 1 日，郭沫若发表《反社会主义的胡风纲领》一文，指出胡风的万言书"全面攻击了革命文艺事业和它的领导工作，表现了对马克思主义的极深刻的仇恨……以肉搏战的姿态向党的文艺政策进行猛打猛攻并端出了他自己的反党、反人民的文艺纲领"[01]。后来，舒芜交出了胡风给他的私人信件，同时还包括胡风的一些其他私人通信，这些信件经过摘录、编辑，成了胡风"反革命"的罪证，它们被分三批作为"胡风反革命集团的材料"在《人民日报》等刊物上公开发表。这些材料都经毛泽东审阅，在发表时都由毛泽东亲自加了按语和注释，至此，胡风事件的性质升级了。胡风于 5 月 18 日被拘捕，5 月 25 日，中国文学艺术界联合会主席团、中国作家协会主席团联席扩大会议通过决议，把以胡风为首的"七月派"定性为"反党、反人民、反革命集团"，免去胡风的一切政治职务，由此也开始了全国的肃反运动。"胡风反革命案"有 2100 人牵涉，仅在 1955 年就有 92 人因故被逮捕，最后确定为"胡风分子"的有 78 人（其中 23 人被定为骨干分子）。胡风被关进监狱，直到 1980 年才平反出狱。1985 年 6 月 8 日，胡风在北京逝世。1988 年 6 月 18 日，中共中央办公室发出《关于为胡风同志进一步平反的补充通知》，至此，胡风案彻底平反。

"胡风案件"是中国当代文学体制化的一种极致体现，它所造成的后果是严重的，包含着严峻的历史教训。随着这几次批判的展开，知识分子噤若寒蝉，政治高压使知识分子处在一种极度恐慌、疑虑的状态中，他们只能在极度压抑中生活，正常的文学创作和一定限度内的思想言论自由都得不到保障。

---

[01] 郭沫若：《反社会主义的胡风纲领》，《人民日报》1955 年 4 月 1 日。

五、文艺政策的两次调整和调整后的"反动"

当政治和文学的关系达到一种异常紧张的状态之后，会出现一个间歇和松弛期。为了在一定程度上恢复文学自身的弹性并调动作家创作的积极性，政治会给予文学稍宽松的生存空间，1956—1957年"双百"方针的提出，1961—1962年文艺政策的调整，都是如此。在这些短暂的时间段中，文学创作的丰富性和多样性稍稍得到了一些恢复，对各种文学理论问题的探讨也出现了一定程度的繁荣。

1. "双百"方针时期的调整及反右派斗争

"双百"方针是在一定的历史背景下提出的。在经济方面，经过1953年以来的过渡期，中国已经基本完成了对农业、手工业、资本主义工商业的社会主义改造，公有制的社会主义体制已经建立起来；在政治、思想方面，经过一系列的文艺批判和思想批判运动以及"三反""五反"等运动，国家的政治思想基础已经得到了高度的统一。随着政治紧张空气的逐渐好转，1956年1月14日至20日，党中央召开了全国知识分子问题会议，会上周恩来做了《关于知识分子问题的报告》，报告指出现阶段科学知识对于社会主义建设的重要性，绝大多数知识分子经过六年的改造

周恩来的《关于知识分子问题的报告》

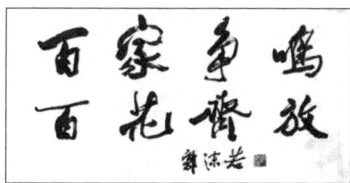

"已经是工人阶级的一部分"，毛泽东在会上也表达了同样的态度。同时，从国际形势来看，苏联文学的变革对中国文学产生了直接的影响。斯大林去世后，苏联文学"解冻"的走向日趋明显，出现了奥维奇金的《区里的日常生活》、尼古拉耶娃的《拖拉机站站长和总农艺师》、肖洛霍夫的《被开垦的处女地》（第二部）等"干预生活"的作品。所有这些因素都为"双百"方针的提出准备了条件。

"百花齐放、百家争鸣"这八个字成为一句口号，有一个历史过程。从1951年到1956年，毛泽东在不同的场合都提到"百花齐放"一词。1951年，毛泽东给中国戏曲研究院的题词是"百花齐放，推陈出新"；1953年，毛泽东又针对遗传学、历史学等学科领域的问题，提出要"百家

郭沫若题词"百家争鸣，百花齐放"

争鸣"；1956 年 2 月，毛泽东给包括陆定一在内的多位领导人写了一封信，在信中表示对学术思想的不同意见，不应禁止；[01] 1956 年 4 月 25 日毛泽东在中共中央政治局扩大会议上做了《论十大关系》的报告，报告指出大规模的阶级斗争已经基本结束，工作重点应该转移到社会主义建设上来，[02] 会议热烈的讨论氛围预示着"双百"方针即将形成。1957 年毛泽东在《关于正确处理人民内部矛盾的问题》中，明确指出："百花齐放、百家争鸣的方针，是促进艺术发展和科学进步的方针，是促进我国的社会主义文化繁荣的方针。艺术上不同的形式和风格可以自由发展，科学上不同的流派可以自由争论。利用行政力量，强制推行一种风格，一种学派，禁止另一种风格，另一种学派，我们认为会有害于艺术和科学发展。艺术和科学中的是非问题，应当通过艺术界科学界的自由讨论去解决，通过艺术和科学的实践去解决，而不应当采取简单的方法去解决。"[03]

正式公开向全国阐释这一方针的是陆定一。1956 年 5 月 26 日，陆定一在怀仁堂向科学界和文艺界的代表人物做了题为"百花齐放，百家争鸣"的报告，系统全面地阐释了这一方针的内涵，他说："我们所主张的'百花齐放，百家争鸣'是提倡在文学艺术工作和科学研究工作中有独立思考的自由，有辩论的自由，有创作和批评的自由，有发表自己的意见、坚持自己的意见和保留自己的意见的自由。""我们主张政治上必须分清敌我，我们又主张人民内部一定要有自由。'百花齐放，百家争鸣'，是人民内部的自由在文艺工作和科学工作领域中的表现。"[04] 自由宽松的文学创作和批评、研究空间是文学事业发展的基本前提，也是经历了中华人民共和国成立后一次又一次的批判运动后人们经验的总结。

然而，经过多次疾风暴雨般的运动之后，知识分子大都懂得要谨言慎行，开始的时候，他们对这次党的文艺政策的调整也充满了疑虑和观望的态度。同时，"双百"方针提出后，也遭到了"左倾"思

[01] 毛泽东：《对学术问题的不同意见不应禁止谈论》，《建国以来毛泽东文稿》，中央文献出版社，1992 年，第 40 页。

[02] 毛泽东：《论十大关系》，《建国以来毛泽东文稿》，中央文献出版社，1992 年，第 82—105 页。

[03] 毛泽东：《关于正确处理人民内部矛盾的问题》，《毛泽东选集》第 5 卷，人民出版社 1977 年版，第 388 页。

[04] 陆定一：《百花齐放，百家争鸣》，《人民日报》1956 年 6 月 13 日。

想的干扰。1957 年 1 月 17 日《人民日报》发表了陈其通、陈亚丁、马寒冰、鲁勒等四人联名发表的文章《我们对目前文艺工作的几点意见》，对"双百"方针的意图进行了"左倾"的诠释，并对文艺界在"双百"方针提出后出现的一些新动向提出了批评的意见。1957 年 3 月《人民日报》发表了陈辽等反驳陈其通的文章《对陈其通等的〈意见〉的意见》，4 月《人民日报》又发表《继续贯彻"百花齐放、百家争鸣"方针》的社论，强调"'百花齐放、百家争鸣'不是一时的权宜之计，而是长期的方针"，"党的任务是要继续放手，坚持贯彻'百花齐放、百家争鸣'的方针"。

著名社会学家费孝通在 1957 年 3 月 24 日的《人民日报》上发表了《知识分子的早春天气》一文，他分析了知识分子对"大鸣大放"的观望心理："几年来，经过了狂风暴雨般的运动，受到了多次社会主义胜利高潮的感染，加上日积月累的学习，知识分子原本已起了变化。去年一月，周总理关于知识分子问题的报告，像春雷般起了惊蛰作用，接着百家争鸣的和风一吹，知识分子的积极因素应时而动了起来。但是对一般老知识分子来说，现在好像还是早春天气。他们的生气正在冒头，但还有一点腼腆，自信力不那么强，顾虑似乎不少。早春天气，未免乍寒乍暖，这原是最难将息的时节。逼近一看，问题还是不少的。当然，问题总是有的，但当前的问题毕竟和过去的不同了。"[01] 从禁锢严密到解禁，知识分子心理的转换需要时间，"不同时间的政策、主张之间的断裂的现象，也在人们心中留下了难解的疑团"[02]。对于刚刚经历了一次次运动的知识分子来说，他们无法给这种前后政策的巨大落差一个及时的反应，当然，他们的心里同样也有振奋和期待。

随着党对"双百"方针政策提倡的不断升温，文艺界的很多知识分子逐渐打消了心中的疑虑，过去不敢涉猎的题材开始有作家来关注，过去不敢谈论的理论问题开始有批评家来讨论、反思，文艺界出现了一派枯木逢春的景象。

首先是理论界对文学创作问题的重新思考，社会主义现实主义的问题，典型性、形象思维的问题，作品的真实性、思想性和艺术性的

[01] 费孝通：《知识分子的早春天气》，《人民日报》1957 年 3 月 24 日。
[02] 洪子诚：《1956：百花时代》，山东教育出版社 1998 年版，第 7 页。

关系问题，歌颂与暴露、世界观与创作方法的关系问题，文艺的特征和规律，如何理解和贯彻文艺为工农兵服务、为政治服务等问题，都在这一时期被重新提出来讨论。这次讨论中影响较大的文章有：何直（秦兆阳）的《现实主义——广阔的道路》、周勃的《论现实主义及其在社会主义时代的发展》、陈涌的《关于社会主义的现实主义》、钱谷融的《论"文学是人学"》、巴人（王任叔）的《论人情》、王淑明的《论人情与人性》、刘绍棠的《我对当前文艺问题的一些浅见》、钟惦棐的《电影的锣鼓》等，这些文章从各个角度展开了对社会主义现实主义创作的各种问题的反思和思考，体现出思想解放、大胆反思和质疑的特点。

秦兆阳的《现实主义——广阔的道路》（发表时署名何直）是很重要的一篇文章，他对执行"社会主义现实主义"创作原则中的教条主义提出了批评。秦兆阳认为："现实主义文学必须首先有一个标准，那就是当它反映客观现实的时候，它所达到的艺术性和真实性、以及在此基础上所表现的思想性的高度。现实主义文学的思想性和倾向性，是生存于它的真实性和艺术性的血肉之中的。"他指出，社会主义现实主义的定义存在明显缺点，它带来一些庸俗的思想，对文学事业形成了种种教条主义的束缚，特别是对毛泽东的《在延安文艺座谈会上的讲话》做了庸俗化的理解和解释，主要表现在对文艺与政治的关系的理解上，"长期这样片面地机械地强调文学艺术配合任务，其结果必然是：即或在某种程度上为当时具体的政治服务，即或用政策和工作方法等等去对人民多少起了一点宣传作用，却没有产生出更多更好的文学作品。这就使得文学艺术没有能够更深刻、更广泛、更长远地去对人民的精神品质起影响作用，并且使得人民在生活里不能得到更加满足的艺术享受。这损失是看不见的。这样，就与最初的目的相反——贬低了文学艺术为政治服务的作用"。他认为，"现实主义文学既是以整个现实生活以及整个文学艺术的特征为其耕耘的园地，那么，现实生活有多么广阔，它所提供的源泉有多么丰富，人们认识现实的能力和艺术描写的能力能够达到什么样的程度，现实主义文学的视野，道路，内容，风格，就可能达到多么广阔，多么丰富"[01]。

[01] 秦兆阳：《现实主义——广阔的道路》，《人民文学》1956年第9期。

巴人、钱谷融、王淑明等则发表文章探讨了文学中的"人情""人性"问题，他们的文章都指出了教条主义在处理政治与"人情""人性"关系上的谬误，巴人指出："我们有些作者，为要使作品为阶级斗争服务，表现出无产阶级的'道理'，就是不想通过普通人的'人情'。或者，竟至于认为作品中太多人情味，也就失掉了阶级立场了。但这是'矫情'。天下的事情是人做的。不通人情而能贯彻立场，实行自己的理想的事是不会有的。"[01] 在处理阶级性和人性的关系上，巴人没有把阶级性看成是高于人性的，而是认为："本来所谓阶级性，那是人类本性的'自我异化'，而我们要使文艺服务于阶级斗争，正是要使人在阶级消灭后'自我归化'——即回复到人类本性，并且发展这人类本性而日趋丰富。"这种观点在当时可谓石破天惊。钱谷融更加系统地论述了"人"在文学创作中的地位，他从俄苏文学、中国现代文学、文艺复兴时期的文学、马克思主义、中国传统文化中找到人道主义为文学之本的依据，重新把"人"在文学中的地位提升起来："文学要达到教育人、改善人的目的，固然必须从人出发，必须以人为注意的中心；就是要达到反映生活、揭示现实本质的目的，也还必须从人出发，也必须以人为注意的中心。说文学的目的任务是在于揭示生活本质，在于反映生活发展的规律，这种说法，恰恰是抽掉了文学的核心，取消了文学与其他社会科学的区别，因而也就必然要扼杀文学的生命。"[02] 他把人道主义看成评价文学作品最基本、最必要的标准，这无疑是对"五四"人道主义观念的继承。

其次，在文学创作领域，也出现了一些敢于暴露和批判的被称作"干预生活"的作品，如刘宾雁的《在桥梁工地上》和《本报内部消息》、耿简的《爬在旗杆上的人》、王蒙的《组织部来了个年轻人》、李国文的《改选》、刘绍棠的《田野落霞》等，除此之外，也有一些反映"家务事，儿女情"题材的作品，如宗璞的《红豆》、邓友梅的《在悬崖上》、陆文夫的《小巷深处》等。这些作品涉足了一些过去的题材禁区，突破了过去陈旧的创作模式，反映生活的深度和广度都有较大的提升，因而给文坛带来了一股新鲜的气息。

"双百"方针期间，一些知识分子表达了他们对中华人民共和国

---

[01] 巴人：《论人情》，《新港》1957 年第 1 期。
[02] 钱谷融：《论"文学是人学"》，《文艺月报》1957 年第 5 期。

成立后的文艺政策和组织方式的不满，也表达了对现实主义原则的个人理解，这样的理解和胡风"意见书"的观点在本质上相差无几，这也意味着新一轮的历史悲剧的发生。尽管毛泽东在"鸣放"之初对此有一定心理准备，但结果还是让他难以接受，1957 年 6 月 8 日，毛泽东在起草的党内指示中说："反动分子猖狂进攻。党团员中的动摇分子或者叛变出去，或者动摇思变。"[01] 反右派斗争的迅速启动使知识分子措手不及，一大批在"双百"时期发表了"鸣放"言论的理论家以及一些发表"干预生活"作品的作家都被打成了"右派"。

在反右派斗争中，一些并没有明显"鸣放"言行却有遗留问题的作家也一并受到冲击，如丁玲、陈企霞。他们在 1954 年因"《红楼梦研究》事件"受到批判。1955 年，陈企霞向党中央提出重新检查对《文艺报》的结论，结果又受到批判，丁玲、陈企霞被认定为"反党小集团"。1956 年在"双百"方针提出后相对宽松的环境下，丁玲、陈企霞再次提出申述，经过调查，组织认定"反党小集团"的罪名不能成立，直到 1957 年 6 月 6 日在作协党组会议上，周扬等领导都还明确表示对丁玲等的批判是错误的。不过，反右派斗争一开始，丁玲、陈企霞的问题不仅重新被打回原来的性质，而且还再度升级。这一次事态的严重性超过此前的任何一次，并且牵涉到冯雪峰，他被定为"丁玲、陈企霞反党集团"的参与者以及胡风文艺思想的支持者，和丁、陈一起受到严重批判。在这次批判中，1949 年前的丁玲在南京监狱时期的问题，冯雪峰在 30 年代与周扬的"两个口号"之争的问题，都被旧话重提。1958 年第 2 期的《文艺报》又重新刊载了丁玲、王实味、萧军、艾青、罗峰等人延安时期的杂文和小说，编者按语引用毛泽东的亲笔："这些文章是反党反人民的"，他们是"以革命的姿态写反革命的文章"，[02] 这无疑具有"判决性"。反右派斗争中，当时在文艺界被打成"反党集团"的除了"丁、陈反党集团"，还有"江丰反党集团""吴祖光右派集团"等。

周扬在一次会议上宣读的报告《文艺战线上的一场大辩论》是对反右派斗争的总结，该文是在周扬 1957 年 9 月 16 日中国作协党组

---

[01] 毛泽东：《组织力量反击右派分子的猖狂进攻》，《毛泽东选集》第 5 卷，人民出版社 1977 年版，第 431 页。

[02] 1958 年第 2 期《文艺报》。

扩大会议上的讲话的基础上，通过吸收其他的意见修改、补充而成，参与执笔的有林默涵、刘白羽、张光年等多人，文章经毛泽东审阅修改而最后成稿。文中毛泽东加了这样一段文字："在我国，1957 年才在全国范围内举行一次最彻底的思想战线上的社会主义大革命，给资产阶级反动思想以致命的打击，解放文学艺术界及其后备军的生产力，解除旧社会给他们戴上的脚镣手铐，免除反动空气的威胁，替无产阶级文学艺术开辟了一条广泛发展的道路。在这以前，这个历史任务是没有完成的。这个开辟道路的工作今后还要做，旧基地的清除不是一年工夫可以全部完成的。但是基本的道路算是开辟了，几十路、几百路纵队的无产阶级文学艺术战士可以在这条路上纵横驰骋了。文学艺术也要建军，也要练兵。一支完全新型的无产阶级文艺大军正在建成，它跟无产阶级知识分子大军的建成只能是同时的，其生产收获也大体上只能是同时的。这个道理，只有不懂历史唯物主义的人才会认为不正确。"[01]

反右派斗争显然是对"双百方针"的反动，一大批"双百"时期因出于对党的信任而发表了"鸣放"言论以及"非主流"文学作品的知识分子被打成"右派分子"。中国共产党第十一届六中全会通过的《关于建国以来党的若干历史问题的决议》指出："反右派斗争被严重地扩大化了，把一批知识分子、爱国人士和党内干部错划为'右派分子'，造成了不幸的后果。"反右派斗争存在严重的扩大化倾向，运动结束时，官方统计的"右派分子"是五十五万人，除此之外，还有大量被划作"右派分子"、受到不公正待遇却未记入档案的人没被统计在案。

2. 60 年代初文艺政策的调整及"文革"的开始

1958 年，中国掀起了"大跃进"运动，不仅粮食、钢铁放出一颗颗"卫星"，在文学领域，诗歌创作也展开了"新民歌"运动，无数的诗人和诗歌一时间被生产出来，整个国家呈现出一种浮夸的状态，而从 1959 年至 1961 年，自然灾害、"反右倾"、"反修正主义"这些天灾人祸使得当时国家的状况雪上加霜。针对这种状况，党中央制定了"调整、巩固、充实、提高"的八字方针。在这一方针的指导

---

[01]《文艺战线上的一场大辩论》，原载于 1958 年 2 月 28 日《人民日报》和 1958 年第 4 月的《文艺报》。

下，国民经济等各个方面从 1962 年开始得到了一定程度的恢复。同时，1961—1962 年，文艺界也进行了方针政策的调整，对文学的典型、题材问题，文学共鸣问题，山水诗问题，戏剧冲突和历史剧问题，形象思维问题等展开了讨论。

这次的文艺政策调整是在周恩来的直接领导下进行的，在这两年中，周恩来还连续发表了三篇讲话，对减弱"左倾"思潮的不断膨胀具有重要作用，它们是《在文艺工作座谈会和故事片创作会议上的讲话》（1961 年 6 月 19 日）、《对在京的话剧、歌剧、儿童剧作家的讲话》（1962 年 2 月 17 日）、《关于知识分子问题的报告》（1962 年 3 月 2 日）。这三篇讲话主要围绕文艺界存在的问题展开，包括对知识分子身份的认定问题、文艺领导的问题、文艺发展规律的问题、典型问题、时代性问题、阶级性问题等，这些问题的提出都旨在总结经验教训，改正存在的问题。

在这次调整期，共有三次重要的会议，它们是 1961 年 6 月在北京新侨饭店召开的"文艺工作座谈会和故事片创作会议"（简称"新侨会议"），1962 年 3 月在广州召开的"全国话剧、歌剧、儿童剧创作座谈会"（简称"广州会议"），以及 1962 年 8 月在大连召开的"农村题材短篇小说创作座谈会"（简称"大连会议"）。这三次会议对当时文学状况的调整起到了非常积极的作用。

作为这几次会议精神集中体现的是最后下发的"文艺八条"，它最初的雏形是新侨会议讨论的文件《关于当前文学艺术工作若干问题的意见》（"文艺十条"），经过反复讨论、修改，在广州会议后报送中央被批准，出台了八条全局性的指导原则即所谓"文艺八条"，主要内容包括贯彻执行"百花齐放、百家争鸣"的方针，努力提高创作质量，批判地继承民族遗产和吸收外国文化，正确地开展文艺批评，改进领导方法和领导作风等。"文艺八条"是在周恩来的直接督促下产生的，它控制了文艺界"左"的思潮的泛滥，对于政治高压下的文艺环境起到了一定舒缓作用，一些理论问题如戏剧冲突问题、题材问题、"写中间人物"和现实主义深化等问题都被提出来进行讨论。不过，由于历史条件的限制，"八条"包含着一些矛盾，如它强调"凡是违背毛泽东同志在《关于正确处理人民内部矛盾的问题》中提出的六项政治标准的作品和论文，就是毒草，必须给以严格的批评和驳斥"。

　　邵荃麟作为大连会议的主持者，在大会上对农村题材的短篇小说创作状况进行了全面的分析，包括农村题材如何反映人民内部矛盾、人物创作、题材、深入生活、艺术形式等问题。在人物创作上，他指出："强调写先进人物、英雄人物是应该的。英雄人物是反映我们时代的精神的。但整个说来，反映中间状态的人物比较少。两头小，中间大；好的、坏的人都比较少，广大的各阶层是中间的，描写他们是很重要的。矛盾点往往集中在这些人身上。我觉得梁三老汉比梁生宝写得好。亭面糊这个人物给我印象很深，他们肯定是会进步的，但也有旧的东西。"[01] 后来这被看作是在倡导写"中间人物"，和提倡写英雄人物的精神是相违背的，邵荃麟因此受到严厉的批判。1964年《文艺报》八、九合刊发表了《"写中间人物"是资产阶级的文学主张》（编辑部），批评邵荃麟在"大连会议"上的讲话。"文革"期间"写中间人物"被定为"黑八论"之一，邵荃麟因此受到迫害，于1971年含冤病死在狱中。

　　这次调整的持续时间并不长，受各种因素影响，这种调整也只可能缓解存在的问题的严重性，而不可能彻底解决问题。特别是随着国际上社会主义阵营发生分裂，国内阶级斗争的形势又急剧向"左"转，文艺调整期的方针、政策付之一炬。1962年9月，毛泽东在八届十中全会上提出"千万不要忘记阶级斗争"的口号，"阶级斗争必须年年讲、月月讲、天天讲"，文艺环境又变得紧张起来。八届十中全会阶级斗争扩大化，特别是在1963年和1964年，毛泽东关于文学艺术的两个批示预示了一场新的更为激烈的政治运动的开始，正是在这样的情况下，江青走上了政治和文化的舞台。1966年2月，由她代表林彪出面在上海召开了部队文艺工作座谈会，炮制了《林彪同志委托江青同志召开的部队文艺工作座谈会纪要》（简称《纪要》）。《纪要》由刘志坚、陈亚丁等起草，张春桥、陈伯达等多次修改，毛泽东审阅修改，最后形成了《纪要》的正式文本，于1966年4月16日作为中央文件发出，1967年5月29日《人民日报》发表了全文。《纪要》对中华人民共和国成立以后的文学创作成绩持全盘否定

[01] 邵荃麟：《在大连"农村题材短篇小说创作座谈会"上的讲话》，洪子诚主编：《中国当代文学史·史料选》（1945—1999）（下），长江文艺出版社2002年版，第504页。

的态度，它断定中华人民共和国成立后的文艺界根本没有执行毛泽东的文艺思想，而是"被一条与毛泽东思想相对立的反党反社会主义的黑线专了我们的政，这条黑线就是资产阶级的文艺思想、现代修正主义的文艺思想和所谓 30 年代文艺的结合。'写真实'论、'现实主义广阔的道路'论、'现实主义的深化'论、'反题材决定'论、'中间人物'论等都是违背毛泽东延座讲话精神的"。[01]《纪要》大加肯定的是革命现代京剧，认为这才是毛泽东思想的体现，会"带动文艺界发生着革命性的变化"，张春桥甚至说："从《国际歌》到革命样板戏，这中间一百多年是一个空白，是江青亲手培育的革命样板戏，开创了无产阶级文艺的新纪元。"[02]《纪要》确立了一整套理论，包括"根本任务论"、"三突出"原则、"主题先行"等，文艺界一直相持不下的一些理论问题被统一处理和规定，"《纪要》表达的，是本世纪以来就存在的，主张经过不断选择、决裂，以走向理想形态的'一体化'的激进文化思潮。"[03] 文学极端政治化的走向使得文学创作自此走向了一个荒漠化的时期。

---

[01]《纪要》，原载《人民日报》1967 年 5 月 29 日。

[02] 转引自 1976 年 11 月 10 日《人民日报》。

[03] 洪子诚《中国当代文学史》，北京大学出版社，2007 年，第 161 页。

第四章

"十七年"农村题材小说

一、"十七年"农村题材小说发展概述

1949 年中华人民共和国成立，历史翻开了崭新的一页，文学也进入了新的时期。作为中国社会主义革命事业的有机组成部分，文学需要为刚刚与"旧世界"彻底决裂的人民群众提供生动的艺术形象，使人们可以进入历史情境理解历史发展的合理性和必然性。因而，文学创作一方面为历史的发展提供了文学性的解读，另一方面也为现实的存在提供了政治性的引导。

在"十七年"的小说创作中，题材的选取是优先考量的问题之一，它"对小说创作（文学的其他类别，如诗、戏剧、散文也一样）具有特殊的重要性"[01]。这不仅是因为当时的文学界把题材的优劣作为判断作品成功与否的重要标准，更因为题材问题在多次文艺论争和批判运动中都是被关注的焦点。尽管在"十七年"期间，作家、批评家们也进行过"可不可以写小资产阶级"[02] 等有关题材问题的争论，也发出过"文艺创作的题材，有进一步扩大之必要；题材问题上的清规戒律，有彻底破除之必要"[03] 的声音，但从整体上看，他们对题材问题的基本认识和基本态度还是比较一致的。在当时整个文学界的"共识"中，题材首先应该根据一定的标准进行严格分类。以"社会群体的政

---

[01] 洪子诚：《中国当代文学史（修订版）》，北京大学出版社 2007 年版，第 74 页。

[02] 1949 年 8 月到 11 月，上海《文汇报》开展了"可不可以写小资产阶级"的讨论。

[03]《文艺报》编辑部（张光年执笔）：《题材问题》，《文艺报》1961 年第 3 期。

治生活"[01]为依据,文学界逐渐形成了诸如工业题材、农村题材、革命历史题材等特定的题材分类概念。严格的题材分类,为排列题材的主次提供了必要条件,处于不同位次的题材类别在"十七年"被赋予了不同的价值。比如,"工农兵"题材的作品就比知识分子题材的作品地位高,反映重大斗争的作品就比反映个人生活的作品价值大,以现实政治任务为题材的作品就优于以中国古代历史为题材的作品。

在这些不同的题材类别中,农村题材小说无论是在作品数量上,还是在质量上都高居榜首。农村题材小说之所以能在中华人民共和国成立后迅速崛起,一方面是得益于对"五四"新文学中的"乡土文学"传统[02]的延续,另一方面则是得益于作家们长期生活、工作在农村所积累的丰富情感经验和实践经验;更重要的还是得益于当时的文学界对农村题材小说的重视。

1950年冬天,一场大规模的土地改革运动在全国范围内展开,对社会主义中国理想蓝图的描绘首先从农村开始,政治的主导与作家的自觉在这里得到有效的结合,从"土改"到农村合作化运动,再到人民公社化和"大跃进"……20世纪五六十年代中国农村开展的一系列重要的政治运动和事件都在小说中得到了反映,作家们积极地、动态地、不遗余力地展示着农村翻天覆地的变化。特别是1953年,社会主义改造在全国轰轰烈烈地展开,农村也开始进行大规模的农业合作化运动,目标是把以生产资料私有制为基础的农村个体经济改造为以公有制为基础的农业合作经济。这场声势浩大的运动,使整个农村的面貌和每个农民的命运都发生了深刻的变化,它引起了作家们的高度关注,也激起了他们极大的创作热情。可以说,农村题材小说从产生之初到之后的发展,都是与"现实斗争"紧密结合的。可以说,"1949年以后,中国文学的主流叙事就是乡村叙事,描写乡村的文学作品构成了现实主义文学的主流"[03]。

在"十七年"期间以农村生活为主要创作题材的作家有赵树理、

[01] 洪子诚:《中国当代文学史(修订版)》,北京大学出版社2007年版,第75页。

[02] "乡土文学"与农村题材有着不可替代的区别。"乡土文学"是一个现代性概念,最早出现在1926年张定璜对鲁迅小说的评论中。而农村题材则是中国社会主义革命文学的概念,是根据以农业为基础,以工业为主导的计划经济体制,对相关文学题材进行的划分。与之相对的不是城市题材,而是工业题材。参见陈晓明:《中国当代文学主潮》,北京大学出版社2009年版,第93页。

[03] 陈晓明:《中国当代文学主潮》,北京大学出版社2009年版,第94页。

马烽、西戎、柳青、王汶石、周立波、沙汀、刘澍德、陈残云、谢璞、秦兆阳、康濯、李准、浩然等。除周立波、沙汀、刘澍德、陈残云、谢璞等少数作家主要从南方农村取材外，大多数作家主要还是从北方农村取材，其中山西和陕西两大作家群体最具特色和实力。

赵树理、马烽、西戎、孙谦、束为、胡正等作家的小说，主要取材于山西农村。这些作家一生的大部分时间是在山西度过的，他们不但熟悉那里的风俗习惯和人情事理，而且经常能接触到"当前的生活底层"[01]——农民。这就不难解释为什么他们能够在小说中自觉地"将地域性与农民性有机地结合起来"[02]。同时，这些山西作家紧紧围绕农村的现实问题来进行创作，不仅以反映农村现实为目的，而且以"产生指导现实的意义"[03]为期许，把笔触深入深层次的现实。另外，在艺术上，他们始终坚持把农村读者作为主要的接受对象，追求小说的平民化、大众化，注重对古典小说、民间说书、地方戏曲等民间艺术形式的改造吸收，加强了小说情节的故事性和语言的通俗性。正是鉴于赵树理等作家在创作上的上述共通点以及 50 年代文学界为推动这些山西作家形成流派所做的一些具体工作 [04]，后来的评论界陆续有人用"山西作家群""山西派""《火花》派""山药蛋派"等称谓来命名这一"流派"。然而，关于这些山西农村题材小说作家究竟有没有形成一个独立的小说流派，评论界至今仍有争论。

赵树理是"山西作家群"的领军人物，"山西作家群"中的其他作家都自觉地学习他的创作风格。赵树理早在解放区时期就因为创作农村题材短篇小说而在文学界享有很高的声誉，中华人民共和国成立后，他不仅完成了长篇小说《三里湾》和短篇小说《登记》《锻炼锻炼》《套不住的手》《实干家潘永福》《卖烟叶》等，还创作有电影故事、长篇评书、特写、鼓词、小调、秧歌等多种题材、多种形式的作

---

[01] 康濯：《试论近年间的短篇小说——在河北省短篇小说座谈会上的发言》，《文学评论》1962年第 5 期。

[02] 吴秀明主编：《中国当代文学史写真（上）》，北京大学出版社 2010 年版，第 228 页。

[03] 赵树理：《也算经验》，《人民日报》1949 年 6 月 26 日。

[04] 1956 年 7 月，周扬在山西提出了有意识地发展有特色的文学流派的主张。同年 10 月，山西文学刊物《火花》创刊。1958 年 5 月，《文艺报》和《火花》在山西联合召开座谈会，总结山西作家的经验。随后，《文艺报》设"山西文艺特辑"专栏，专门评价山西作家的创作。不过后来，建立"流派"的努力，因为种种原因，没有再被提起。参见洪子诚：《中国当代文学史》，北京大学出版社 2007 年版，第 85 页。

新中国文学的开端——十七年文学史

作家赵树理　　　　　　　作家马烽　　　　　　　作家西戎

品。除了赵树理,"山西作家群"的其他作家也在"十七年"期间取得了一定的创作成绩。马烽著有《一架弹花机》《结婚》《韩梅梅》《三年早知道》《我的第一个上级》等短篇,而西戎则出版了短篇小说集《姑娘的秘密》《丰产记》等。其中,西戎在《赖大嫂》中创造的"无利不早起"的落后农村妇女赖大嫂的形象被认为达到了较高的艺术水平。

"十七年"时期另一个创作农村题材小说的作家群体,是以柳青为代表的"陕西作家群",这个群体的小说主要取材于陕西农村生活。与"山西作家群"的创作相比,"陕西作家群"的创作虽然也具有比较明显的地域性特征,但"陕西作家群"更加注重对农村中的"新人",农民中的先进者的塑造。如果说"山西作家群"是站在与他们所写对象同一性的立场上对农民进行描写,那么"陕西作家群"则是站在超越性的立场上——通过灌输新的价值观念对农民进行政治教育。从艺术的角度分析,"陕西作家群"不像"山西作家群"那样以民间艺术为主要借鉴对象,他们更加倾向于现实主义的创作原则,重视从苏联和"五四"新文学以来的现实主义传统中进行艺术吸收。此外,"陕西作家群"的小说也更加注重从历史和时代的高度对农村的新变化进行阐释,表现出比较浓厚的理想主义色彩,这一点在柳青的小说中有很明显的体现。

柳青作为"陕西作家群"的代表作家,其创作为人所熟知的主要是几部长篇。1949年前,柳青就创作了反映解放区生产互助运动的长篇小说《种谷记》。1951年,他又创作了反映陕北农民英勇支前队战斗事迹的长篇小说《铜墙铁壁》。到了1959年,柳青创作生涯中的里程碑之作《创业史》(第一部)问世。按照作者的本意,这部作

品总共要写四部，全景式地反映中国农村社会主义革命
的整个过程。但由于"文化大革命"的阻断，柳青的计
划尚未完成便不幸逝世了。除柳青外，"陕西作家群"中
比较有代表性的作家是王汶石。王汶石的短篇小说在文
坛具有一定的地位，他的主要作品有《少年突击手》《大
木匠》《蛮蛮》《新结识的伙伴》《卢仙兰》《沙滩上》以
及长篇小说《黑凤》等。

作家柳青

二、赵树理的小说及其评价史

赵树理（1906—1970），出生于山西省沁水县一个贫苦农民家庭，
从青年时代起就背井离乡，一边四处流浪，一边苦苦求学。1930年
底，赵树理正式开始了他的文学创作生涯。从小生活在农村底层的他
熟悉和热爱着养育他的土地和人民，并把这种感情倾注于笔端。抗战
前，赵树理就创作了《金字》《盘龙谷》等作品，抗战全面爆发后，
赵树理在山西积极组织、参与各种抗日文化运动，并完成了多篇广受
好评的小说创作，其中声誉最高的三部作品分别是反映农村青年争取
婚恋自由的《小二黑结婚》，反映抗战时期农村政权改选和减租减息
斗争的《李有才板话》，以及反映农民在共产党领导下与地主展开阶
级斗争的《李家庄的变迁》。正是这些作品使得赵树理在中华人民共
和国成立后的文化界享有很高的地位，并和一些现代重要作家如巴
金、老舍、曹禺等齐名。中华人民共和国成立后，赵树理继续进行农
村题材小说创作，并有大量作品问世，其中，长篇小说《三里湾》是
他在这一时期最具代表性的作品。

赵树理的系列经典作品

文学具有前瞻性，它被要求"及时"地反映社会主义革命带来的新人、新事、新面貌，但社会主义革命本身尚处于探索阶段，政治政策的变化很大，一旦政策发生变化，对同一部作品的评价也会发生较大的变化。此外，文学创作环境的松紧也对文学作品的评价变化有重要影响。因此，赵树理从40年代成名到中华人民共和国成立后，批评界对其文学创作的成就的评价也是起伏不定的。

1942年，"延安文艺座谈会"召开，毛泽东发表了《在延安文艺座谈会上的讲话》，确立了"工农兵"文艺发展方向。对于赵树理这样对农村生活有着切身体验和真实感情的本色作家来说，这无疑是一个绝佳的机遇。他不需要像丁玲等已成名的知识分子作家那样，必须将原有的创作观念进行改造并转移到"工农兵"的立场上来，因为他从来就是中国千千万万农民中的一个，并且"对自己熟悉的群众生活的根据地永远保持着饱满的兴趣"[01]。同时，"工农兵"方向作为一种新的文艺思想，也正需要一位具有代表性的作家来向文学界提供可供学习、借鉴的范本。赵树理对农村生活变迁和农民历史命运的关注，以及他对民间文艺的熟悉，正能够创作出满足"工农兵"文艺方向的这种迫切需求的作品。

赵树理在解放区时期的农村题材小说不但受到了广大读者尤其是"农村中识字人"的欢迎，而且也受到了评论界的肯定。1943年的《小二黑结婚》讲述了农村青年小二黑和小芹在新政权的支持下，战胜封建迷信思想，争取婚姻自主的故事，它以浓郁的农村生活气息、鲜明的民间文化色彩以及幽默的语言、鲜活的人物，成为赵树理的成名作。小说出色的艺术表现，使它深受群众欢迎，还被改编成电影、歌剧、评剧等多种艺术形式。与《小二黑结婚》同年发表的《李有才板话》和1946年发表的《李家庄的变迁》，也延续了赵树理在《小二黑结婚》中的这种艺术风格。

当时，左翼文学界的代表人物郭沫若、茅盾、周扬、陈荒煤等纷纷给予热情的赞扬，这些批评家对其异口同声的高度评价一下子就把赵树理推到了文坛的顶峰。早期对赵树理进行评价的文章主要是按照《在延安文艺座谈会上的讲话》的精神进行的，主要在于去把握赵

[01] 赵树理：《下乡杂忆》，《赵树理文集》第4卷，工人出版社1980年版，第1659页。

树理的语言、表现对象、叙事结构方式等方面所走的"大众化"道路。郭沫若认为《小二黑结婚》《李有才板话》有"新的天地，新的人物，新的感情，新的作风，新的文化"[01]，《李家庄的变迁》的规模比前两篇"更加宏大了"，"最成功的是语言"，并说："看惯了庭院花木的人，毫无疑问，对于这样的作家和作品也会感觉生疏，或甚至厌恶的。"[02]

　　周扬在《解放日报》上发表了《论赵树理的创作》[03]一文，这是40年代最早对赵树理小说进行全面、系统的评价并给予高度赞扬的文章。周扬认为，赵树理的小说满足了在艺术作品中反映"农村中的伟大的变革过程"的要求，并且赵树理的小说有"人物的创造"和"语言的创造"两大特点。周扬在总结赵树理的人物创作特点时强调："他总是将他的人物安置在一定斗争的环境中，放在这斗争中的一定地位上，这样来展开人物的性格和发展。每个人物的心理变化都决定他在斗争中所处的地位的变化，以及他与其他人互相之间的关系的变化。他没有在静止的状态上消极地来描写他的人物。"而在语言方面，周扬也肯定赵树理"熟练地丰富地运用了群众的语言，显示了他的口语化的卓越的能力；不但在人物对话上，而且在一般叙述的描写上，都是口语化的。在他的作品中，我们可以看出和中国固有小说传统的深刻联系；他在表现方法上，特别是语言形式上吸取了中国旧小说的许多长处。但他所创造出来的绝不是旧形式，而是真正的新形式，民族新形式。他的语言是群众的活的语言"。文章最后，周扬将赵树理的小说成就上升到"毛泽东文艺思想在创作上实践的一个胜利"的高度。不过，周扬对赵树理的《李家庄的变迁》也有微词："可以看出作者在这里有很大的企图。和作者的企图相比，这篇作品还没有达到它所应有的完成的程度，还不及《小二黑结婚》与《李有才板话》在它们各自范围之内所完成的那样成功。它们似乎更完整，更精练。"周扬认为这主要因为作品结构松散，人物形象不够突出，缺乏典型性等问题。不过作者最后还是说："但是就作品的规模和包含的内容来

[01] 郭沫若：《〈板话〉及其他》，黄修己编：《赵树理研究资料》，北岳文艺出版社1985年版。

[02] 郭沫若：《读了〈李家庄的变迁〉》，黄修己编：《赵树理研究资料》，北岳文艺出版社1985年版。

[03] 周扬：《论赵树理的创作》，《解放日报》1946年8月26日。

说，《李家庄的变迁》自有它的为别的两篇作品所不可及的地方。"[01]

1947 年 8 月陈荒煤在晋冀鲁豫文艺工作者座谈会上做了《向赵树理方向迈进》[02] 的发言，认为赵树理的作品"政治性是很强的"。赵树理在他的小说中使用的"活在群众口头上的语言"是"广大群众所欢迎的新形式"，而赵树理本人在创作中则"真正做到全心全意为人民服务"。据陈荒煤在发言中所说，把"赵树理方向"作为"边区文艺界开展创作运动的一个号召"，是与会者"经过好多天热烈的讨论与研究"得到的"一致的意见"。

50 年代，赵树理继续从事他的农村题材小说创作，发表有短篇小说《登记》（1950 年）、《锻炼锻炼》（1958 年）、《老定额》（1959 年）、《套不住的手》（1959 年）等，另出版有长篇小说《三里湾》（1955 年）、《灵泉洞》（1959 年）等。尽管这一时期赵树理的创作在题材选择上，是跟着党在农村实施的一系列政策向前推进的，但他和他的小说都表现出了与新时代的某种不适应。正如陈思和所言："随着战争的胜利，新的国家意志构成了新的时代共名，对农民也有了进一步的要求，农民的本来立场和文化形态并不总是与时代共名相一致的。"[03] 在这种情况下，坚持把自己当作农民中的一员来考虑问题的赵树理，往往不能紧跟"新的时代共名"对农民的"进一步的要求"。因此，赵树理在这一时期的创作陷入了尴尬的境地。

此时，评论界在对赵树理小说进行评价时也开始犹豫徘徊。《人民日报》从 1949 年底到 1950 年初，刊登多篇文章讨论赵树理的短篇小说《邪不压正》，这些文章在肯定赵树理作为"旗帜"和"方向"的意义的同时，也批评了他对小昌、小旦、聚财等坏分子和受冤中农着墨过多，批评他在阶级斗争中嵌进了软英、小宝的爱情故事。面对如此局面，赵树理在 1950 年 1 月 15 日的《人民日报》上发表了《关于〈邪不压正〉》，从小说创作的实际出发为自己进行辩解。

赵树理在中华人民共和国成立后的代表作《三里湾》的发表也同样引起了争议。这部小说的创作起源可以追溯到 1951 年春天，这一年，山西省平顺县川底村做出了一个惊动全国的决定——建立中华人

[01] 周扬：《论赵树理的创作》，黄修己编：《赵树理研究资料》，北岳文艺出版社 1985 年版。
[02] 陈荒煤：《向赵树理方向迈进》，《人民日报》1947 年 8 月 10 日。
[03] 陈思和：《中国当代文学史教程（第二版）》，复旦大学出版社 2006 年版，第 43 页。

民共和国历史上第一个农业生产合作社。听闻这一消息的赵树理，主动返回山西，参与到川底村农业社的建设工作中。赵树理在川底村的七个多月，不但亲自参与田间劳动，深入农民群众去了解村中各阶层对这一"壮举"的态度，而且他还加入了合作社生产计划的讨论，这些实际工作经验都为《三里湾》的写作积累了丰富的素材。1953年冬天，赵树理开始着手创作以川底村农业合作社的建立和发展为背景的长篇小说《三里湾》。1955年1月，小说《三里湾》开始在《人民文学》杂志上连载，同年5月，由通俗读物出版社出版，《三里湾》成为中华人民共和国历史上第一部反映农业合作化运动的长篇小说。

《三里湾》的主要内容围绕"三里湾农业社"的建设工作展开，描写了合作化运动在农民日常生活中所激起的波澜，小说并没有刻意地去设置一些阶级矛盾，而是尽量从当时的农村日常生活形态出发，围绕三里湾合作社秋收、扩社、整社、开渠等工作，通过四个家庭（王金生、范登高、马多寿、袁天成）在这一运动中的变化，特别是三对年轻人的恋爱婚姻在这之中所受到的影响，以及由此带来的家庭关系的变化来表现的。小说中马多寿的老婆"常有理"和袁天成的老婆"能不够"是姐妹，马家小儿子马有翼喜欢范登高的女儿范灵芝，"能不够"和"常有理"却希望把袁小俊嫁给马有翼，而范灵芝一方面喜欢有翼的有文化，另一方面却瞧不起他的软弱和落后，最后范灵芝还是选择了村里的技术能手王玉生，而马有翼则与王玉梅订了婚，袁小俊在与王玉生离婚后，经过一番周折，与王满喜结合。在这一系列事件背后起关键作用的是人们思想观念的变化，这是与变动着的时代氛围紧密相连的。小说反映了农业合作化运动给农村带来的历史性变革，并以艺术的方式回答了"农业合作社应不应该扩大，对有资本主义思想的人和对扩大农业社有抵触的人，应该怎样批评"[01]等一系列问题。小说延续了赵树理一贯的风格，以风趣的语言和幽默的笔法，生动表现了农村所有制变革带给广大农民思想和生活上的冲击。对于刚刚从"土改"中获得土地，还没来得及充分享受当家做主的喜悦便要将土地"交公"的农民来说，合作化运动对他们无疑是一次巨大的考验，而赵树理却采用了喜剧性的笔调来化解这种痛苦，在相对

---

[01] 赵树理：《当前创作中的几个问题》，《火花》1959年6月号。

轻松的氛围内倡导坚持走合作化道路的理念。

值得一提的是,《三里湾》在流畅的情节发展中,通过富有特色的语言和行动,刻画了一群形象生动、性格鲜明的落后农民:"糊涂涂""常有理""铁算盘""惹不起"等都是农村中具有代表性的落后分子,仅从他们的外号就可以窥见这些人物鲜明的性格特征,作者往往用寥寥数笔便将其塑造得活灵活现,惟妙惟肖。

《三里湾》发表后,评论界出现了两种声音。正面的意见是肯定赵树理"以他特有的关于农村的丰富知识、热情和幽默,真实地描绘了农村中社会主义先进力量和落后力量之间的斗争""成功地塑造了'糊涂涂''常有理'等几个老中农的典型形象,同时描写了农民中的新人物"[01]。批评意见是认为《三里湾》"典型化"程度不够,对"走社会主义道路"和"走资本主义道路"双方之间的斗争没有进行深入的描绘,没有把底层农民的伟大力量充分而真实地表现出来,斗争双方的矛盾也不够尖锐。[02] 为了解答批评者提出的一些质疑,赵树理在 1955 年第 19 期的《文艺报》上发表了《〈三里湾〉写作前后》,他在回答"为什么要写《三里湾》""为什么写了那样几个人"和"写法问题"的同时,也表示《三里湾》存在"重事轻人""旧的多新的少""有多少写多少"的缺点(特点)。[03]

1958 年 8 月,小说《锻炼锻炼》在《火花》杂志发表。小说描写了"小腿痛""吃不饱"等落后妇女,嫌为社里出工定额高、工分低,于是找各种借口如"腿痛"不参加公社摘棉花的集体劳动;相反,一听说要摘个人的"自由花"就表现出很高的积极性,但没想到"摘自由花"是社副主任杨小四设下的圈套,结果"小腿痛""吃不饱""积极摘花"反变成了"偷花",因而受到了批判。赵树理的描写真实地反映了当时农村的现实,可以看出,他的这种描写一方面和外在的政治要求保持一致,批评了这些妇女的自私自利思想,另一方面又隐含着他对农民真实世界的关注,并批评了基层干部强硬专横的工作作风。这篇小说发表后引起了争论,有人认为赵树理的描写不符合

---

[01] 周扬:《建设社会主义文学的任务》,原载于 1956 年第 5、6 期《文艺报》合刊。见《中国作家协会第二次理事会会议(扩大)报告、发言集》,人民文学出版社 1956 年版,第 19 页。转引自吴秀明主编:《中国当代文学史写真(上)》,北京大学出版社 2010 年版,第 218 页。
[02] 俞林:《〈三里湾〉读后》,《人民文学》1955 年第 7 期。
[03] 赵树理:《〈三里湾〉写作前后》,《文艺报》1955 年第 19 期。

农村实际，对基层干部和解放了的农村妇女的描写是一种歪曲和污蔑，[01] 也有人认为这正是赵树理一直坚持的现实主义精神的体现，并愿意"先来充当一名保卫《锻炼锻炼》的战士"[02]。

围绕《三里湾》《锻炼锻炼》这两篇小说，文坛开展了关于"中间人物"的大规模讨论。赵树理在《邪不压正》《三里湾》《锻炼锻炼》等小说中塑造了不少栩栩如生的"中间人物"形象。这些"中间人物"处于泾渭分明的"两条道路"之间，既有革命的一面也有落后的一面，不是简单地"一刀切"，这就为农村的斗争形势带来了极大的不确定性，在更深刻的层面揭示了农村社会主义革命现实的复杂局面。赵树理通过"中间人物"的塑造，对现实主义的深化起到了重要作用。但在当时，由于特定的历史环境，对"中间人物"的否定看法却是广泛存在的。

赵树理的《锻炼锻炼》

60 年代前期赵树理基本延续了 50 年代末的路子，创作了《实干家潘永福》（1961 年）、《杨老太爷》（1962 年）、《卖烟叶》（1964 年）等短篇小说。1962 年，全国人大二届三次会议在北京举行，周恩来在政府工作报告中对过去的一些政策提出了调整。伴随着政治、经济、文化上那种盲目"激情"的降温，文学界的有识之士提出了"人物多样化"和"现实主义深化"等问题，并进行了进一步探讨。1962 年 8 月，农村题材短篇小说创作座谈会在大连召开。会上，茅盾、邵荃麟等作家都为赵树理小说在前一阶段受到的不公正待遇进行了"翻案"。邵荃麟在发言中表示，"农村题材最重要的是如何反映人民内部矛盾"，《三里湾》等小说"都是写这个问题"，"有些作家对农村斗争的长期性、复杂性、艰苦性有深刻的认识。这次会上，对赵树理的创作一致赞扬，认为前几年对老赵的创作估计不足，这说明老赵对农村的问题认识是比较深刻的"。[03] 而康濯在河北保定召开的短篇小说座谈会上，也做了题为《试论近年间的短篇小说》的发言，高度肯定"赵树理在我们老一辈作家群里，应该说是近 20 年来最杰出也

---

[01] 武养：《一篇歪曲现实的小说——〈锻炼锻炼〉读后感》，《文艺报》1959 年第 7 期。

[02] 王西彦：《〈锻炼锻炼〉和反映人民内部矛盾》，《文艺报》1959 年第 10 期。

[03] 邵荃麟：《在大连"农村题材短篇小说创作座谈会"上的讲话》，见《邵荃麟评论选集（中）》，人民文学出版社 1981 年版。

最扎实的一位短篇大师"[01]。

不过，60 年代初对赵树理小说的这些正面评价，在"文革"前又被全部推翻了。《文艺报》编辑部在 1964 年刊登的《关于"写中间人物的材料"》一文中，对邵荃麟在大连农村题材短篇小说创作座谈会上的讲话予以了彻底否定，并着重指出"近几年来，赵树理同志的作品，没有能够用饱满的革命热情描画出革命农民的精神面貌"[02]。到了"文化大革命"期间，曾长期作为文学"旗帜"和"方向"的赵树理受到巨大的冲击，最终在惨烈的批斗运动中被迫害致死。

三、柳青的《创业史》及其争论

柳青（1916—1978），陕西吴堡人，30 年代便开始发表作品。50 年代初，他来到陕西省长安县工作，随后便扎根在长安县皇甫村，前后长达 14 年。这一时期，柳青亲自参与了当地的农业合作化运动，进一步加深了对农村现实生活的理解。在皇甫村的这段时间，柳青除了写有散文特写集《皇甫村的三年》、中篇小说《狠透铁》和为数不多的短篇小说外，还完成了多卷本长篇小说《创业史》第一部，以及第二部的部分创作。《创业史》按原计划是部鸿篇巨制，准备写四部——第一部写互助合作组的巩固和扩大；第二部写农业合作社的初步建设；第三部写农村合作化运动的高潮；第四部写整风运动和"大跃进"后农村人民公社的正式建立，后因"文革"的到来而被阻断。

《创业史》第一部先在《延河》杂志上连载，1960 年由中国青年出版社出版，1977 年修订再版。《创业史》第二部的创作只完成了部分内容，"文革"后，已写好的部分内容在《延河》杂志上连载，剩下的部分由于作家的不幸离世而未能修改完成。

《创业史》被认为是代表"十七年"文学最高创作水平的作品之一。小说的故事发生在陕西省渭河平原南部一个名叫下堡乡的乡

柳青的《创业史》

---

[01] 康濯：《试论近年间的短篇小说——在河北省短篇小说座谈会上的发言》，《文学评论》1962 年第 5 期。

[02] 《文艺报》编辑部：《关于"写中间人物的材料"》，《文艺报》1964 年第 8、9 合刊。

村，主要叙述了党员梁生宝通过团结和教育的方式，争取村民支持，带领全村进一步巩固和扩大互助合作组的故事。小说塑造了社会主义新人梁生宝，"中间人物"梁三老汉，"蜕化"村民代表郭振山，富农姚士杰、郭世富等不同的人物形象，展现了合作化运动中农村阶级关系的复杂性。柳青在谈到这部小说的创作动机时曾表示，他之所以写这部小说，主要是为了向读者解答"中国农村为什么会发生社会主义革命和这次革命是怎样进行的"，并"通过一个村庄的各阶级人物在合作化运动中的行动、思想和心理变化过程"具体表现出来，"这个主题思想和这个题材范围的统一，构成了这部小说的具体内容"。[01]这种一个题材反映一个主题思想的创作方法，在当时是很普遍的，但它容易出现"主题先行"的弊病，窄化作者对生活的认识和对素材的把握。不过，柳青在农村合作化运动中的亲身体验和他对现象的悉心观察，对人物的细致把握，在一定程度上弥补了这些弊病所导致的问题。

小说《创业史》第一部发表后，赞誉之声接踵而来，当时的评论界主要从以下两个方面对《创业史》进行了肯定。

一方面是从作品内容的广阔性和思想主题的深刻性出发给《创业史》以充分肯定。研究者认为，小说站在宏观的角度对中国广大农村进行全方位的观照，"深刻而完整地反映了我国广大农民的历史命运和生活道路"，"真实地记录了我国广大农村在土地改革和消灭封建所有制以后发生的一场无比深刻、无比尖锐的社会主义革命运动"。[02]从历史的广阔性来讲，小说反映的不仅仅是 20 世纪 50 年代农民的"创业史"，也间接反映了旧中国农民历经几代的"创业史"。尤其对广大贫下中农而言，旧中国的"创业史"也就等于他们的"辛酸血泪史"。从作品内容的广阔性来讲，小说写的也不仅仅是下堡乡蛤蟆滩一乡一地的景况，而是将蛤蟆滩作为典型代表，把农业合作化放到全国社会主义革命建设的大背景中展开。小说中改霞去工厂当工人的情节，就很好地把农村社会主义改造与社会主义革命的大局联系了起来。就思想主题的深刻性来说，《创业史》突出了这场没有硝烟的社会主义革命的复杂性和艰巨性。"枪杆子里出政权"的时代已经过去

[01] 柳青：《提出几个问题来讨论》，《延河》1963 年第 8 期。
[02] 冯牧：《初读〈创业史〉》，《文艺报》1960 年第 1 期。

了，但社会主义革命并不比暴力革命来得轻松。阶级敌人暂时混在人民群众当中，到处进行破坏活动；在战争时期和"土改"过程中做过杰出贡献的干部，信念动摇，做起了个人发家致富的美梦；无法根除陋习和私有观念的"中间人物"，摇摆不定，在不明真相的情况下受到敌人煽动。柳青就是通过揭露这些"暗藏"的但又不容小觑的阶级冲突，敏锐地发掘出冲突的根源所在，从而揭示了社会主义革命是历史发展的必然趋势这一客观规律。应该说，正是因为《创业史》的"广阔性"和"深刻性"，才使它获得了"史诗"的意义。

另一方面是从小说人物形象的成功塑造，尤其是从作者对"新人"梁生宝形象的成功塑造出发给《创业史》以充分肯定。柳青非常注重在错综复杂的矛盾中塑造人物，小说中的梁生宝要面对的不仅仅是来自"三大能人"——姚士杰、郭世富、郭振山的挑战，还有父亲梁三老汉的冷嘲热讽和部分村民的不理解。但在复杂的局面面前，梁生宝依然坚决拥护党的路线方针，积极投入农业合作化运动，以带领全村实现"共同富裕"为己任。在活跃借贷，买、分稻种，进山割竹等一系列事件中，成功地打败"三大能人"，赢得了父亲和村民的支持，体现出一种"完全是建立在新的社会制度和生活土壤上面的共产主义性格"[01]。无怪乎，当时的评论者频繁使用"新的""典型的""革命的""理想的""光辉的"等词语来概括梁生宝形象的先进性，并认为从"代表无产阶级社会主义革命时期坚决走社会主义道路的革命农民"梁生宝的身上可以看见"社会主义新生事物不可阻挡的力量"[02]。当时的文学批评界几乎把梁生宝形象塑造的成功作为《创业史》取得的标志性成就之一。

不过，《创业史》问世之后，大量的评论文章关注的焦点是小说中的主要英雄人物梁生宝，而对小说中的另一些"中间人物"缺乏关注。针对这一现象，有批评家发表了自己的看法："不好不坏、亦好亦坏、中不溜儿的芸芸众生，似乎很少人着力去写他们；写了，也不大能引起人们的注意。"[03] 而在现实中，"中间人物"正代表了大多

---

[01] 冯牧：《初读〈创业史〉》，《文艺报》1960 年第 1 期。

[02] 姚文元：《从阿Q到梁生宝——从文学作品中的人物看中国农民的历史道路》，《上海文学》1961 第 1 期。

[03] 沐阳：《从邵顺宝、梁三老汉所想到的……》，《文艺报》1962 年第 9 期。

数，"两头小，中间大；好的坏的人都比较少，广大的各阶层是中间的，描写他们是很重要的"[01]，而这大多数也正是必须教育、争取的对象。有许多研究者认为梁三老汉就比梁生宝塑造得更为成功，提倡写"中间人物"的邵荃麟指出："《创业史》中梁三老汉比梁生宝写得好，概括了中国几千年来个体农民的精神负担。""我觉得梁生宝不是最成功的，作为典型人物，在很多作品中都可以找到。梁三老汉是不是典型人物呢？我看是很高的典型人物。"[02]北京大学中文系的青年教师严家炎也发表了《谈〈创业史〉中梁三老汉的形象》《关于梁生宝形象》等系列文章，他明确指出《创业史》中最有价值的人物形象是梁三老汉而不是梁生宝："梁三老汉虽然不在正面英雄形象之列，但却具有巨大的社会意义和特有的艺术价值。"严家炎认为，梁三老汉在互助组初期表现的那种精神状态，是有代表性的，《创业史》一方面成功地写出了梁三老汉作为个体农民在互助合作事业发展过程中有过的苦恼、怀疑、摇摆，有时甚至是自发的反对；另一方面，又发掘和表现了他那种由生活地位和历史条件所决定的终于要走新道路的必然性。梁三老汉和他爹两辈子艰辛创业，幻想成为"受人尊敬的三合头瓦房院的长者"，在一定时期内他对新生活疑信参半，是正常现象。《创业史》不但写出了梁三老汉的转变过程，也传神地描写了他那忠厚、天真、倔强的个性。严家炎因此认为梁三老汉是"全书中一个最有深度的、概括了相当深广的社会历史内容的人物"[03]。相对来说，他认为梁生宝的形象并不能令人满意，存在着"三多三不足"的缺陷，它们分别是：写理念活动多，性格刻画不足；外围烘托多，放在冲突中表现不足；抒情议论多，客观描绘不足。[04]在后来的争论中，严家炎又进一步指出梁生宝形象过于理想化的问题。

　　严家炎的文章一经发表，便引起了激烈的争论，柳青本人也撰写文章参与讨论。他说："小说选择的是以毛泽东思想为指导思想的一次成功的革命，而不是以任何错误思想指导的一次失败的革命。这样，我在组织主要矛盾冲突和我对主人公性格特征进行细节描写时，

---

[01] 邵荃麟：《在大连"农村题材短篇小说创作座谈会"上的讲话》，《邵荃麟评论选集》（上），人民文学出版社 1981 年版。

[02]《关于写"中间人物"的材料》，《文艺报》1964 年第 8、9 期合刊。

[03] 严家炎：《谈〈创业史〉中梁三老汉的形象》，《文学评论》1961 年第 3 期。

[04] 严家炎：《关于梁生宝形象》，《文学评论》1963 年第 3 期。

就必须有意地排除某些同志所特别欣赏的农民在革命斗争中的盲目性，而把这些东西放在次要人物和次要情节里头。"也就是说，柳青认为自己是有意识地将"农民在革命斗争中的盲目性"从梁生宝身上排除并转嫁到梁三老汉身上，这是促进了梁生宝形象的"完美"，而不是造成了他的"不足"。柳青还进一步说明了梁生宝的典型意义："他（梁生宝）的行动第一要受客观历史具体条件的限制；第二要合乎革命发展的需要；第三要反映出所代表的阶级的本性，就是无产阶级先锋队成员的性格特征。简单一句话来说，我要把梁生宝描写为党的忠实儿子。我以为这是当代英雄最基本、最有普遍性的性格特征。"在柳青看来，梁生宝作为"新人"的意义，不是"中间人物"梁三老汉可以与之相提并论的，这是他创作的"重大的原则问题"。[01]

1964 年，《文艺报》编辑部和《文艺报》资料室先后发表了《关于"写中间人物"的材料》和《十五年来资产阶级是怎样反对创造工农兵英雄人物的？》两篇文章。这两篇文章在批判邵荃麟的文学观点的同时，也全盘否定了他针对《创业史》人物形象发表的一些言论。此后，《创业史》的讨论热潮逐渐平息。这场有关《创业史》的人物形象的讨论持续了四年之久，成为"十七年"文学史上最重要的文学争论之一，《文艺报》《文艺评论》《上海文学》《延河》等报刊均参与了讨论。

20 世纪 80 年代以后，评论界又对《创业史》及其人物形象提出了一些新的看法。从总体上来看，80 年代以后的评论界还是比较客观地认为，柳青在《创业史》中虽然超越了当时文学规范的一些限制，委婉保留了他对农业合作化运动以及运动中的人的一些思考，但最终还是没能摆脱时代和历史的局限。他错估了阶级斗争的严重程度，拔高了梁生宝的形象，甚至生硬地将对刘少奇的批判加到了1977 年修订版的《创业史》中。当然，这些并不全然是作家个人的责任。另外，在后来的研究者看来，邵荃麟和严家炎当初的批评观点突破了从阶级斗争角度进行分析的单一评论视角，以传统的现实主义理论为尺度，揭示出梁三老汉作为普通农民对农业合作化运动出自本能的怀疑，以及这种怀疑背后的思想力度，表明了《创业史》这部

[01] 柳青：《提出几个问题》，《延河》1963 年第 8 期。

小说的独特价值，这在当时是十分难能可贵的。虽然他们的观点在五六十年代无法被主流评论界所接受，甚至也不被作者本人所接受，但是他们却提出了一些非常重要的、引人深思的问题，这些问题至今为止仍对《创业史》的研究有重要参考意义。

四、周立波《山乡巨变》的民俗乡情

周立波（1908—1979），出生于湖南益阳，他的父亲是一位私塾先生，这使他从小就受到比较好的教育。20 年代，周立波曾先后在长沙和上海求学，接触到了进步思想，也培养了良好的中外文学修养。30 年代，周立波更加积极地参加革命活动，并于 1934 年在上海加入了中国左翼作家联盟。随后，他热情投入左翼文艺运动，翻译了《被开垦的处女地》《秘密的中国》等著作。40 年代后期，周立波完成了他文学生涯中最重要的作品之一——《暴风骤雨》的创作。这部描写东北解放区土地改革的长篇小说和丁玲的《太阳照在桑干河上》一起获得了 1951 年的斯大林文学奖。

作家周立波

1955 年，周立波返回湖南老家，开始酝酿新的创作。1956 年，当农业合作化运动在全国形成高潮时，周立波也开始动笔创作反映这一运动的长篇小说《山乡巨变》。历经两年的创作和修改，这部具有鲜明艺术个性的作品于 1958 年完成并出版。

《山乡巨变》以一个寂静的湖南山乡为背景，描写了农业生产合作社从初级社到高级社的发展过程以及中国农民走上合作化道路的精神面貌。小说并不是在全力阐释合作化运动发展的客观规律，而是把农业合作化视为推动农村风俗变迁的历史动因，着眼于农村世态人情在这一动因驱动下的转变。周立波将农业合作化运动开展过程中产生的冲突、分歧放到乡村日常生活中展开，辅以优美的自然风光描绘和朴素的民间文化展示。这种生活的美感，既提升了小说的意境，也在一定的程度上冲淡了阶级斗争的严酷性和阶级矛盾的尖

周立波的《山乡巨变》

锐性。在看过许多农村题材小说那种开阔、坚实、浑厚的北方气韵之后，周立波呈现的这个纯净、自然、优美的富有南方地域特色的乡村给读者带来了一番不同的审美感受，有人将其评论为一个与"严峻急切的政治空间完全不同的艺术审美空间"[01]。

此外，《山乡巨变》的人物塑造也具有鲜明的艺术个性。小说塑造了大公无私、埋头苦干的基层干部，坚定不移地走合作化道路的先进分子，徘徊在"两条道路"之间的"中间人物"以及潜伏在群众中进行破坏活动的阶级敌人等不同的人物类型，这也是这一时期反映农业合作化运动的小说常用的人物关系模式。不同的是，《山乡巨变》并不是简单地将人物关系按照主流意识形态的要求进行图解，"而是将自己对新生活的感受和思考，将历史性的大变动所带来的各阶层人们思想感情和心理的变化，溶化在人物形象之中"[02]。作者并没有在小说中着力凸显"两条道路"之间剑拔弩张的尖锐的阶级对立，而是将矛盾双方的冲突放在农村伦理关系当中来展开，并利用农民所熟悉的人情义理来进行判断和化解。在作者塑造的农村基层干部形象如邓秀梅、李月辉、刘雨生等人身上充满了浓厚的人道主义情怀，他们对国家政策的宣传和执行与他们对农民现实生活的关心并不矛盾，他们用他们的宽厚和包容在这两者之间搭起了一座桥梁，他们不是靠政治的说教，而是靠他们自身的人情味取得了工作的成绩。

作者对于农民中的"落后分子"也抱有一种理解和同情的态度。他不但没有过分丑化盛佑亭这样的"中间人物"，反而肯定了盛佑亭、陈先晋、王菊生等老农吃苦耐劳的优秀品质，赞美了中国农民身上积淀了几千年的精神力量。同时，周立波对这些老农身上积淀了几千年的土地私有观念也显得比较宽容，比较真实地描绘了这些"中间人物"从"土改"得地到"入社"交地的心理挣扎。虽然在根本立场上，周立波无疑还是站在"合作化道路"一方，与国家意志保持一致的，但通过这样的人物描写，人们可以触摸到那一段历史的真实。

在《山乡巨变》中，作者常常把合作化运动的主题在具体的写作中转换为普通人的日常生活，周立波说："合作化是一个全国性的规

---

[01] 陈思和主编：《中国当代文学史教程（第二版）》，复旦大学出版社 2006 年版，第 37 页。

[02] 华中师范学院《中国当代文学》编写组：《中国当代文学 2》，上海文艺出版社 1984 年版，第 244 页。

模宏伟的运动，上自毛泽东同志，下至乡的党支部、各级党委、全国农民，都在领导和参加这个历史性的大变动。清溪乡的各个家庭，都被震动了，青年和壮年男女的喜和悲、恋爱和失恋，也或多或少地、直接或间接地和运动有关。"对普通人生活的描写使小说散发着浓厚的生活情趣，此外，在小说的描写中还穿插了对具有湖南地方特色的自然风光和民俗风情的描写，这些都化解了小说的政治主题，使小说充满了一种朴实、从容、诗意的风格。正如当时有批评家所总结的："《山乡巨变》较多采用纤细的笔墨，对于时代风貌比较着重从侧面来进行描写，有关日常生活和风土人情的描绘，在书中占有较多的篇幅。但，作者总是力求透过一些看来是很平凡的日常生活事件，来显示出它们所蕴藏的深刻的社会意义，透过个人的生活遭遇和日常言行，来挖掘出人物性格中的社会内容。"[01]

五、浩然：从《艳阳天》到《金光大道》

　　浩然（1932—2008），出生于河北唐山一个贫苦的工人家庭，只接受过三年半的小学教育。1948 年，浩然加入了中国共产党。之后的几年，他一直在农村地区做基层工作，经常编一些歌谣、小品，也为地方报纸写通讯。1956 年冬天，浩然发表个人第一部短篇小说《喜鹊登枝》。此后，自学成才的浩然开始大量发表作品，从 1956 年到"文革"前共发表了 180 多部短篇小说。这些小说分别被收录在他的短篇小说集《喜鹊登枝》

作家浩然

《苹果要熟了》《新春曲》《蜜月》《珍珠》《小河流水》《杏花雨》《翠绿色的夏天》《小管家任少正》《翠泉》《老支书的传闻》里。长篇小说《艳阳天》的第一、二、三部出版于 1964 年、1966 年、1971 年。1970 年起，浩然开始创作他的第二部长篇小说《金光大道》。"文革"结束后，浩然又创作了反映农村改革的长篇小说《苍生》。

　　《艳阳天》主要叙述了 1957 年麦收前后发生在北京郊区东山坞农业生产合作社围绕土地分红和上交公粮等问题发生的一系列故事。

---

[01] 黄秋耘：《〈山乡巨变〉琐谈》，《文艺报》1961 年第 2 期。

浩然的《艳阳天》

小说表现了新的时代环境下农村阶级斗争新的特点,这里虽然没有硝烟,但阶级斗争的形势仍然是严峻的,小说试图通过萧长春与潜藏的资本主义势力代表、农业合作社副主任马之悦之间你死我活的激烈争夺,表明"阶级斗争并没有'熄灭',而是越来越曲折、复杂了"[01]。相对于反映农业合作化的其他小说,《艳阳天》所反映的阶级斗争的冲突更为激烈,阶级阵营的界限也更加清晰。

在这部小说中,作者通过各类人物的塑造体现了农村各阶层的不同思想状态和精神面貌。萧长春作为党在农村的基层干部,在思想高度、精神风貌、斗争智慧和勇气上都堪称完美,他具有高度的革命理性,克己奉公,完全驱逐了个人的身体欲望:"如果一个人不睡觉也不困,从白天到黑夜,连轴转地工作、劳动,那该多好哇!"萧长春把睡觉、吃饭都看成多余的,人完全变成了非物质化的"铁人""圣人"。小说通过一系列的细节描写了萧长春的这种品质,体现了主流话语对英雄人物品格的革命想象。小说中的反面人物马之悦则老奸巨猾、笑里藏刀,他顶着"老干部"的头衔,在落后农民中煽风点火,甚至还怂恿"反动地主"马小辫去杀人。马之悦这种潜伏在干部队伍中的阶级敌人的存在,更加凸显了农村阶级斗争形势的严峻性。此外,浩然还在小说中塑造了韩百仲、马老四、喜老头、福奶奶等乐观积极的先进农民形象,以及马学怀、韩百安、马大炮、弯弯绕等是非不明的落后农民形象。《艳阳天》中的阶级斗争及其二元对立的模式是非常突出的,但即使如此,这些人物形象真实、生动,个性也十分鲜明。通过这些人物,作者揭示了中国最传统的农民在面对时代的变

[01] 牛运清主编:《中国当代文学研究资料丛书·长篇小说研究专集(中)》,山东大学出版社1990年版,第600页。

换时他们内心的挣扎和困惑，表现了一个作家的创作良知，对这些人物细致透彻的心理描写也减弱了小说概念化的倾向。

不过，特定历史条件对该作品造成的伤害也是显而易见的，从人物到结构都免不了带有有概念化、模式化的痕迹。作者自己也曾强调过，他写《艳阳天》就是"为了永远记住这场斗争的胜利，为了发扬这场斗争的精神，永远不忘阶级斗争"[01]。由于政治形势的影响，小说也不可避免地留下了观念化、模式化等左倾印记。

浩然在"文革"时期创作的长篇小说《金光大道》同样描写的是农业合作化运动。这部小说以华北一个农村为描写对象，表现了两条路线、两个阶级之间更尖锐复杂的斗争。这是一部具有强烈的时效性的作品，打上了明显的"文革"烙印，在"文革"时曾风靡一时。作者在小说中塑造了又一个类似于萧长春的社会主义英雄人物高大泉的形象，因为该人物形象过于完美，被人谑称为"高大全"。《金光大道》对于农民真实世界的关注和表达完全消失了，它显示了浩然更加自觉地将自己的创作纳入当时的意识形态话语的努力，因而该小说在思想性和艺术性上都逊于《艳阳天》。

浩然的《金光大道》

六、农村题材中短篇小说

早在延安解放区时期，农村题材短篇小说就取得了很大的突破，并取代了鲁迅开拓的"乡土小说"流派。我们记得，30 年代出现了一大批乡土小说作家，他们描绘的视野经常充斥着狭隘、愚昧、封闭的场景，是"哀其不幸，怒其不争"传统的延续和深化。到了 40 年代，解放区农村题材短篇小说的创作迅速崛起，在中国共产党领导下的农民开始接受民主、自由、科学、平等的近代思想，摆脱封建迷信和传统道德的束缚，新的主题和新的人物全面涌现，在审美视角上发生了了巨大的改变，并将这一景象带进了新中国。"十七年"时期社会主义革命和建设都取得了巨大成绩，伴随着社会现实的迅速变革，人们的精神面貌也发生了变化。为了能及时、有效地反映和歌颂现实

---

[01] 牛运清主编：《中国当代文学研究资料丛书·长篇小说研究专集（中）》，山东大学出版社 1990 年版，第 600 页。

生活，作家们多采用短篇小说文体，创作出不少对当时产生影响的作品。实际上，下列两个方面也导致了短篇小说的大繁荣。第一，小说发表需要园地，50 年代大量的文学期刊如雨后春笋般涌现，除了中国作家协会主办的文学刊物，地方省市也积极创办期刊，从数量上来说，这的确要比中华人民共和国成立以前有很大发展。这些文学刊物大多偏小偏薄，易于携带和阅读，因此适宜刊载短篇小说。第二，从 50 年代初期开始，作家和文学评论家积极参与了短篇小说创作的各种讨论，茅盾、艾芜、沙汀、孙犁、李准、赵树理、魏金枝、周立波、侯金镜等都发表过促进短篇小说创作的意见与建议。1962 年甚至在大连召开了"农村题材短篇小说创作座谈会"，像这样的专题会议比较难得，可见当时对于这一小说体裁的重视。有鉴于此，短篇小说作为当代文学的主要创作模式得以广泛使用，并出现了"短篇小说作家"的概念，"小组结""截取生活的横断面""以小见大""以部分暗示全体"等专业术语在当时无疑给人耳目一新之感，它们将短篇小说作家潜在的能力充分催发，使之成为一种实际的创作能力。

（一）马烽、西戎的小说

马烽和西戎都是山西人，成名于延安解放区。两人合著的《吕梁英雄传》名噪一时，较好地体现了解放区小说艺术上追求民族化、大众化、通俗化的特色，符合毛泽东《在延安文艺座谈会上的讲话》的精神指导。他们也因这部作品作为新人登上了文艺舞台，成为"山药蛋派"的代表性作家。

马烽始终关注中国农村发展的每一步进程，思考、记录各个时期的农村政策给农民生活和精神带来的影响。他熟悉农村生活，了解农村各种人物，往往能站在农民的立场去感受和认识生活，描写真实的农村现实。同时，马烽始终坚持革命现实主义的艺术风格，暴露农村变革过程中重大的社会问题，批判某些农村干部的官僚主义、主观主义和浮夸虚荣的不良风气。

马烽在《谈短篇小说的新、短、通》一文中说："所谓'新'，就是要大力表现新的时代，新的生活，新的群众，积极反映生活中新生的、革命的、具有无限生命的新事物。"[01] 正是遵循着这种思想，他

---

[01] 马烽：《谈短篇小说的新、短、通》，《火花》1960 年第 9 期。

的创作始终坚定地紧跟时代，展示了一幅广阔、完整、复杂的农村历史图卷。"十七年"时期，农村经历了从互助组到初级社、高级社、人民公社的社会主义改造过程，农民的精神状态也随之发生变化。马烽在其短篇如《一架弹花机》《结婚》《韩梅梅》《一篇特写》《三年早知道》《我的第一个上级》《我们村里的年轻人》《太阳刚刚出山》中对这一现实都有描绘。《一架弹花机》描写了弹棉花能手宋师傅受到弹花机挑战，思想发生波动的故事，从侧面反映了国家城市工业建设对农村传统守旧心理的冲击。小说结尾处描写宋师傅半夜偷偷起床去操作机器的行为，预示着农民接受新思想、新技术，逐步迈向社会主义的未来。《三年早知道》是马烽表现集体经济条件下农民思想变化轨迹的一篇力作，体现出他的创作态度："只是写一些生产和生活上的变化意义不大。""应该着重写人的变化，着重去写人们思想认识上的变化。"[01] 小说主人公是一个绰号为"三年早知道"的中农赵满囤，因害怕兄弟分家，勉强入社。他喂牲口"耍奸取巧"，动用公款为自己买小猪，指挥打井时贩卖红枣。这些事例深刻反映了赵满囤的个人主义和私有观念。但是经过一段时间的合作社生活体验和接受众人的教育后，赵满囤渐渐改掉自私自利的缺点，树立起"社"的观念，成为一个具有集体意识、积极乐观的先进人物。马烽在刻画赵满囤形象时选取了现实生活中具有典型性的"模特儿"，正如他所说："如果没有那么多对熟人做'模特儿'，我也就不可能塑造出那么些人物来。"[02] 马烽根据赵满囤思想变化前后不同性格特点，从身边找了多个"模特儿"，在拼凑、加工、想象后，塑造了一个具有普遍意义的农民形象。《三年早知道》"在主题的提炼、形象的刻画和典型环境的创造上，都达到了新的高度，成为马烽创作走向成熟的标志"[03]。

马烽的《一架弹花机》

马烽认为文艺创作不能仅限于描写新鲜事，还要注意在塑造普通

[01] 马烽：《〈三年早知道〉的写作过程》，《文学知识》1959 年第 3 期。
[02] 马烽：《〈马烽小说选〉自序》，《马烽文集》第 8 卷，大众文艺出版社 2000 年版，第 383 页。
[03] 华中师范大学《中国当代文学》编写组：《中国当代文学 2》，上海文艺出版社 1984 年版，第 163 页。

农民和基层干部形象时,"表现那种属于共产主义的新的风格、新的精神面貌和新的道德品质"[01]。其作品中出现了一系列社会主义新人形象,如《结婚》中先公后私、先人后己的田春生和杨小青,《韩梅梅》中意志坚定、敢于创新,用科学文化建设家乡的韩梅梅,《饲养员赵大叔》中幽默乐观、心系公家的赵吉成,以及《我的第一个上级》中以身作则、具有英雄气概的农村干部老田,《太阳刚刚出山》中具有苦干实干精神的高书记,都让人印象深刻。

《我的第一个上级》构思奇特,情节设置巧妙,人物塑造成功。小说主人公老田是县农建局副局长,他给"我"的第一印象是"怪""慢""疲",随着情节的推进,"我"了解到老田实际上是个充满智慧、熟谙全局、胸有成竹的能人。他的"怪""慢"是因为1954年防汛时在水中站了七天七夜,落下了关节炎的毛病,所以热天也得穿厚棉裤,走起路来就十分缓慢。接着,故事发展到高潮,老田在抗洪危急关头表现出来的沉着、果断、勇敢充分显示了其英雄本色,也让"我"对这位"土"水利专家敬佩不已。作者通过将老田的外表与实质、平时的言行与危急时刻的表现进行对比,塑造了一个掌握了扎实的专业知识,低调务实却具有英雄气质的基层干部形象。

马烽的《我的第一个上级》

在小说艺术表现上,马烽始终沿着一条具有民族特色的通俗化、群众化的创作道路向前进。马烽说:"所谓'群众化',实际上是要求我们的作品,具有自己民族的特点、民族的风格,也就是说,我们的作品要朝着自己的民族形式去努力。"[02]他继承我国民间文学和古典文学的传统,讲究小说的故事性,同时有自己的特点,即常以第一人称来写,增强故事的真实感。在小说结构上,马烽选用纵切面的方式,按照时间顺序记叙故事,有头有尾,线索单纯,层次分明。他的《一架弹花机》《三年早知道》《我的第一个上级》都是这样的结构。同时,根据塑造人物形象、表达主题的需要,马烽选取典型性的生活

[01] 马烽:《谈短篇小说的新、短、通》,《火花》1960年第9期。
[02] 马烽:《谈短篇小说的新、短、通》,《火花》1960年第9期。

细节，采用富有变化的艺术手法，达到故事情节跌宕起伏、引人入胜的效果。

语言表达也是小说民族化的重要方面，马烽特别注重向人民群众学习语言，他曾说："学习群众语言，了解群众语言，这是一个文艺工作者，特别是一个大众工作者起码的条件。学习群众语言的目的，就是要用群众自己的语言，写群众自己的事情，给群众看。"[01] 其作品语言通俗易懂，洗练流畅，善用方言土语，具有浓郁的生活气息。同时，马烽继承和发展了传统小说的说唱特点，使其作品生动活泼，富有表现力。

马烽的小说具有幽默的特色，寓理于趣，寓庄于谐。《三年早知道》中的幽默是通过主人公赵满囤滑稽可笑的言行，形成自嘲，是批判性的幽默。《我的第一个上级》中写到半夜刮大风，老田硬是不相信被吹折大梁的农家会塌，继续躺在床上睡到天亮。这一令人发笑的行为表现了老田的倔脾气。另外一些作品，如《饲养员赵大叔》《太阳刚刚出山》等，都不乏幽默色彩。值得注意的是，作品中的幽默描写是为塑造人物形象服务的，既有讽刺、自嘲，也有赞美、机智与乐观，让人在微笑中陷入深思。马烽的作品也存在不足，如部分作品人物形象单薄，部分作品受到左倾思潮的影响，艺术价值不高。

西戎与马烽一样，都主张文艺为政治服务，坚持现实主义创作方法，执意追求表现生活的真实性，从对农村凡人琐事的深层开掘中，展现具有深刻社会意义的主题。五六十年代，中国农村发生了迅速的变革，从私有制经济过渡到集体经济，为了更好地表现农民从旧思想向新思想转变的过程，西戎选择了从小处入手，描写农村日常生活中的小人物、小事情、口舌之争、杯水风波等。如：《灯芯绒》写钱大嫂向马会计借钱给未来儿媳妇冬花买灯芯绒布料，由此导致了钱大嫂、钱聚富、马会计三人间的矛盾；《一个年轻人》写宋有财和女儿宋桂梅因生活矛盾产生的思想交锋；《盖马棚》写牛三虎、张德厚老汉、秋香三人由于身份、性格和思想差异，在是否该砍德厚老汉家的四棵树"收归社用"这个问题上发生矛盾冲突；《赖大嫂》写自私自利、撒泼不讲理的农村妇女赖大嫂三次养猪的故事，表现了赖大嫂与

---

[01] 马烽：《漫谈学习群众语言》，见《马烽西戎研究资料》，山西人民出版社 1985 年版，第 36 页。

丈夫赖永福、立柱、立柱妈和队干部之间由口舌争论到互相谅解的思想轨迹。表面上看，作者叙述的都是鸡毛蒜皮的生活琐事，实际上，经过深思就会发现，在这些小人物、小事件、小矛盾之中隐含着重大的社会意义和思想内容，与现实生活和社会精神密切相关。公与私、先进与落后、革新与保守、前进与倒退的思想差异，都体现在对这些小矛盾生动、准确的描写中。

从现实主义出发，西戎用具象化的描写塑造了一系列具有高度个性化的人物形象。《冬日的夜晚》中的牛成宝勤勤恳恳为人民办事，却在干部整风会上遭到批评，内心十分委屈、憋屈，回到家闹了情绪，还被老妈唠叨一番，说他当初就不该当队长，忙得顾不上吃饭和睡觉，如今还心情郁闷。这样的细节描写，增加了牛成宝这个人物的厚度，使其形象变得立体、丰满。《宋老大进城》中将一系列具有时代特点和生活实感的事情加在宋老大的身上，通过宋老大对这些事情的态度和反应，表现他头脑里新旧两种思想的纠缠，再配以个性化的言行，宋老大生动鲜活的形象跃然纸上。《赖大嫂》用讽刺的语调，塑造了一个自私、泼辣、无赖的农村妇女。作者紧紧围绕"赖"这个特点，描写了赖大嫂三次养猪的心理变化，以及她开口喊叫时那标志性的"石鸡子滚坡似的高嗓门"，将其狡赖不讲理、损公肥私的特点表现得淋漓尽致。但是作者并没有把赖大嫂塑造成平面化人物，而是将其描绘得真实、生动。赖大嫂几次养猪的经历说明了她热爱劳动，极力想摆脱苦日子，过上好日子。作者还多次写到赖大嫂"镰刀似的脚"，走起路来一拐一拐，这个比喻正是说明赖大嫂作为一个普通的农村妇女饱受着生活的艰辛。

1962年4月，西戎发表了《赖大嫂》。8月，中国作家协会在大连召开"农村题材短篇小说创作座谈会"，西戎也应邀参加。会上，邵荃麟同志多次以《赖大嫂》作为"写中间人物"的例子，同时说明作家在描写如赖大嫂这一具有"个体农民的精神负担"的人物形象时，可以只提出问题，不解决问题，他认为文艺创作"更强调教育人民，指出方向"[01]。同年10月沈思同志和侯墨同志在《火花》上分别发表了《我读〈赖大嫂〉》和《漫谈〈赖大嫂〉》，支持"写中间人物"

---

[01]《关于"写中间人物"的材料》，《文艺报》1964年第8、9期合刊。

的主张。但在 1964 年秋开展的批判"写'中间人物'论"运动中，这部作品被说成是写"中间人物"的"标本"而遭到严重批判。[01] 其实，当时农村正处于"大跃进"运动，农民群众盲目乐观，大干社会主义的热情空前高涨，西戎却在高唱颂歌的政治风潮下，发表了《赖大嫂》，对自私自利、损公肥私的思想行为进行讽刺和批判。这说明西戎忠于农民真实的生活状态，冷静客观地描写和反映现实。1958 年以后，左倾思潮泛滥，"五风"盛行，农民利益受到侵犯。赖大嫂也就是在这样的社会现实背景下开始了她的养猪史。第一次是她接受队里分配的养猪任务，但因贪图饲料，把猪活活饿死了。第二次队里改变政策，要求大家自喂自养，收入归己。赖大嫂抱着半信半疑的态度，挖空心思想出一个损公利己的办法，即对小猪不圈不养，让它到庄稼地里啃庄稼。这样，她可以不花钱就把小猪养大，自己还得享厚利，就算万一最后收入归公，自己也没损失。但是她这种自私行为引起了村民的强烈不满，还引发了她与民兵队长立柱、副业组长立柱妈之间激烈的口角风波。最后赖大嫂气恼万分，竟将三四个月大的小猪杀了。第三次是她看到政策兑现，立柱妈卖猪赚了钱，在利益驱使下去找立柱妈说明自己又想养猪。其实，赖大嫂对待养猪事业的态度是随着养猪政策的变化而变化的。因为队里过去制定过损害农民利益的政策，所以即使颁布了正确的政策，农民还是心有余悸，不敢相信。然而，赖大嫂最后还是只关注个人利益，并没有完全转变为为集体养猪的大公无私式的形象。作者正是通过对赖大嫂这个人物生动形象的刻画和对现实真实状态的描写，批判了左倾错误对农民和农村造成的严重后果。

　　在表现手法上，西戎讲究故事性，在叙述故事中描写情景和刻画人物。结构单纯，层次分明，设置铺垫，首尾呼应。在塑造人物形象上，善用白描，通过生动的语言动作描写表现性格特征。语言质朴、明朗，富有幽默感，充满浓郁的生活气息。但是，西戎在创作上也有不足之处，如有些作品结构形式出现雷同，有些人物缺乏具象化描绘，个性不突出。由于受到当时创作思潮的影响，在一些作品中描写农民思想转变的原因时流于简单化和公式化。

---

[01] 紫兮：《"写中间人物"的一个标本》，《文艺报》1964 年第 11、12 期合刊。

（二）王汶石、刘澍德

　　王汶石和刘澍德均是在战火烽烟中成长起来的作家，见证了战争的残酷性，因此他们更加懂得和珍惜来之不易的胜利，通过文学作品向读者进行思想传达，注重现实教育的有效性。农村现实斗争维系着人们的日常生活伦理，人与人之间命运相互交织，素不相识的人在国家政治意象的感召下组成了人为构造的社会，从而产生了更为直接的团结力量。

　　王汶石的创作受到毛泽东《讲话》的影响，每一篇作品都紧紧围绕一个明确的主题思想展开故事，多方面表现我国农村从合作化到人民公社化的社会变革，描写农民生活和思想的巨大变化，具有鲜明的时代烙印和特定时代的生活气息。"把笔墨献给新生活，献给新人物"[01]是其自创作以来一贯坚持的指导思想，在短篇小说集《风雪之夜》中得到了很好的体现。《风雪之夜》《春节前后》

作家王汶石

《套绳》《老人》等描写农村合作化时期的新人新事，《蛮蛮》《米燕霞》《卢仙兰》《新结识的伙伴》等揭示"大跃进"时期农民的思想、精神以及人与人之间的关系，《严重的时刻》《夏夜》《新任队长彦三》等及时反映公社化以后西北农村的斗争和现实生活。凭借深厚的生活基础和敏锐的观察力，王汶石捕捉到每一阶段的农村新生活、新气象和新人物，表现社会主义事业的蓬勃生机，深刻、细致地展示了劳动者的精神风貌和思想情操。

　　王汶石主张"要以现实生活为基础，以革命理想为主导，在本质伟大、貌似平凡的生活现象中，概括和复制无产阶级新人物的形象，展示他们崭新的思想感情"[02]。他忠于现实主义的创作方法，善于从平凡的人和事中发掘其内在不平凡的深意和新意，反映时代的深刻变革。《风雪之夜》是王汶石第一篇也是我国文学创作中较早反映农业合作

---

[01] 王汶石：《〈风雪之夜〉后记》，《王汶石文集》第1卷，陕西人民出版社2003年版，第455页。

[02] 王汶石：《〈风雪之夜〉后记》，《王汶石文集》第1卷，陕西人民出版社2003年版，第455页。

化运动的短篇小说。小说描写区委书记严克勤在狂风暴雪的除夕之夜赶赴新社验收工作，与社委会干部制订生产规划。作者没有正面描写验收活动，而是注重表现人民办社的热情。天寒地冻中，人们为争取更大的丰收干得满头大汗，到了晚上聚在一起积极讨论已经到来的美好生活。群众的积极性也促进了领导工作，县委将原本计划开两天的会议压缩到一天。严克勤会后连夜回到本区，调查完老社后，不顾风雪，又赶到新社进行验收，并帮助他们制订明年的生产计划。小说将漫天风雪与干

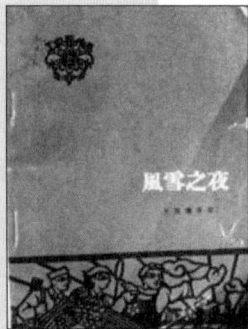

王汶石的《风雪之夜》

部群众火热的社会主义激情进行对比，将本应在节假日休息与彻夜不眠讨论工作进行对比，全村上下充满追赶时间的气氛。一次平常的检查工作表现了人们坚定又急切地进行社会主义建设，反映了农业合作化运动高潮的到来。《新结识的伙伴》也是于平凡处显深意的短篇小说。小说情节简单，描写性格迥异的两个劳动竞赛对手张腊月和吴淑兰，在棉田管理现场会上初次见面就成为亲密伙伴。作者没有着重表现热火朝天的劳动场面和竞赛过程，也没有具体描写棉田管理现场会，而是借劳动竞赛作为故事起因，反映"中国农村妇女的新的社会地位、新的命运、新的生活，来描写由这种真正人的生活所引起的真正人的感情的大爆发"[01]。小说细致地描写了张腊月作为新女性的自豪感和吴淑兰的性格、生活在不知不觉中发生的变化，揭示时代的变动如何影响人们的日常生活和思想状态，有时甚至难以察觉。透过生活的表面，探索了那个时代的精神风貌，以及人与人之间崭新的关系。

王汶石不是孤立地描写平凡小事，而是注重从复杂的社会生活联系中去写。正如他所说："找出这一切看来'平淡'的生活现象的时代根源、社会根源、阶级根源，提炼出它的社会思想意义。"[02] 他善于运用典型性的矛盾冲突，巧妙地揭示生活纠葛的社会思想意义。《春节前后》写的是大姐娃和丈夫赵承绪之间的矛盾。表面看来，夫妻矛盾的展开与解决都是一般家庭生活中常见的方式，实际上，作品借此揭示两人矛盾来源于对合作化运动的不同态度，从而反映出集体观念与小农经济传统的家庭观念之间的冲突。农业合作化运动对富裕

---

[01] 王汶石：《答〈文学知识〉编辑部问》，《文学知识》1959 年第 11 期。
[02] 王汶石：《漫谈构思》，《延河》1961 年第 1 期。

中农的思想产生了更激烈的震荡。《买菜者》通过投机取巧的云河老汉和老实诚信的青年开平之间的矛盾，以及云河老汉受到社会舆论的谴责，表现出传统的旧思想、旧观念、旧习惯与整个社会潮流的对立。《亚来》在浓厚的生活氛围中展开中亚来与叔叔铁蛋老八之间的矛盾，生动地表现了社会主义与私有观念的冲突。通过对平凡题材的深入挖掘，王汶石有力地揭示了农业社会主义变革的深刻性。《新结识的伙伴》创作之初，王汶石曾经想过只通过描写劳动竞赛来表现人们的干劲。但是随着写作过程的深入，他发觉这样的题材太肤浅。于是经过深刻的思考和认真的考察，他决定只将劳动竞赛作为故事起因，描写张腊月和吴淑兰的友谊和力争上游的精神，从而揭示新时代妇女的新生活、新地位和新命运。

在人物塑造上，王汶石始终致力于刻画农村新人形象。他曾说："无论在生活中或在写作过程中，新人始终吸引着我的注意，支配着我的兴趣。"[01] 他善于通过平凡的生活现象，发掘农民身上新的性格因素，表现他们在新时代的精神面貌。《大木匠》的主人公与许多先进农民一样，诚实、勤劳、热爱集体，但是他对新技术特别着迷，看似木讷，实则执着。作者通过有趣的生活场景和情节来表现大木匠的独特性格。在女儿桃叶订婚的当天，大木匠还钻在"试验室"忘我地研制新农具。在桃叶妈的吼叫、催促下，他才上集买东西去。但是一路上他仍然惦记着农具的改造问题，于是买了一块钢板，到铁匠炉试制去了，完全忘了桃叶妈让自己买东西的事。拿着新做好的农具，大木匠开心地回到家，被桃叶妈迎头一问，才发现篮子是空的。可是他竟然若无其事，又走向他的"试验室"。作者选择这一有趣的场面，表现了老木匠在言行迟缓的外表下潜藏着一颗痴迷科技的炽热的心。《沙滩上》也是通过日常生活来表现主人公陈大年身上新的思想品质。由于年轻、缺乏经验，陈大年在工作中难免会犯错误，作者没有局限于对其检讨错误、表决心的一般描写，而是将其思想认识的过程与坚持探索沙滩的奥秘紧密联系在一起，揭示他能正确对待群众的监督批评，时刻坚持全心全意为人民谋利益，以及坚忍不拔、积极进取的精神。

---

[01] 王汶石:《〈风雪之夜〉后记》,《王汶石文集》第 1 卷，陕西人民出版社 2003 年版，第 455 页。

　　为了让新人形象具有鲜明的个性色彩，王汶石常常采用对比的手法塑造人物。在短篇小说集《风雪之夜》中，通过对比映衬烘托人物性格的例子有很多，如《大木匠》中桃叶妈的唠叨、咋呼与老木匠的沉默寡言、厚重的性格对比，以及通过大木匠和李栓的谈话，揭露李栓庸俗自私的资产阶级思想，衬托出大木匠大公无私的社会主义品质；《井下》中亚来苦干实干、仁厚宽容的优秀品质与铁蛋老八狭隘自私的落后意识的对比，反映出亚来广阔的胸襟和高贵的精神；《新结识的伙伴》是对比手法取得显著艺术效果的作品，小说一开头就通过张腊月和吴淑兰初次见面时的情形，对比反映出两人鲜明的性格差异，张腊月大胆、泼辣、赤诚、豪爽，吴淑兰则安分、温柔、稳重、贤惠。在争夺红旗的方式上，两人都有自己的个性特征，张腊月及其战友是"呼啦嗨"的公开张扬，具有蛮勇无比的闯劲，而吴淑兰和她的战友是不声不吭地暗赛，把"赛倒张腊月"的小纸条贴在每个人的工具上，暗中使劲。再如在家庭生活中，两人表现也不同，张腊月可以对丈夫和婆婆招来使去，而吴淑兰则是典型的好媳妇。王汶石在许多作品中将不同人物进行对比，有的起相互烘托、陪衬的作用，有的有利于展开性格间的矛盾冲突，从而使人物形象更加鲜明。

　　王汶石还善于通过生活中具体的矛盾冲突刻画人物，表现人物的思想动态。《大木匠》从头到尾都贯穿着戏剧性的矛盾，在妙趣横生的故事中表现主人公执着的钻研精神与忠厚、质朴的性格。《春节前后》通过一系列夫妻纠纷揭示出社会主义新思想与大姐娃的旧思想之间的矛盾冲突，表现了大姐娃的勤劳、心灵手巧、泼辣、干练，勇于同旧思想、旧意识做决裂。《沙滩上》中林檎树下吃西瓜的场景是在矛盾冲突中塑造人物形象的一个典型例子。这个场景中有四个人，彼此构成了六对矛盾：大队长大年与副大队长囤儿的矛盾，与七队队长陈天保的矛盾，与"逛鬼"运来的矛盾；囤儿与天保的矛盾，与运来的矛盾；天保与运来的矛盾。作者通过这些尖锐又错综复杂的矛盾重点刻画陈大年的形象，表现其具备较高的政治觉悟，能够正确对待人民群众的批评，进行自我革命，同时还拥有较强的领导才能，善于做思想工作、联系群众，调动各方面积极因素，团结干部和群众继续前进。另外，其他三个人也各具神采，性格各异。

　　运用真实、生动的细节描写表现人物性格，也是王汶石惯用的艺术手法。作者常常通过语言、行动来描写人物的内心世界。《井下》中描写铁蛋老八穿二毛滩羊皮马褂,吃饱荷包蛋、烤馍片,灌饱湖茶,然后再去上工,等等,一个注重享受的富裕中农的形象活灵活现。《大木匠》中桃叶妈的唠叨、咋呼,对女儿的指使,对待大木匠的分寸,等等,表现了一个勤劳、能干、好强的中年妇女形象。《春节前后》中大姐娃本想把只顾合作社工作的丈夫拉回家里,却因任性说了许多伤人的话又把丈夫气走了,三天没回家,大姐娃也闹起了情绪。她没做早饭,不扫地,站在院子里对着鸡狗猪们发脾气,还把丈夫的搅料棍扔了,这些动作描写形象地表现了大姐娃的空虚无聊和悔恨交加。

王汶石总是"想法子点染描绘出我们这时代的风景画、风俗画,描写各种各样生活场景、生活情趣,描写人的多方面的生活活动和生活兴趣"[01]。他善于为自己塑造的农村新人提供既有鲜明时代色彩又有浓郁乡土气息的环境,如《风雪之夜》中渭南平原除夕的狂风暴雪和热闹忙碌的劳动气氛;《大木匠》中五谷丰登的深秋田野风光和富足、喧腾的即时景象;《春节前后》中清冷寂寞的小康院落;《新结识的伙伴》中真挚美好的友谊和幸福快乐的家庭氛围;等等,为作品增添了生活实感和美感。

王汶石被人们称为"带着微笑看生活"的作家,他在幽默的微笑中含情脉脉,对新生活、新人物进行抒情的赞美。他往往从人物性格出发提炼出喜剧性的情节,将严肃的主题以幽默风趣的方式来表达,充满了生活情趣。张腊月连珠炮似的言语和吴淑兰文静、含蓄的谈吐,大木匠钻研新农具的入迷神态,大姐娃嘴硬心软的矛盾态度,等等,都写得趣味盎然。小说语言轻快自然、幽默个性。王汶石的小说呈现出俊逸明快、清新健朗的艺术风格,于浓厚的乡土气息中蕴藏着含蓄诗意的美。

王汶石的创作也存在缺点。主题的单一狭隘,限制了作品的思想深度和艺术价值。作品有明显的简单化和程式化,缺乏生活的多样性和复杂性。从《风雪之夜》赞美农业合作化运动,到《新结识的伙伴》歌颂"大跃进"运动,再到《严重的时刻》表现农村的阶级斗

---

[01] 王汶石:《〈风雪之夜〉后记》,《王汶石文集》第 1 卷,陕西人民出版社 2003 年版,第 454—455 页。

争，思想内容完全随着政治形势而变化，带有很强的时代烙印。有些作品在表现和处理农民思想冲突时显得过于草率，缺乏说服力和感染力，如《新任队长彦三》。在人物塑造上，作者忽视了新人的"对立面"——"落后的、被批判的、可以作反面教材的人物"，"往往只把这类人物拉出来，作一下陪衬"，"不曾认真对待"，"在创作思想上，对他们有点儿主观随意性"。[01] 如《春节前后》《卖菜者》《井下》中的大姐娃、云河老汉、铁蛋老八等"对立面"人物的思想内涵和发展脉络不清晰，转变过程显得简单仓促。

　　刘澍德是中华人民共和国成立后众多描写农村生活的作家中较有成就的一个。"九一八"事变后，他从东北流浪到北京，"七七"事变后，南下云南，任中学教师。在漂泊中，他目睹了广大人民群众在敌人残酷剥削下的悲惨境遇，创作了《塔影》《沉舟记》《瓜客》等忧国忧民、控诉黑暗统治阶级的卑劣行径的文章，后收在短篇小说集《寒冬集》中。1949 年后，刘澍德在云南定居，并从事专业文学创作。农村剧烈的社会主义变革成为他源源不断的创作题材，也使其思想感情发生了深刻的变

作家刘澍德

化。他坚持革命现实主义的创作原则，以实事求是的态度描写广阔的农村生活和激烈的农村斗争，表达了对社会主义新生活和农民身上不断成长的新道德、新思想的热烈赞美。

　　中篇小说《桥》是刘澍德的代表作，也是 50 年代初较早反映农村两条道路斗争的一部作品。小说通过老贫农高正国"土改"后在生活和思想上发生的矛盾斗争和深刻变化，揭示了农村社会主义和资本主义道路间的激烈冲突。作为"土改"积极分子的高正国在农业合作化初期却起了私心，一心只想实现个人发家致富的"五年计划"。但是历史潮流不可逆转，高正国在接受一系列思想教育后，终于认识到只有加入农业社，走社会主义道

刘澍德的《桥》

路，才是通向幸福生活的金桥。《副社长陆新》也是借生活冲突来反映农村合作化运动中社会主义积极性与保守思想的斗争。合作社的优

---

[01] 王汶石：《〈风雪之夜〉后记》，《王汶石文集》第 1 卷，陕西人民出版社 2003 年版，第 455 页。

越性吸引越来越多的人民群众，但是老社长保守固执，坚持不扩社，副社长陆新感到十分为难。农业社要挖沟抗旱，之前要求入社的群众却不计前嫌，自发组织队伍去帮忙，让老社长羞愧不已。《拔旗》通过描写农村公社化以后开展生产竞赛的故事表现碧鸡社主任黄立地大公无私、胸襟宽阔的共产主义品质。

刘澍德以表现人物为主的作品，如《老牛筋》《拔旗》《甸海春秋》等都十分精彩，产生了较大的影响。

《老牛筋》以刚劲的笔法刻画了一个外号叫"老牛筋"的老贫农形象。旧社会的苦难生活磨成了他刚直倔强的性格，既有"牛"的固执和蛮劲，也有"筋"的韧性，敢于反抗地主阶级的压迫剥削，忠诚于社会主义。作者描写他 1949 年后"老牛筋"脾气的两次发作，是在更高的境界上展示其独特性格的发展。第一次发作是因为与居心不良煽动群众闹粮的干部谢林做斗争，充分表现了他坚持原则，忠于党和社会主义的品格。第二次发作是因为他强烈要求搬家。老牛筋看家乡的小水坝缺水，又不相信能修建水库，坚持要搬走。但是他因思念家乡而偷偷跑回去过，当看到家乡正在修建水库时，他把好朋友请来帮着建水库，算是帮自己尽一份力。由此可见，虽然"老牛筋"身上还留有小生产者自私狭隘的心理，但是另一方面也透露出他热切希望改变家乡面貌，为社会主义事业贡献力量。再次迁回家乡后，经过干部和群众的教育，"老牛筋"承认了错误，做了深刻检讨，表示再也不发"牛筋"了。

《拔旗》描写公社化以后的生产竞赛热潮，通过对比手法，塑造了两位个性鲜明的公社党委书记的形象。张太和、黄立地是小时候要好的玩伴，两人经历相似，都在抗美援朝战争中立过功，复员回乡后，都是从高级社的支部书记升到公社党委书记这一职位。但是在工作中，两人思想差异表现得越来越明显。张太和因为工作上获得荣誉变得自负、虚荣、马虎，既经不住表扬，也受不了批评。在生产竞赛中，自己领导的金马公社输给了黄立地领导的碧鸡公社，先进红旗被夺走。不能接受失败的张太和十分急躁，竟小心眼地要回原先派去支援碧鸡公社的干部和机械。与之相反，黄立地的思想觉悟则要高得多，他宽厚朴实、善解人意、大公无私，不仅满足张太和的无理要求，还在金马公社秋收生产告急时伸出援手，他的博大胸怀和无私精神彻底感动了张太和。作者通过凌厉的笔法刻画了两类基层干部的形象，相比较而言，张太和的个性更突出。

《甸海春秋》中的田老乐形象更加值得注意。小说以 1958 年"大跃进"高潮为背景，描写了勤恳热心的田老乐被领导和群众推上生产队长的岗位后，敢于顶住浮夸风的压力，坚持实事求是，帮助解决群众困难的故事。他的思想、品格就如同他常说的口头禅"一轮明月"那样光明磊落。实际上，作者也是借刻画田老乐这个人物形象，批评当时盛行的浮夸冒进、弄虚作假的不良风气，表明真正能代表党的优良传统并值得歌颂的是田老乐类的先进人物。

刘澍德善于选择真实的生活细节来塑造人物形象。《同是门前一条河》的开头描写了一个极具感染力的生活细节：奶奶蹲在灶角里，闭着眼睛等着水涨饭熟。整个画面显示出奶奶内心的安适与平静。突然，孙子小苏进门大喊一声"奶奶"，打破了这种安静。奶奶惊了一下，以为出了什么事，睁开眼后，知道什么事也没有。接下来，矛盾在祖孙两人的对话中展开。小苏告诉奶奶门前要修建水库，奶奶不相信，并且怀念起从前的家。当小苏不理解她，说她"落后"时，她表现得十分激动。这一细节将奶奶的形象生动地表现出来：在其看似平静的外表下隐藏着对过去生活的无限怀念，想回到过去。这也体现了奶奶身上新旧两种思想的矛盾。《拔旗》中描写了金马公社和碧鸡公社进行生产竞赛，张太和看见先进红旗被碧鸡公社拔走后，十分急躁，立马要回曾经支援给对方公社的干部和机械。这一细节描写刻画了张太和浮躁、自私、狭隘的性格特点。

运用个性化的语言揭示人物性格和思想感情，也是刘澍德刻画人物形象常用的方式。如《同是门前一条河》中，奶奶虽搬进新房子，但还是不习惯。担任区长的儿子苏成回到家，母子间关于"耳面发热"原因的对话，既表现出奶奶的要强，又表现了苏成的幽默风趣，还反映出母子关系的融洽和谐。《老牛筋》中"老牛筋"独具特色的语言将其如牛一般倔强固执的性格特点表现得淋漓尽致。但是当"老牛筋"搬出小干坝，望着橡树下的老屋，发出一番真挚感人的离别之言时，让人看到这犟老头儿身上温柔多情的一面。

刘澍德还善于描写人物心理活动，突出人物个性。《老牛筋》中在写"老牛筋"斗金龙时插入了一段简练又富有特色的心理描写，当他看到龙王爷"大模大样""立眉瞪眼"地坐在台上时，那神气竟让他想到了地主逼租讨债的嘴脸。这种心理符合"老牛筋"这个受地主阶级压迫和剥削的人物，也是他会踢翻供台，去抓龙王爷的原因。《同是门前一条河》关于奶奶在积极参与挖河行动中的心理活动描写得十分感人。面对眼前的场景，她想到从前和丈夫一起搭草棚的日子，经过比较，明白了那时的"希望"是为个人，而现在是为集体。这一段心理描写也表现了奶奶思想的转变过程。

刘澍德善于从内在和外部两方面刻画个性鲜明的人物形象，这是其农村生活题材小说艺术成就较高的原因之一。此外，刘澍德在作品中生动逼真地再现了云南农村的自然景色、社会风貌、乡土习俗等，充满浓郁的云南泥土气息。其短篇小说结构简单，故事情节自然朴素，时而夹些抒情议论，时而插入几个警句，吸引读者。语言简练、幽默，从云南农民口语中汲取营养。小说结尾讲究余韵，耐人寻味。

1962年，刘澍德创作了长篇小说《归家》（上）。作品以毕业归家的知识青年李菊英和生产队朱彦之间的感情纠葛为主线，通过两家人在农业合作化道路上的矛盾冲突和此后相互的复杂发展，反映社会主义变革后的农村生活和农民的精神风貌。小说没有将人物性格和关系简单化，而是通过农村两种道路的斗争对人们思想、感情和生活产生的深刻影响，表现出人物性格的复杂性和精神世界的丰富性。作者细腻、生动地描绘李菊英和朱彦之间复杂微妙的关系和感情生活。作者还将两人的爱情描写与社会变革、社会主义事业的发展相联系，与人生道路的探索相结合，赋予它深厚的社会内涵。但是作品也存在缺点，作者未能准确把握李菊英和朱彦的思想性格，过分描绘两人感情冲突的奇妙性，致使人物形象失真。但总体说来，它仍是一部富有特色的优秀作品，在本时期小说创作中占有重要地位。

（三）沙汀、骆宾基

沙汀和骆宾基是农村题材短篇小说创作取得较大成就的两位，他们以广博的见闻和开阔的视野为农村题材短篇小说注入了新鲜血液，在遵守惯常的时代主题和对劳动者的歌颂与赞美准则之外，他们也注重审美思索，表现细节，探索心理，设置悬念，构思剪裁，取得了较高的艺术成就。

沙汀是一个具有独特风格的现实主义作家，他的作品常以家乡四川农村为背景，采用冷峻、客观、讽刺的笔调暴露国统区黑暗的现实政治，表现人民的悲惨境遇和愤怒、反抗的情绪，格调阴郁苦涩。1949 年后，他的作品不再轻易流露出感情，而是采用含蓄、凝练的手法，描写日常生活中的平凡事物和人与人之间富有喜剧色彩的矛盾，揭示社会主义变革后农村生活新面貌，赞美人们淳朴、崇高的品格。不论是作品中的人物形象刻画，还是社会风俗描写，都散发着醇厚、质朴的生活气息，富有诗意。

作家沙汀

沙汀解放后的小说题材仍以四川农村现实生活为主，但人物不再是战争年代中饱受黑暗统治折磨的苦难形象，而是农村变革中涌现的具有崇高品质和社会主义热情的质朴农民。作品表现了劳动人民翻身做主人的喜悦，以及投身社会主义新农村建设的热情。这种创作上的过渡体现在沙汀 1950 年发表的短篇小说《归来》中。小说描写了佃户青年牛中在解放前被抓去当兵，后来在成都顺利逃跑，解放后却怀着革命热情主动报名加入志愿军，奔赴战场。牛中解放前后的变化，反映了新旧时代的深刻变革和劳动人民思想觉悟的提高。之后的《控诉》《母亲》等小说中着重表现的也是普通劳动人民认识的飞跃，在面对敌人入侵的威胁时，他们毫不犹豫地支持亲人参军入伍、保家卫国。沙汀将"过渡"作为作品集的名称，除了表达农村和农民的思想认识都处于社会主义变革的过渡期中，也暗示其创作进入一个新的阶段，即展现解放后的农村新生活、新气象、新人物。

随着农村社会主义建设的不断开展和农村变革程度的日益加深，沙汀也将笔触深入社会主义新农村的蓬勃生机和新时代劳动人民的内心世界。沙汀解放后的代表作《卢家秀》，表现了农业合作化运动促进劳动人民解放思想的巨大作用。小说主人公卢家秀，在农业合作化以前，与广大农村女孩一样，十二三岁时就成为家庭的"小主妇"，扮演着"姐姐""母亲"两种角色。农业合作化开始后，卢家秀的生活轨迹发生了变化。她逐渐从传统的家庭束缚中解脱出来，加入社会主义建设队伍，在实践中不断提升才能，成为生产组长。此时，她与爸爸卢世发的位置发生变化：她因为聪颖、伶俐，开会、外出的次数越来越多，而手脚不便、头脑不够灵活的卢世发则留在家里做家务。作者以卢世发现在的生活状态与他当初坚决反对女儿夜间开会的顽固这一具有喜剧色彩的矛盾进行对比,表现了劳动人民在农业合作化运动的影响下不仅过上了新生活,也逐步摆脱了封建旧思想、旧传统的束缚,成为具有社会主义思想认识的新人。写于 1958 年的《风浪》,反映的是农村中两种思想、两种道路的矛盾冲突。通过描写"闹粮"纠纷,刻画了王家福贪婪、自私、个人主义严重的富农形象和申大嫂勤劳、公正、具有集体主义意识的新农民形象,表现了唯利是图、剥削人民的资本主义道路与服务人民、造福人民的社会主义道路之间的斗争。小说结尾处写王家福灰溜溜地跟着申大嫂去田地劳作,揭示了社会主义观念已深入人心,走社会主义道路是不可逆转的历史方向。其他短篇小说如《在牛棚里》《老邬》《你追我赶》等都是从生活中选取一件平凡小事,反映农村的生活动向和农民坚持社会主义的巨大热情。

沙汀创作短篇小说时,特别讲究对生活片段的截取,主要是横断面和纵剖面两种方式。截取生活横断面,即经过精心剪裁,在一段很短暂的时间内,对一个或几个生活场景进行横向描写,充分利用所选取的矛盾焦点,对布局和结构做艺术的构想,使艺术形象集中简明又富有变化,较好地发挥了画面情节的表现力和概括力,代表作如《老邬》《开会》《你追我赶》等。《老邬》中故事发生的时间很短暂,作者截取的是社主任老邬一家在堂屋吃晚饭前后的生活片段,通过设置悬念、插叙、补叙、喜剧收尾等手法,展示了农业合作化运动中的人民内部矛盾及解决的过程,刻画了老邬忠于人民、坚持原则、任劳任怨的基层干部形象。所谓截取生活纵剖面,即小说涉及的社会生活时间较长,以主要人物的特殊命运为线索,将若干个生活片段串联起来,展示人物性格和情节发展,从而揭示深刻的社会历史进程,代表作如《卢家秀》《在牛棚里》《风浪》等。《卢家秀》描写了一个普通农家姑娘卢家秀变为合作化积极分子的过程。作者通过卢家秀的故事反映了农民建设社会主义新农村的热情。作品着眼于现实生活和人物性格特征,在卢家秀争取入社的过程中设置重重关卡。在她突破关卡的较长时间中,作者也完成了对卢家秀人物形象的塑造,勾勒出一个思想积极、热爱农村社会主义事业的新人形象。

在塑造人物形象上,沙汀善于选用精确、富有特征的细节来表现人物的性格。这个细节可以是外貌特点,也可以是语言或动作上的特点。《风浪》中写申大嫂"身材瘦长""说话火辣辣",而且说一不二,表现她的精明、直率与公正。当她听到富农王家福的母亲装穷诉苦时,她"嘴角边浮起一个讽刺的微笑",然后开始自顾自纳鞋底去了,这里的神态和动作描写生动地表现了申大嫂对那种虚伪自私的人的鄙视。沙汀还常常用简洁、个性化的对话来描写人物,恰当的语调和用词准确地反映出人物的性格特征。《老邬》中写妻子张玉真要去煮猪食,就让老邬来抱娃娃时,恨恨地瞪了老邬一眼,还说"一辈子都气不完",这一句听似赌气却动人的话,实际上包含了妻子对老邬的心疼、谅解与爱惜之情。在叙述语言方面,沙汀注重语调、语势,显得简洁凝练又跌宕起伏。

总体来说,沙汀一直保持着严谨的现实主义创作态度,通过撷取奔腾的农村生活长河中的一朵浪花,表现时代跳动的脉搏和人民的心声。浓厚的生活实感与含蓄凝练的艺术风格,使沙汀及其作品在中国当代文学史上占有重要地位。

骆宾基早期以从事抗日救亡运动书写而闻名,抗战期间发表了短篇小说《我有右胳膊就行》《在夜的交通线上》《一星期零一天》等在抗战文艺史上占有重要地位的作品。40 年代辗转于桂林、重庆、香港等地,写有小说《东战场别动队》《吴非有》《一个倔强的人》等展现后方民众国难当头时迥异的人生态度,出版了短篇小说集《北望园的春天》和长篇自传体小说《姜步畏家史》。1949 年后,骆宾基常常选取独特的视角反映广阔丰富的社会生活,以细腻朴实的笔触表现人物纷繁多样的内心世界,创造一个自

作家骆宾基

然蕴藉的艺术世界。这一时期,其作品因鲜明独特的艺术风格取得了较高成就,创作了《王妈妈》《夜走黄泥岗》《父女俩》《年假》《交易》《山区收购站》等反映农村生活题材的短篇小说,大多收入短篇集《山区收购站》中。

骆宾基的作品很少有戏剧性的故事、紧张的环境氛围和强烈的情感表达,也很少通过激烈的矛盾冲突刻画人物性格,而是善于从丰富多彩的日常生活中选取一个平凡琐屑的片断,围绕它展开情节,塑造人物,并将人物与现实环境相融合,从而反映时代跳动的脉搏和人民的心声。骆宾基最能反映农村互助合作的短篇小说是《王妈妈》《夜

走黄泥岗》，故事与人物都很普通。《王妈妈》描写了六十岁的孤寡婆婆王妈妈参加互助组、创办农忙托儿所后在生活和思想上发生的变化，写她改变以前的穿衣打扮，第一次神气地去亲家看女儿，以及像祖母一样爱孩子等生活小事。《夜走黄泥岗》也只选取了青年刘虎子出其不意地帮助别人拉出陷入泥中的车，住店的时候为合作社节省费用这样的平凡片断。作品中的故事、人物虽然寻常普通，但作者将它们放在孕有蓬勃生机的新兴农业互助合作潮流中来展开描写，反映出互助合作运动促进新人物、新思想、新道德的出现，从而使作品含有深刻的思想意义和浓厚的时代特征。《夜走黄泥岗》中还通过身为党员和乡人民代表的李四虎与淳朴忠实的刘虎子的对比，反映了富有革命精神的两代农民在新时代的前进道路。

骆宾基短篇小说中不论是描写遭受旧社会苦难的人物，还是刻画社会主义时代新人，人物形象都较鲜明生动，包含一定的社会意义。对人物形貌进行细腻酣畅的描绘或是粗犷有力的勾勒，是作者刻画人物形象的方式之一。《父女俩》细致地描绘了香姐儿美丽的面容和鲁南青年妇女独有的时兴装束，同时特别描画她乌亮的眼睛，表现新中国成立前后香姐儿思想觉悟发生的变化。新中国成立前，父亲和周围人的封建传统观念严重禁锢了香姐儿的青春活力，长期的独居生活使她的眼睛深处有着"冷落的气息"，即使与她面对面望着，也感觉她的眼神飘得很远。新中国成立后，在新思想的影响下，香姐儿恢复了本来的青春，她在听妇女问题报告时，睁着乌黑的眼睛，"像白灵鸟似的窥视着"，眼光中带着勃勃生机的神韵，不时流露出笑意。通过这样细致入微地刻画，充分表现了香姐儿的美丽动人与青春活力。作者还善用心理描写的手法刻画人物性格，或批判社会庸俗的思想倾向，或赞美人物崇高的精神品质。《老女仆》反复写了老女仆曹妈冰冷、阴沉的脸色和对周围一切都不屑和漠视的心态，曹妈的这种心态其实是一种对抗现实社会的逆反心理，抒发了对黑暗社会的强烈愤懑。作者还善于为人物设置特定的对比环境，通过不同环境中人们的不同活动或同一环境中不同的人的活动的鲜明对比，刻画人物个性，这样的对比往往带有时代色彩。如以《王妈妈》在加入互助组，办农村托儿所前后不同的思想和活动，表现王妈妈拥护社会主义事业的积极性。《山区收购站》则通过老收购员王子修与年轻女主任曹英在日常行事、待人接物、处理问题上的不同方式，表现二人迥异的性格特征，揭示在新时代，社会主义工商业者要树立新的经营理念，把国家和人民的利益摆在第一位。

骆宾基常常为每一篇短篇小说都选取一个独特的角度，精心构思、剪裁，在有限的时空内刻画人物形象、表达主题。《山区收购站》中的故事发生在矛盾十分尖锐的"大跃进"时期，围绕老收购员王子修和年轻女主任曹英用不同方式收购山葡萄这一事件，表现了国家利益和群众利益的矛盾，粮食生产和多种经营的矛盾，生产和运输的矛盾，新旧经营思想、经营作风的矛盾，等等。小说中的故事发生在一天之内，前三章主要描写上半天王子修在收购山葡萄上与群众产生的矛盾，为曹英的出场提供合理展现其性格特征的环境；后四章主要描写下半天曹英果断公正地解决收购山葡萄的矛盾，以及王子修没能解决的一系列收购与供销矛盾。人物的性格推动了情节的发展，情节的发展又揭示了人物的性格，通过曹英的神态、语言、动作等描写，生动地塑造了一个思想觉悟较高、组织能力较强的年轻干部形象。作者通过王子修和曹英两个个性鲜明的人物形象，表达了社会主义的工商业者必须要有新的经营理念、经营方式，将国家利益和群众利益摆在首位，并要把两者完美地结合起来。如此，许多矛盾都能迎刃而解了。骆宾基在新中国成立后创作的作品虽然不多，但其短篇小说在取材、构思、剪裁、结构和刻画人物等方面体现的独特技巧，使其成为描写农村生活题材的众多作家中较有成就的一位。

骆宾基的《山区收购站》

（四）康濯、李准

康濯和李准是深入农村、熟悉农村、了解农村的行家里手，他们参加了轰轰烈烈的农业合作化运动，发现被卷入浩荡的历史进程是何等滋味，任何人都无法逃避这个进程，因此不得不参与其中。他们的农村题材短篇小说带上了典型的时代烙印，并使得当时阅读他们作品的读者感到兴奋和喜悦，胜利与变革的双重演奏似乎体现出深重的启示色彩，对新社会的信仰与新生活的追求在他们的文本中得到了明显增强。

作家康濯

康濯的短篇小说大多以农村生活为题材，反映不同历史时期的农民的生活和精神面貌，在中国现当代文学史上占有重要地位。傅雷曾评价其创作"只凭着道劲的线条勾出鲜明的形象，在朴素中见出妩媚，在平淡中藏着诗意，像野草闲花一般有种天然风韵"[01]，准确形象地表达了康濯小说质朴细腻、清新明朗的艺术风格。

1953 年至 1954 年，康濯参加了农业生产合作化时期的办社、扩社和整社工作，创作了短篇集《春种秋收》，反映了农业合作化运动中农民精神面貌的巨大变化，赞美了农村中的新人新事。其中《放假的日子》《牲畜专家》《竞赛》等篇，描写了王喜奎、刘春堂、张万连在合作化运动中不断更新思想，成为社会主义新农民；《往来的路上》《第一步》《一同前进》等篇，通过描写中农旺老汉、刘来顺、王老庆对合作化运动态度的逐步转变，反映了农村两种道路的斗争以及社会主义是历史发展的必然趋势；《春种秋收》《在白沟村》《第一次知心话》等篇，将劳动和爱情相结合，反映农民克服了轻视农业劳动的旧观念，以新的劳动态度投入社会主义新农村建设事业。

康濯的《春种秋收》

康濯坚持革命现实主义的创作原则，注重在创作中按照生活的实际情形和本来面目去表现生活和反映生活。其短篇小说的题材大多来源于具有普遍性和真实性的日常生活琐事，以小见大，生动真切地反映不同历史时期农村和农民的生活面貌。《春种秋收》以一对普通农村青年男女周昌林、刘玉翠的婚恋为题材，讴歌爱情和勤恳踏实地建设社会主义新农村的新的劳动态度相结合的美好。《放假的日子》通过一串钥匙失而复得的小事，描绘了一幅关于合作社保管组长王喜奎老汉热情又琐碎的假日生活图景，朴实诙谐地歌颂了王喜奎尽职尽责、爱社如家的高尚品格。《买牛记》围绕买牛这一中心事件，展示了农民选择互助合作道路的美好前景。《亲家》以互为亲家的两位农民之间的经济账目问题为视角，反映了社会主义农村合作社的优越性

---

[01] 傅雷：《评〈春种秋收〉》，《文艺月报》1957 年第 1 期。

和农民互帮互助的团结精神。其他如《竞赛》《牲畜专家》《一同前进》《第一名》等都从平凡的日常生活细节落笔，以人与人之间、家庭成员之间新的关系为切入点截取生活片段，反映社会主义过渡时期农村的新气象和农民的新思想、新道德。

康濯在描写日常生活的平凡小事中，塑造了比较饱满、深刻的人物形象。他善于抓住人物的主要性格特征、脾气秉性，在人物的相互关系中加以动态描写、反复渲染。《一同前进》中，王老庆在思想转变过程中，性格古怪、脾气倔强，对儿子媳妇讲话，总是"脸冲着房顶"，粗声粗气地"直嚷"。小说抓住王老庆的倔强个性铺展故事情节，妙趣横生。《第一步》着眼于小生产者刘来顺激动起来就像他额头一样"高得出奇"，说话也"'冲'得厉害"这一特色，进行传神的描述，突出他落后、自私、顽固的思想性格。

在刻画人物性格时，康濯善于运用精简的动作，生动地表现人物心理活动。《一同前进》中王老庆送驴入槽的行动描写，生动地表现了王老庆对牲口的眷恋不舍的真挚与深情。《第一步》中刘来顺的偷水行为，反映其不易改变的自私、落后心理，烙着旧的生产方式和生活道路的印记。作者善用个性化的语言表现人物性格特征。《春种秋收》中，玉翠娘为女儿婚事发愁，向村坊的老姐妹们唠叨的一段话，喋喋不休，看似数落实则夸奖，完全符合农村老大娘的语气、口吻和心理，再加上说话时的动作神情，玉翠娘的形象跃然纸上。在《春种秋收》中，作者还运用了直接剖析心理活动的方式，将陷入爱恋的刘玉翠苦恼、矛盾、患得患失、细腻隐微的内心感情表现得淋漓尽致。她忽而怀疑周昌林在故意找机会接近自己，忽而又觉得他其实对自己没有任何想法；周昌林想接近她，她却觉得这个人没出息，而周昌林疏远她，她又会伤心难过。小说以细腻真切的心理描写，塑造了一个在追求爱情的过程中心情倏忽变化、复杂矛盾的青年女性。

康濯在设计短篇小说的情节结构时，善于运用伏笔，制造悬念，在平凡小事中巧设波澜；善于运用烘托、映衬的手法，渲染气氛；时而穿插议论，时而穿插抒情。《春种秋收》中的矛盾并不复杂，但作者善于运用正面描写和侧面烘托、顺叙和倒叙等手法，巧妙灵活地结合穿插，从而使整个故事情节跌宕起伏，委婉动人。另外，短篇集《春种秋收》里的许多作品都以第一人称"我"也就是"老康"叙述故事,"我"一方面参与小说中的矛盾纠葛,一方面又跳出来叙述故事,抒写见闻,显得生动又亲切。

康濯善于向人民群众学习语言,在创作中注重去粗取精、去芜存菁的艺术提炼,因而其短篇小说的语言具有朴素、明朗、清新、生动的特点,既保留了生活的实感,又富有文学色彩。《亲家》中以描写李老玉"心病"作为故事开头,叙述语言平淡无奇、毫无修饰,但这段朴实无华的开头极其精练地概括了故事发展的缘由,即李老玉欠别人一笔钱,一天不还,他心里就不踏实。同时还为下文埋下伏笔,引起读者对这"心病"的特殊性产生兴趣。康濯还善于将生活中的幽默运用到平实的叙述语言中,呈现出一种朴素生动的趣味性。《春种秋收》中叙述周昌林和刘玉翠在相邻的地里劳作的一段文字,把两人之间轻轻荡漾开来的某种微妙感情表达得真切、到位,朴实中蕴有情趣。

康濯短篇小说的风格特色十分鲜明,这时期的创作保持了《我的第一个房东》"清新的风格","细致而不烦琐,平淡而不刻板,有着生动的朴素性"[01],由于种种复杂的原因,主要是左倾错误思想的影响,康濯在创作上出现过徘徊和停滞期,50年代末到60年代初的作品缺乏革命现实主义气息。在粉碎"四人帮"后,作者回顾整个创作历程和全部创作时说道:"一九五七年受批评后便以为自己看农村的阴暗面多了些,一九五八年再到农村,就因之而过分重视了一时的表象,并跟随一些不其理解又认为应该跟上的指示,迷于浮面,未能深入,以至又偏到'左'边而在创作中宣扬过浮夸和'五风'。"[02] 作品艺术水准良莠不齐是其短篇小说创作的一个缺陷。有些作品揭示生活的矛盾冲突不够深入,因而歌颂新人新事的力度不够。康濯自己也意识到"轻微的斗争、矛盾,不足以深刻反映社会生活及其发展、变化,也不足以从解决尖锐矛盾与胜利争取艰难斗争的复杂过程中塑造比较丰富的新人"[03]。艺术表现上也存在提炼剪裁不够的缺点,显得较为一般化。

创作上的得失成败,除了与作家自身素养和写作技巧有关,还与

---

[01] 李希凡:《农村社会主义新人的颂歌》,《人民文学》1956年第1期。
[02] 康濯:《再谈革命的现实主义》,《文学评论》1979年第6期。
[03] 康濯:《水滴石穿·后记》,《水滴石穿》,人民文学出版社1981年版。

复杂的社会原因有关。康濯凭借其取得了较高思想艺术成就的短篇小说，毋庸置疑地成为中国现当代文学史上反映农村生活的著名作家。

李准是描绘农村生活、刻画农民心理的能手，他遵循现实主义创作原则，以短篇小说的形式记录了不同时期农村的变革，塑造了一系列个性鲜明的农民形象和农村知识分子形象。在其创作过程中，也受到某些文艺政策的影响而一度偏离现实主义的轨道，但他始终立足于农村生活，凭借对农民心理的理解和把握，保持了自己独特而宝贵的艺术风格。

李准自幼在农村生活，进入文艺界后，多次下到农村体验生活，形成了直率、说真话的思想个性，并体现在其文学欣赏和文学创作上。李准有明确的群众观点，采取群众喜闻乐见的民族形式进行小说创作。其短篇小说具有朴实、明朗、淳厚、自然的风格。

作家李准

李准具有敏锐的观察力，抓住生活中蕴含重大意义的矛盾冲突，及时反映和提出现实生活中的新问题，歌颂农村社会主义变革中涌现的新人、新事、新思想。土地改革以后，农村社会主义改造还没开始，农村中两极分化现象日益严重，资本主义势力开始发展，针对这一现实，李准在 1953 年创作了短篇小说《不能走那条路》，在小说中首次提出了农村中两条道路斗争的问题。通过贫农张栓卖地、宋老定买地的故事，反映出 50 年代初期农村两极分化和两条道路的斗争，《不能走那条路》有力地批判了有着资本主义自发倾向的农民，形象地指出资本主义道路是行不通的。在之后的互助合作运动中，李准创作了《白杨树》，通过描写董守贵、董进明父子分别代表的集体主义思想和个体农民守旧落后的思想之间的矛盾冲突，反映了小农经济严重束缚了生产发展的问题。随着农业合作化运动的高潮来临，作者又写了《野姑娘》《孟广泰老头》等作品，表现农民身上热情的社会主义积极性，同时也提到了基层干部要正确对待这种积极性才能更好地领导农民进行合作化运动的问题。1958 年，面对"大跃进"、人民公社运动的热潮，作者满怀革命激情，创作了一系列反映人民群众神采奕奕、斗志昂扬的精神风貌的作品。如《两匹瘦马》通过描写贫农韩芒种为摘掉穷队的帽子，竭尽全力将社里两匹奄奄一息的瘦马养壮的小事，反映了在现实生活中要发扬勤俭、奋发图强的"穷棒子精神"的大问题。《李双双小传》通过孙喜旺、李双双夫妻俩的生活，提出了要鼓励动员广大农村妇女加入建设社会主义的队伍中的问题，还反映了社会主义运动开展以来，农村妇女获得了精神解放，集体主义思想在普通农民身上迅速成长。

李准的《李双双小传》

李准小说中描写的矛盾冲突都发生在普通的农民家庭范围内，如夫妻之间（《李双双小传》）、父子之间（《不能走那条路》《白杨树》），矛盾发展的结果，往往是新思想、新道德取得胜利，家庭得到新的团结和睦，家庭成员关系也有崭新的发展。家庭生活的新变化，从侧面反映了新时代农村生活和农民精神的新面貌。李准的小说立足于平淡生活中的典型事件，从中挖掘出深刻的社会主题，显得朴素、真切、自然。

李准短篇小说取得的成就，与他塑造了一批不同类型、性格鲜明的人物形象密切相关。李准作品中的人物，可以分为三类：一是新人形象，如李双双（《李双双小传》）、肖淑英（《耕云记》）、韩芒种（《两匹瘦马》）等典型化的英雄人物。李准一直致力于创造新人形象，他曾说过："近两年来，我曾努力想写一批农村新的人物，给读者拿点新鲜东西。"[01] 这些新人身上都反映了新时代的精神风貌。二是有缺点的人物形象，如孙喜旺（《李双双小传》）。他既有落后、自私的一面，又有憨厚、淳朴的一面，性格比较复杂。但是，李准也将这类有缺点的人物称作农村新人，他说："李双双和喜旺是我在探索农村新人物过程中塑造出来的两个人物（就允许我把喜旺也列入农村新人物，我是这样看待他的），也是我最喜欢的两个人物。"[02] 孙喜旺的性格比较复杂，"他有落后自私的一面，也有憨厚、善良和天真的一面。胆小怕事，有时却爱充人物头；在家中要摆大男人气派，在群众中又要恪守'好人'之训"[03]。但是他在面对原则性的问题时从不含

[01] 李准：《芦花放白的时候·后记》，《芦花放白的时候》，作家出版社 1957 年版。
[02] 李准：《我喜爱农村新人——关于写〈李双双〉的几点感受》，《电影艺术》1962 年第 6 期。
[03] 李准：《我喜爱农村新人——关于写〈李双双〉的几点感受》，《电影艺术》1962 年第 6 期。

糊，坚定立场。可见，这类人物身上有些是属于性格上的缺点，不是落后，有些是前进道路中的缺点，可以得到不断克服。三是落后农民的形象，如宋老定（《不能走那条路》）、董守贵（《白杨树》）、白举封（《一串钥匙》）等。这些人物形象虽然落后、自私，但并不是顽固不化，他们在社会主义变革的热潮中，接受事实的教育和思想的改造，逐步转变为具有新的思想品质的本色农民。他们的存在，反映了农村两种思想、两条道路尖锐的冲突斗争和社会主义革命的前进方向。

在李准的短篇小说中，不论是新人形象，还是有缺点的或落后的人物形象，几乎都是农民，而且都具备勤劳、质朴、节俭的特点，性格也大都率直、爽朗。这些农民形象都是作者根据实际生活创造出来的，因而显得有血有肉、生动真切。李准创造的人物，概括起来有两个特点：一是普通平凡，李准笔下的具有英雄气质的人物都不是遥不可及的，而是扎根于农村土地上的寻常百姓。他们的形象平凡，如李双双只是一个普通农村妇女，手脚粗大而灵巧，眼睛、嘴角时常浮现开朗、乐观的笑意和憨厚、天真的傻气；他们的工作平凡又辛苦，如肖淑英只是报报天气变化，韩芒种只是尽心尽力养肥两匹马；他们的生活平凡，成天与群众一起生活、一起劳动，有着普通家庭的温馨、吵闹。正是因为平凡，所以显得真实、有活气。二是具有复杂、鲜明的个性，符合现实生活中人们多样化、复杂的性格特点和思想感情。李双双的性格"是大公无私，敢于斗争，后一点更富于她的性格特点"，"双双有时还有幼稚的一面，也就是她单纯的一面，她在喜旺面前，有时会被喜旺的甜言蜜语哄住，有时好像就是没有喜旺懂事，而且连她自己也信服"，有时还"甚至带点傻劲"。[01] 李双双因为多样又统一的性格特点，显得真实、可爱，深得人们喜爱。《不能走那条路》中的宋老定一方面想买地，走个人发家致富的道路，但又是个普通农民，朴实、热爱劳动。他要克服自私、落后的缺点，又不是那么容易就办到的，只有经过反复、艰难的斗争过程。李准在作品中准确细致地描写了宋老定性格和心理的复杂性，使宋老定这个人物形象具有可信性和鲜明性。

李准在展示农村社会主义革命的图景时，采用的是具有中国作风

---

[01]《你挥洒出了李双双的忘我劲》,《光明日报》1963 年 6 月 4 号。

和中国气派的艺术形式，为老百姓所喜闻乐见。他在创作过程中，运用的语言、安排的结构都以群众的喜爱与接受程度为前提。

在语言上，李准善用白描手法。李准小说中常以动作、对话等动态描写代替静态的、冗长的心理刻画，符合群众的阅读习惯。如《耕云记》中写了肖淑英在草棚下避雨时的一连串细微的动作和短短的一句话，表现了她镇静、坚毅的性格，说明了她的身份。《雨》通过描写张存厚老头和老伴面对风雨时的不同行为和看似平淡的对话，表现了两人不同的思想性格。李准特别注重语言表达的准确性，善于运用个性化的语言塑造性格鲜明的人物形象。李双双朴实、真诚、勇敢又略带"傻气"的性格，正是通过她在不同场合说出来的个性化语言表现出来的，从而成为独一无二的"这一个"。另外，李准还善于运用群众语言。他在谈到《不能走那条路》时说："我这篇小说中用的是豫西群众语言。我很喜欢这种语言，它是那样的精练、生动而又能准确地表达思想感情。"[01] 这篇小说的叙述语言和描写语言真正体现了"运用群众语言要自然、要贴切，不要故意炫耀，要通达明快、流畅"[02]。这就形成了其短篇小说朴实、自然、明快的语言风格。

李准的小说，结构单纯、明快，脉络清楚，适合群众阅读。在其大部分作品中，矛盾冲突以单线条形式发展，层次清晰，条理分明。如《不能走那条路》，故事始终围绕主人公宋老定要不要买地的矛盾心理展开，冲突始终放在宋老定父子之间，线索单纯，不枝不蔓，主题思想集中鲜明。李准的小说常常截取生活的一个横断面来叙述故事、塑造人物，有的只写一个场景，如《雨》，有的只勾勒一两个人物，如《小黑》。另外，其小说中的故事有头有尾，注重起承转合，不仅结构相对完整，而且符合群众传统的阅读习惯。在故事的起承转合上，一般"起"得朴实、平淡，先设铺叙，再进入故事；"承转"之间，详略得当，突出矛盾冲突的重点；"合"处注意首尾呼应，交代事情发展的结果，但又不画蛇添足。

李准的小说"大部分是带有点喜剧色彩，也就是农民在新的生活中的乐观情绪和幽默感"[03]。在表现有缺点人物或落后人物思想性格

---

[01] 李准：《我怎样写〈不能走那条路〉》，《长江文艺》1954年第2期。
[02] 李准：《情节、性格和语言》，河南人民出版社1978年版，第27页。
[03] 李准：《李双双小传·后记》，《李双双小传》，作家出版社1964年版。

中的弱点与新思想进行斗争时，作者常常采用喜剧手法，在笑声中感染读者、教育读者。他的小说"大部分是带有点喜剧色彩，也就是农民在新的生活中的乐观情绪和幽默感"[01]。这种喜剧色彩来自生活，反映了农民朴实、淳厚的性格本质，也与小说朴素、明朗、自然的艺术风格相统一。

　　李准的创作也有不足之处，如刻画先进农民形象的力度不够，矛盾斗争的复杂性和深刻性不够充分，矛盾的解决偏于简单化。作者在"大跃进"时期创作的《李双双小传》《耕云记》等具有鲜明的浮夸、激进的特点，偏离现实主义的方向。但总观其短篇小说，仍是注重从生活出发，不失其朴实、淳厚、明快的风格，在中国现当代文学史上占有一席之地。

---

[01] 李准：《李双双小传·后记》，《李双双小传》，作家出版社 1964 年版。

第五章

"十七年"革命历史题材小说

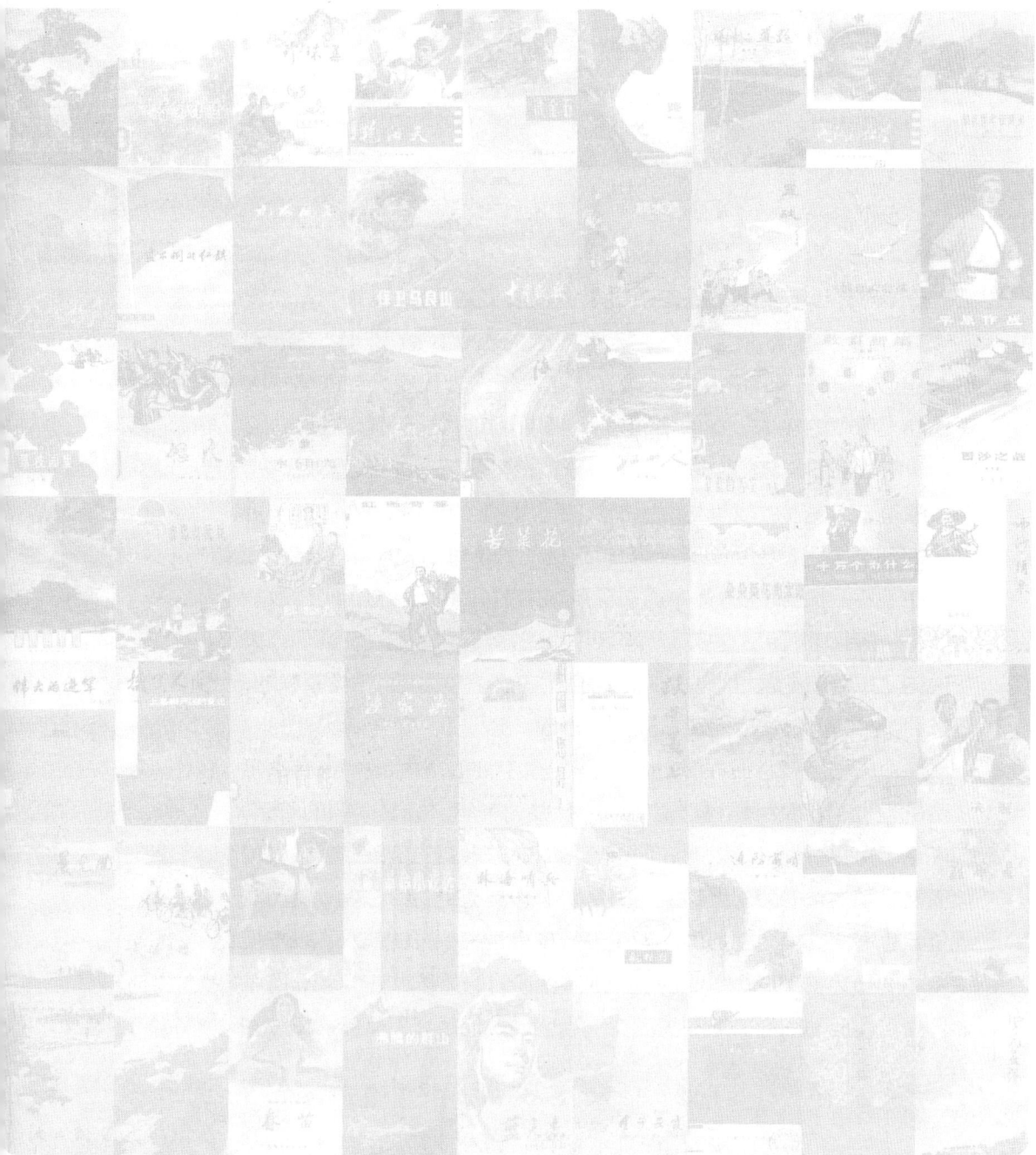

一、"十七年"革命历史题材小说发展概述

"革命历史题材"这一小说分类概念的出现，最早可以追溯到 1949 年 7 月 5 日周扬在中华全国文学艺术工作者代表大会即第一次文代会上所做的报告。在这篇题为《新的人民的文艺》[01] 的报告中，周扬对解放区的文艺创作进行了题材分类，其中就有一类题材是"写抗日战争、人民解放战争与人民军队的"。1960 年，茅盾在中国作协第三次理事会（扩大）会议上正式提出了"革命历史题材"这一概念，在茅盾的报告里，"革命历史"所指的时间可以上溯到鸦片战争时期，包括整个旧民主主义革命和新民主主义革命。不过，我们今天所说的"革命历史题材小说"，主要还是指描写由中国共产党领导的，经过曲折斗争，最终取得革命胜利的小说。

革命历史题材小说在 20 世纪五六十年代的文学构成中占有举足轻重的地位，和农村题材小说可以说是并驾齐驱。究其繁荣的原因，首先是因为它得到了政权的庇护。随着历史进入新的阶段，新政权不但需要文学为它书写宏大的奋斗史，来纪念其历史功绩，巩固其现实地位，也需要文学为它提供对人民进行革命传统教育的范本，以支持探索中的社会主义革命事业。正如邵荃麟所言，中国共产党领导的革命历史"在反动统治时期的国民党统治区域，几乎是不可能被反映到

---

[01] 周扬：《新的人民的文艺》，见《中华全国文学艺术工作者代表大会纪念文集》，新华书店 1950 年版。

文学作品中间来的。现在我们却需要去补足文学史上这段空白，使我们人民能够历史地去认识革命过程和当前现实的联系，从那些可歌可泣的斗争的感召中获得对社会主义建设的更大信心和热情"[01]。因此，革命历史题材小说的创作从一开始就获得了"经典"的价值定位。

其次，革命历史题材小说的兴起，也是因为它符合新中国文学自身发展的规律。新中国文学经过了解放区时期的酝酿和中华人民共和国成立初期的准备，已经进入需要有厚度、有力量、有影响的长篇巨制来展现其成就、彰显其实力的阶段，而革命历史题材作为对历史的书写，往往在内容的深广、人物的众多、场面的宏大等方面有形成长篇的先天优势。50年代初，孙犁反映抗日战争的长篇小说《风云初记》开始在《天津日报》上连载，柳青写于新中国成立前的反映解放战争的长篇小说《铜墙铁壁》也由人民文学出版社正式出版，但此时这类题材的作品数量并不算多。到了50年代后期和60年代初期，革命历史题材长篇小说的创作进入空前高潮期，出现了大批广受欢迎的作品。这一盛况被人们称作"历史的创造者对于本阶级的历史和业绩的一次充满自信的大规模的复述"，也是"'革命现实主义与革命浪漫主义相结合'的创作方法的伟大胜利"[02]。

第三，革命历史题材小说有相对较大的创作空间，能满足作家的写作欲望。选择这一题材进行创作的作家通常都是历史事件的亲身经历者，他们本身就具备了还原这段"光荣历史"的必要条件和强烈愿望。与此同时，频繁的文艺批判运动，使得创作者在对现实的把握上充满疑虑。在文学界设置的诸多题材"禁区"，使得其他题材的小说，或是由于与现实政治的紧密联系而容易受到指责，或是由于题材本身的"非主流性"而不被接受，所以作家们才更多地将目光转向与现实保持一定距离，又与现实相关的革命历史题材小说。

"十七年"期间创作和出版的革命历史题材长篇小说主要有：《铁道游击队》（知侠，1954年）、《保卫延安》（杜鹏程，1954年）、《小城春秋》（高云览，1956年）、《新儿女英雄传》（袁静、孔厥，1956年）、《红日》（吴强，1957年）、《林海雪原》（曲波，1957年）、《红旗谱》（梁斌，1957年）、《苦菜花》（冯德英，1958年）、《青春之

---

[01] 邵荃麟：《文学十年历程》，见《文学十年》，作家出版社1960年版，第37页。
[02] 吴秀明主编：《中国当代文学史写真》，北京大学出版社2010年版，第288页。

歌》（杨沫，1958 年）、《战斗的青春》（雪克，1958 年）、《烈火金钢》
（刘流，1958 年）、《野火春风斗古城》（李英儒，1958 年）、《敌后武
工队》（冯志，1958 年）、《红岩》（罗广斌、杨益言，1961 年）、《三
家巷》（欧阳山，1959 年）、《苦斗》（欧阳山，1963 年）等。"史诗"
和"传奇"是"十七年"长篇革命历史小说的两大风格类型，具有不
同的艺术追求。总的来说，虽然这些小说都洋溢着强烈的政治情绪，
体现出浓厚的革命功利主义色彩，但由于作家们的亲身经历不同，采
用的艺术方法和叙述方式不同，作品还是呈现出较为丰富的艺术形态
和艺术个性，其中的大多数作品至今仍被奉为经典。应该说，这些长
篇小说很大程度上代表了"十七年"文学的艺术水准。

　　"十七年"期间的革命历史题材短篇小说，虽然不如长篇声势浩
大，但也有不少佳作，孙犁、茹志鹃、刘真、峻青、王愿坚等作家都
是这方面的创作能手，虽然他们分属两种截然不同的写作风格。孙
犁、茹志鹃、刘真属于这一题材创作中的"浪漫派"。孙犁的《吴召
儿》《山地回忆》《秋千》《风云初记》等小说，茹志鹃的《高高的白
杨树》《静静的产院》两个集子，刘真的《核桃的秘密》《我和小荣》
《长长的流水》《英雄的乐章》等小说，都更多地表达出个人的情感
体验，带有浓郁的抒情色彩；而峻青的《黎明的河边》、王愿坚的
《党费》《七根火柴》等小说则通过对战争的追述表现了革命战士的
崇高品质，具有一种悲剧美。

二、"史诗性"革命历史长篇小说

　　"史诗性"是"十七年"长篇小说创作的重要追求。所谓"史诗
性"，是指通过巨大的思想深度和广泛的生活内容来揭示历史的本质，
这种追求主要源自 19 世纪欧洲现实主义小说和 20 世纪苏联无产阶
级文学，尤其是那些反映社会变迁或革命战争的长篇巨著。到了 20
世纪 30 年代，中国现代文学中已经出现了对中国社会整体面貌进行
大规模描写的"史诗"小说，"现实主义巨匠"茅盾的小说就具有社
会编年史的特征。中华人民共和国成立后，作家们开始自觉充当起社
会学家、历史学家，他们那种把握时代脉搏，再现社会变迁全过程的
强烈愿望，使得"史诗性"的追求仍然得到延续。全景式的视角、网
络状的结构、气势宏伟的画面、丰富多彩的人物……这些"史诗"品

格，不仅成为作家们创作小说的普遍方式，也成为批评家们评判作品的重要尺度。

对民族国家历史的书写，应该说是"史诗"品格生长最适宜的土壤。作家们在创作革命历史题材小说的过程中，总是把追求"史诗性"视为崇高的创作理想和历史责任，竭力再现革命历史波澜壮阔的面貌和曲折多变的历程，为历史发展提供合理的证明。在五六十年代，一部作品只要被认定具备了"史诗性"，就等于它取得了思想上和艺术上的巨大成功，《保卫延安》《红日》《红旗谱》等小说都是因此而备受推崇。

《保卫延安》是"十七年"文学中最早被冠以"史诗"美名的革命历史题材长篇小说。作者杜鹏程（1921—1991），陕西韩城人，曾在西北野战军担任新华社的随军记者和分社编辑。解放后，他又被调往新华社新疆分社担任社长。杜鹏程在农村、工厂、部队的这段生活经历为他以后的小说创作提供了丰富的创作资源。1954年，杜鹏程根据他在解放前积累的素材，创作了中国当代文学史上第一部大规模描写解放战争的长篇小说《保卫延安》，小说分别在《解放军文艺》和《人民文学》上连载，由人民文学出版社于当年的6月出版了其单行本。冯雪峰认为《保卫延安》"是够得上称为它所描写的这一次具有伟大历史意义的有名的英雄战争的一部史诗的。即使从更高的要求或从这部作品还加工的意义上说，也总是这样的英雄史诗的一部初稿。它的英雄史诗的基础是已经确定的了"[01]。该小说在出版后于1956年和1958年还做过较大的修改。

20世纪60年代中期，曾为杜鹏程带来显赫声名的《保卫延安》，却成了他遭到"林彪反革命集团"和"江青反革命集团"迫害的祸因。1963年文化部发出"〈63〉文出密字第1394号通知"[02]：人民文学出版社出版的小说《保卫延安》（杜鹏程著）应立即停售

杜鹏程的《保卫延安》

[01] 冯雪峰：《论〈保卫延安〉的成就及其重要性》，《文艺报》1954年第14、15期合刊。

[02] 转引自孟繁华、程光炜：《中国当代文学发展史》，中国人民大学出版社2009年版，第86页。

和停止借阅。……关于《保卫延安》一书……就地销毁，……不必封存。……立即遵照办理。1964年，《保卫延安》被下令销毁。1967年12月19日《人民日报》发表的《〈保卫延安〉——利用小说反党的活标本》一文更是彻底否定了这部小说。"文革"中，杜鹏程被打成"反革命修正主义分子"，身心遭受到了巨大的摧残。

《保卫延安》取材于1947年3月至9月国共双方围绕陕北革命根据地延安展开的战事：国民党一战区司令官胡宗南指挥国民党军队大举进犯延安，妄图在军事上和政治上给共产党以重创。在敌我力量对比悬殊的情况下，毛泽东、彭德怀从战略角度考虑，果断命令部队主动撤离延安。而后，经过青化砭、蟠龙镇、沙家店等一系列战役，解放军不但成功扭转局势，最终顺利收复延安，实现了解放军由战略防御阶段转向战略进攻阶段的重大历史转折。小说从战争全局角度对这场延安保卫战进行观照，以连长周大勇及其带领的英雄连在战斗中的英勇事迹为主线，描绘了解放军浴血奋战，誓死保卫延安根据地的整个过程，书写了人民革命战争的壮丽诗篇。

《保卫延安》作为"十七年"第一部长篇军事小说，在许多方面都取得了新的突破，也为后来的革命历史题材小说提供了借鉴。当时，对这部小说的肯定意见主要体现在两大方面：

一方面是它站在历史和时代的高度，大规模、全景式地描写了延安保卫战的全过程，揭示出这场战争取得胜利的根本原因。第一，《保卫延安》不是孤立地写延安战事，而是将这场战争放到解放全国的大形势中展开，穿插有刘邓大军挺进大别山、陈赓大军飞渡黄河等重要战略部署，突出了延安保卫战的战略意义和历史地位，这就使得小说在构思上具备了"史诗"的气魄。第二，《保卫延安》通过对不同类型、不同规模的战斗画面的具体描绘，生动而真实地反映出战事的跌宕起伏和战争的气势磅礴，如青化砭的伏击战、蟠龙镇的攻坚战、长城一线的突围战、沙家店的歼灭战和根据地人民的游击战等。第三，《保卫延安》不仅仅写了战斗的画面，还将笔触延伸到与战斗密切相关的其他方面，比如我军高级将领"运筹帷幄，决胜千里"的战略战术，又如基层战士在枪林弹雨之外的军中生活。作者以饱满的激情描绘了延安保卫战的动态历史画卷，以艺术的方式揭示出这场战争，乃至整个解放战争能够取得胜利的根本原因在于党中央、毛主席的英明决策，彭德怀总司令的正确指挥，全体指战员的浴血奋战和人民群众的全力支援。这场步步血泪的延安保卫战的胜利，是全军上下付出了巨大代价换取的。

另一方面，《保卫延安》以激情洋溢的高昂笔调、真实遒劲的笔力，成功刻画了一批光辉而生动的英雄人物形象。连长周大勇是作者在小说里集中描写的英雄人物。作者突破了概念化、符号化的人物塑造模式，在一系列的战斗细节中，完成了对英雄周大勇成长过程的描绘，把周大勇"浑身汗毛孔里都渗透着忠诚"的品格刻画得淋漓尽致。撤离延安时，周大勇的内心充满痛苦和悲愤。后来他把这种悲愤转化为战斗的力量，在历次交战中总是不顾个人生死，冲锋陷阵，以勇猛、机智、沉着、灵活的战斗作风一次次成功完成了作战任务。尤其是在长城一线的突围战中，身负重伤的周大勇带领陷入敌人重围的连队战士英勇作战，冲出绝境，表现出无产阶级战士的伟大献身精神和坚毅意志品质。除了周大勇外，《保卫延安》还塑造了上至各级指挥员，下至连队普通战士的英雄群像。另外，《保卫延安》还是中国当代文学史上第一次描写真实的历史人物——彭德怀的小说。虽然作者对他着墨不多，但这一打破真实与虚构界线的写法，引起了当时评论界的高度重视。有评论者赞叹说："作者画出了彭德怀将军的这一幅肖像，使这部英雄史诗更生色，更有重量；同时，这个成就，对于我们今天的文学事业也是有意义的。"[01] 当然，杜鹏程将真实的历史人物作为正面艺术形象在《保卫延安》中加以刻画的创举，也为他带来了极大的政治风险。1959 年彭德怀被打倒后，这部小说和作者本人也陷入了巨大的危机。

尽管小说《保卫延安》还有许多不尽如人意的地方，比如叙事方式单一，始终处于亢奋的情绪和紧张的节奏中，等等，但作为新中国第一部表现革命战争历史的长篇小说，《保卫延安》的开创性意义是不容忽视的。正是从它开始，革命历史题材小说在中国当代文学史上大放异彩。

《红日》在"十七年"革命历史题材小说中具有重要的地位，对中国当代的军事文学创作也产生过重要的影响。作者吴强（1910—

---

[01] 冯雪峰：《论〈保卫延安〉》，见《保卫延安》，新文艺出版社 1956 年版。

1990，江苏涟水人）亲身经历了莱芜、淮海等著名战役，对《红日》
中所描绘的那些战争怀有特殊的感情。与《保卫延安》一样，《红日》
也是一部将真实战争与艺术虚构相结合的"史诗性"作
品。小说以 1946 年蒋介石全面发动内战，向解放区大举
进攻为背景，把我某"英雄军"与国民党王牌军在涟水、
莱芜、孟良崮三大战役中的较量作为中心事件来进行叙
述，再现了解放战争的辉煌画卷，表现了解放军无往不
利、无坚不摧的英雄气概和人民群众对解放军的支持与
厚爱，以艺术的方式印证了中国共产党领导的革命战争
终将取得最后的胜利。

吴强的《红日》

　　20 世纪 50 年代后期至 60 年代前期是新中国革命历
史题材长篇小说创作的高潮期。大量讴歌抗日战争、解
放战争的长篇巨制在这一阶段问世，《红日》在取材、主题等方面都
与之前出版的《保卫延安》比较接近，它之所以能够脱颖而出，是因
为它在思想、艺术方面取得了一些比较重大的进展。

　　首先，《红日》表现的战争生活范围比《保卫延安》更加广泛。它
不仅从解放军军、师、团高级将领写到了基层战士，还把描写拓展到
了普通群众身上；不仅从战士在战场的厮杀写到了他们在军中的生活，
还把描写拓展到了大后方的日常生活；尤其值得注意的是，它对国民
党军政各方在战争中的你争我夺、钩心斗角也有较多的描绘。这一点
在"十七年"小说中是很有价值的。《红日》就这样在紧张激烈的战斗
场景与宁静平和的生活场景中转换，既大大丰富了军事题材小说所能
书写的内容，又通过张弛有度的叙述节奏给予读者更多阅读快感，还
阐明了人民革命战争取得胜利的力量之源是人民群众的支持。

　　在表现战争的方式上，《红日》也进行了新探索。虽然吴强也追
求战争描写的宏大性、全局性和整体性，但对涟水、莱芜、孟良崮三
大战役并不是均匀着墨的，而是对三次胜负不同的战役进行了独具匠
心的详略安排，特别是小说采取"欲扬先抑"的叙事策略，先写我军
在涟水战役中的撤退，交代了敌我双方在战场上悬殊的力量对比。这
样开场一方面能吸引读者关注战事的后续发展，使读者在读到后面详
写的几场胜利时，获得更大的快感。另一方面，这样开场还能将我军
最初面临形势之严峻与最后取得胜利之伟大放在一起对照，为小说之

后详细描写的莱芜大捷、孟良崮战役的胜利做了铺垫，突出赢得这场胜利的曲折和艰难，讴歌了人民解放军的英勇战斗精神。

《红日》取得的重大进展还体现在人物的塑造上。就正面人物而言，吴强在不违背当时英雄人物塑造基本规范的前提下，突出了各个人物的个性特征，有的灵活机警，有的老实厚道，有的风趣幽默，有的严肃认真，尽量避免了英雄人物千篇一律、千人一面的问题。作者不仅对英雄人物的内心活动有较为细致的刻画，对英雄人物的友情、亲情，尤其是爱情也有较为明显的表现，比如小说描写的沈振新与黎青、梁波与华静的爱情关系。另外，吴强还对英雄人物身上的性格弱点进行了比较大胆的暴露，例如连长石东根好大喜功、醉酒纵马的农民习气，团长刘胜对政委陈坚"知识分子作风"的偏见，等等。

就反面人物而言，吴强突破了反面人物描写脸谱化、漫画化的惯例，生动塑造了国民党王牌 74 师师长张灵甫的形象。在惟妙惟肖地刻画了张灵甫的目中无人和狂妄自大的个性特点的同时，也在一定程度上承认了他的军事才能，比较真实地表现了他被困孟良崮时内心的恐慌和在恐惧面前的自制力。尽管作者声明这样写张灵甫是为了"传之后世和警顽惩恶，让大家记住这个反动人物的丑恶面貌"[01]，但他对张灵甫这一真实历史人物的塑造，在客观上的确是偏离了当时的创作模式，在反面人物形象的塑造上获得了真实、生动的艺术效果。

《红日》在"文革"期间也遭到了残酷的批判，遭受批判的原因也正是《红日》在艺术上的突出特点，如歪曲我军官兵形象、过多的爱情描写、美化国民党反动派的形象等。

《红旗谱》是率先开始对"革命起源"进行叙述的一部革命历史题材长篇小说。1953年，梁斌（1914—1996，河北蠡县人）正式开始多卷本长篇小说《红旗谱》的写作。1957年，《红旗谱》第一部由中国青年出版社出版，反响十分热烈，《红旗谱》后来被确立为经典也主要因为第一部。1963年，第二部《播火记》由作家出版社出版。因为"文

梁斌的《红旗谱》

---

[01] 吴强：《红日·修订本序言》，中国青年出版社 2004 年版，第 3、4 页。

化大革命"的阻断，第三部《烽烟图》直到 1983 年才由中国青年出版社出版。

《红旗谱》被称为反映中国农民革命斗争的"史诗"作品。整个作品跨越了半个世纪，从清朝末年写到抗战初期，以朱、严两家三代人为中心，突出了不同历史时期农民英雄们的不同时代特征，展现了中国农民革命的光辉历史。《红旗谱》第一部主要反映朱、严两家与地主恶霸冯氏父子的恩怨和仇恨。二十多年前，大地主冯兰池害死农民朱老巩，迫害朱老巩的伙伴严老祥；二十多年后，朱老巩之子朱老忠带着妻子和儿子大贵、二贵回乡，联合严老祥之子严志和与冯兰池展开激烈斗争。此时，大革命的浪潮席卷北方，严志和的长子运涛在"白色恐怖"中被捕，次子江涛继续发动群众进行"反割头税"斗争。斗争虽然在朱老忠、严志和等的支持下取得了胜利，但也在冯兰池之子冯贵堂的破坏下，遭到了敌人的疯狂反扑。1931 年日军入侵东北，江涛领导保定二师发起学潮斗争，抗议国民政府的不作为。尽管学潮失败，江涛被捕，但朱老忠等仍对革命胜利充满信心。第二部《播火记》紧接着第一部写朱老忠从保定返回锁井镇后与冯兰池进行了一拨又一拨的阶级斗争。与此同时，土匪李霜泗父女在共产党人的争取下，给了冯贵堂和张福奎的反动民团以重创。当地共产党领导人贾湘农和朱老忠等抓住革命时机，组织革命武装，为无产阶级革命播下了火种。第三部《烽烟图》以"七七事变"后日军占领华北，蒋介石被迫接受抗日民族统一战线与共产党合作为背景，写《红旗谱》中的青年一代，江涛、运涛、大贵、二贵、严萍等在党的教诲下迅速成长，成为抗日的中坚力量，而老一辈的朱老忠、严志和、伍老拔等也投入了波涛汹涌的时代洪流。

作为反映中国农民革命斗争的"史诗"，作者不仅描述了二三十年代北方农村、城市早期革命运动的情形，通过对革命先驱者参加革命的心理动机的阐释来揭示革命的起源，而且通过第一代农民朱老巩、严老祥，第二代农民朱老忠、严志和，第三代农民大贵、二贵、江涛、运涛，由失败到胜利的斗争结局，揭示了"中国农民只有在共产党的领导下，才能更好地团结起来，战胜阶级敌人，解放自己"[01]

---

[01] 冯雪峰：《论〈保卫延安〉的成就及其重要性》，《文艺报》1954 年第 14、15 期合刊。

的必然规律。作者梁斌自己在漫谈《红旗谱》的创作时就曾明确表示："从我的青年时代开始，受到党的阶级教育，亲身经历了反割头税运动及二师学潮斗争，亲眼看到了'四一二'政变及高蠡暴动，一连串的事件教育了我。后来在党的培养之下，读到了马列主义书籍，渐渐明白马克思列宁主义革命哲学中最主要的一条真理是阶级斗争。阶级斗争可以打倒统治者，阶级斗争可以推动社会进步，所以我肯定了长篇的这一主题。"[01]

《红旗谱》对主题的表达主要是通过三代农民英雄中"承上启下"的人物——朱老忠的成长历程来实现的。作为《创业史》整个"农民英雄谱系"中的核心人物，朱老忠经历了从旧民主主义革命到新民主主义革命的两个历史阶段。在前一个阶段，朱老忠怀着刻骨的家族仇恨返回家乡，主要是为了个人仇恨而与冯兰池对着干。但他的复仇目的并没能顺利达成，甚至被冯兰池先下手为强——朱老忠的儿子大贵遭冯兰池陷害，被抓了壮丁。随着历史的发展，革命进入下一个阶段，朱老忠也在党的帮助下接受了无产阶级革命思想，把家族仇恨转化为阶级仇恨，开始进行有组织的、以建立无产阶级政权为目标的革命斗争。朱老忠的这一变化集中体现了中国农民在革命中发展、转变、成长的历史进程。在朱老忠身上，既可以看到他从传统农民那里继承的慷慨爽直、刚正不阿、倔强不屈、忠义为先的性格特点，也可以看到他从党的教育中接受的集体主义、革命英雄主义、革命乐观主义的思想。虽然朱老忠形象的塑造有过分拔高之嫌，但就人物形象的典型性和形象性而言，还是比较成功的。

《红旗谱》在艺术风格上通过对中国传统小说的继承和改造成了一部具有民族气息的小说。小说不但还原了冀中地区淳朴自然的风土民情，通过富有乡土气息的语言来表现人物，还特别注重对故事情节的传奇性和人物的侠义性的表现。譬如小说开头"朱老巩大闹柳树林"的一段故事，就具有《水浒传》《三国演义》等中国古典小说的特征，表现了中国民间的侠义精神。此外，小说对日常生活的描写也富有浓郁的生活气息，展现了具有中国北方特色的乡村生活，如小说中对春兰瓜园的描写就充满了诗意："黎明的时候，两人早早起来，

[01] 梁斌：《漫谈〈红旗谱〉的创作》，《红旗谱·附录》，中国青年出版社 2004 年版，第499 页。

趁着凉爽，听着树上鸟叫，弯下腰割麦子……在小门前点上瓜，搭个小窝铺，看瓜园……她也想过，当他们生下第一个娃子的时候，两位老母亲和两位老父亲，一定高兴得不得了。"在《红旗谱》中，还有一些风趣的民间场景描写：如春兰的父亲老驴头不同意女儿和运涛恋爱，在发现他们两人躲在瓜棚里之后，非常生气，于是追打春兰和运涛，而运涛把春兰扛在肩上拼命逃跑。另有一段描写也特别幽默：保长刘二卯替冯老兰收割头税，被众妇女揪打，后来刘二卯脱裤子才得以脱身。这些描写都为作品的民族气息加了分。有评论者指出，"这部小说恰恰是在展现中国北方农村生活的丰富性上，比起它的'史诗性'追求更有值得肯定的文学意义"[01]。

三、"传奇性"革命历史题材小说

20 世纪五六十年代是革命历史题材长篇小说的丰产期，除了"史诗性"的一类外，还有"传奇性"的一类。如果说革命历史小说的"史诗性"是通过文学的方式为革命的合法性和历史发展规律的必然性做出论证，那么，革命历史小说的"传奇性"则是在表现革命胜利的必然规律的同时在艺术上做了"大众化""通俗化"的努力。

"文艺大众化"从 20 世纪 30 年代起就作为"无产阶级文学"的一个重要追求受到"左联"的重视。1940 年，毛泽东在他的《新民主主义论》中指出："建立中华民族的新文化，就是我们在文化领域中的目的。""这种新民主主义的文化是民族的，带有我们这个民族的特性。"[02] 而所谓民族的文化，首先就应该是大众的文化。随着以工农群众为目标读者的"工农兵"文艺方向在 40 年代解放区的确立，文艺的大众化和民族化问题进一步受到重视。仅以革命历史小说而言，当时就出现了《吕梁英雄传》

马烽、西戎的
《吕梁英雄传》

袁静、孔厥的
《新儿女英雄传》

---

[01] 孟繁华、程光炜：《中国当代文学发展史（第二版）》，中国人民大学出版社 2009 年版，第 121 页。

[02] 毛泽东：《新民主主义论》，《毛泽东著作选读》，人民出版社 1986 年版，第 349、397 页。

（马烽、西戎）、《新儿女英雄传》（袁静、孔厥）等长篇章回体小说，这些小说对传统小说、民间艺术多有借鉴，具有通俗的语言、强烈的故事性和浓厚的传奇色彩。

到了 20 世纪五六十年代，坚持民族化和大众化仍然是新中国文学发展的原则。为了实现民族化和大众化，许多作家在创作革命历史题材长篇小说的过程中，延续了借鉴中国古典小说的传统，同时，也借鉴了言情、武侠等通俗小说的特点，使小说具有语言通俗、故事性强、传奇色彩浓厚等特点。同时，从读者接受心理来说，传统通俗小说具有一些固定的叙事模式，这些叙事模式已为中国的读者所熟悉和喜爱，读者在审美经验上已经对其有了认同感和亲近感，这样就很容易引起审美上的共鸣。如传统小说中在人物配置上的"五虎将"模式（由《三国演义》首开），就在《林海雪原》《铁道游击队》等小说中得到了有效的应用。[01]

"传奇性"革命历史小说在追求民族化和大众化的过程中，不可避免地带有现代通俗小说的某些特点，但是两者在题材、主题、读者群上都有显著区别。"传奇性"革命历史小说，书写革命、歌颂革命，注重小说的宣传教育功能，以工农群众为目标读者；现代通俗小说，多言情、武侠、侦探题材，注重小说的娱乐功能，以市民为目标读者。通俗小说虽然拥有广大的读者群，但却长期被排除在现代文学的主流之外。到了当代，其处境更是每况愈下，几乎完全被取缔。但它还是以顽强的生命力，在当时文学的重重限制下积极进行着"自我改造"。

五六十年代比较重要的"传奇性"革命历史题材小说有《林海雪原》《铁道游击队》《烈火金钢》《敌后武工队》《野火春风斗古城》等。"传奇性"革命历史题材小说在五六十年代起到了很好的宣传教育作用，同时也填补了言情、武侠、侦探、鬼怪等旧式通俗小说的娱乐功能在五六十年代缺位的空白，因而深受读者的喜爱。

《林海雪原》是"十七年"影响最大的"传奇性"革命历史题材小说。作者曲波（1923—2002），山东黄县人，在少年时代就熟读《说岳全传》《水浒传》《三国演义》等中国古典小说。1950 年，曲波因伤退伍转业。他以顽强的毅力开始进行文学创作，并在 1956 年

---

[01] 陈思和主编：《中国当代文学史教程（第二版）》，复旦大学出版社 2006 年版，第 65 页。

完成了 40 万字的《林海雪原》。1957 年 2 月，《人民文学》以《奇袭虎狼窝》为总题对其中六章进行了刊载，作家出版社随后出版了这部长篇小说的单行本。成书以后，《林海雪原》先后被翻译成英文、俄文、日文、阿拉伯文等，在多个国家出版，小说还先后被改编为同名电影和京剧《智取威虎山》。

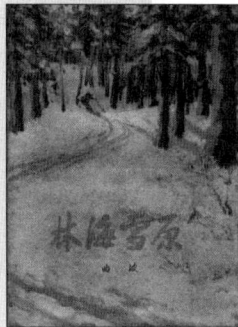

曲波的《林海雪原》

《林海雪原》以曲波在 40 年代的亲身经历为素材，描写了内战时期东北解放军一支 36 人的小分队，在团参谋长少剑波的率领下深入长白山区和绥芬草原，围剿流窜于我军后方的国民党残部和土匪的故事。小说以奇袭虎狼窝、智取威虎山、绥芬草原大周旋和大战四方台这四次主要战斗为情节线索，穿插了智擒小炉匠、滑雪飞山、活捉妖道等小故事，惊险曲折。《林海雪原》对于中国现代革命历史的讲述，与同时期的革命历史题材小说大同小异：它还是以泾渭分明的"二元对立"模式来布局，在我方和敌方之间进行"绝对化"的善恶区分；以宣扬英雄主义和革命乐观主义为基调，塑造出一批光辉的英雄人物形象。然而，由于《林海雪原》所描写的是"一支特殊的军队，在特殊的地区，负有特殊的任务"，因而"产生了一套特殊的作战方法"，所以这部小说又具有区别于一般作品的独特风格。[01]

小说采用节外生枝的处理方法，在主线上插入各种惊险刺激的偶然事件、突发状况，产生了"曲中有曲，险中有险"的艺术效果，与民间说书故事情节的大起大落、大开大阖颇为相似。同时，小说也吸收了"水浒""三国""说岳"等古典小说的叙事方式，使读者在新的小说内容中找到了熟悉的故事模式，在阅读习惯上实现了与民族传统的对接。何其芳在读完《林海雪原》后说："在当时读完后我就想，作者一定是很得力于我国的古典小说，因为从其中许多地方都可以看到他学习古典小说写法的痕迹。"尽管模仿痕迹过于明显也是一种缺陷，但小

京剧《智取威虎山》

[01] 何其芳：《我看到了我们的文艺水平的提高》，《文学研究》1958 年第 2 期。

说"情节和人物给读者的印象非常深，读后就不能忘记，却是十分值得学习和发扬的宝贵传统"[01]。曲波自己也正是这样想的："在写作的时候，我曾力求在结构上、语言上、故事的组织上、人物的表现手法上、情与景的结构的结合上都能接近于民族风格。我这样做，从目的性来讲，是为了要使更多的工农兵群众看分队的事迹。我读过《钢铁是怎样炼成的》《日日夜夜》《恐惧与无畏》《远离莫斯科的地方》，我非常喜爱这些文学名著，深受其高尚的共产主义品质道德及革命英雄主义的教育，它们使我陶醉在伟大的英雄气魄里，但叫我讲给别人听，我只能讲个大概，讲个精神，或是只能意会而不能言传。可是叫我讲《三国演义》《水浒传》《说岳全传》，我可以像说评词一样地讲出来，甚至最好的章节我可以背诵！在民间一些不识字的群众中也能口传；看起来工农兵还是习惯于这种民族风格。"[02]

这部小说具有浓厚的浪漫主义和革命英雄主义色彩，这不仅体现在作者对惊心动魄的战斗故事和险峻奇绝的自然环境的描写上，也体现在作者对英雄人物的塑造上。小说中，剿匪小分队的战士 36 人，个个身怀绝技：杨子荣是侦察英雄，智勇双全；少剑波有胆有识，料事如神；刘勋苍，勇猛过人；孙得达，跑得快；栾超家，善于攀缘……面对险峻的地理环境，无人能够征服的奇山怪石，小说中多处描写了小分队队员过人的技巧：栾超家像一颗小弹丸在鹰嘴石和奶头山之间用绳索架起一条绳桥；杨子荣去威虎山的路上只身一人和猛虎搏斗；小分队队员练就一身精湛的滑雪技术，像燕子一样在雪地上飞翔；姜青山用匕首刺进冰山，用"移树攀岩法"帮助小分队登上四方台。这样的描写"既暗示了另类生活方式，也承续了文化传统中对越轨的江湖世界的想象与满足"[03]。

作者在小说中着力刻画的英雄人物是少剑波和杨子荣。少剑波奉命率领小分队到牡丹江地区的林海雪原剿匪，他以解放军青年指挥员特有的青春朝气和聪明才智，精心部署，从容指挥，英勇战斗，顺利完成了上级交付的任务，颇有古典小说中文武双全的"儒将"之风，而他与女卫生员白茹之间的爱情也为小说增添了浓郁的浪漫色彩。

---

[01] 何其芳：《我看到了我们的文艺水平的提高》，《文学研究》1958 年第 2 期。

[02] 曲波：《关于〈林海雪原〉》，《北京日报》1957 年 11 月 9 日。

[03] 黄子平：《革命·历史·小说》，牛津大学出版社 1996 年版，第 60、70 页。

《林海雪原》中另一个深得人心的人物是侦察员杨子荣，这是一个有真实原型的人物。为了把这一人物塑造得更加完美，符合革命对英雄的理想主义想象，作者对现实中杨子荣的故事做了改造，如没有让杨子荣在一次无名战斗中死在敌人的无声手枪之下，也没有表现杨子荣身上的土匪习气，等等。小说描写了杨子荣一个又一个智勇双全的故事，特别是他假扮土匪到威虎山，临危不惧，与座山雕耐心周旋，可谓惊心动魄、险象环生，把人物非凡的机智表现得淋漓尽致。

《林海雪原》在塑造人物时，由于完全遵循当时的文学规范，从阶级立场出发，对人物进行了类型化、极端化的处理，因此，我们在小说中看到英雄人物完美至极，而反面人物则丑恶至极。如与少剑波、杨子荣的英俊潇洒、威武勇猛相比，土匪许大马棒的形象是如此野蛮和丑陋："身高六尺开外，膀宽腰粗，满身黑毛，光秃头，扫帚眉，络腮胡子，大厚嘴唇。"而女土匪"蝴蝶迷"的形象就更加不堪入目，与美丽纯洁的女卫生员白茹形成了鲜明的对比。除了身体外形之外，敌我双方在道德品质上也是有善恶之分的，如小分队队员团结协作、互帮互助的高尚情谊与座山雕拿手下性命试探杨子荣的残忍行径也形成了强烈的对比。这样的描写可以说在小说中比比皆是，也正是革命浪漫主义文学的创作旨趣。

《铁道游击队》是刘知侠（1918—1991）"十年磨一剑"的作品。《铁道游击队》主要是描写抗日战争时期山东临枣、津浦铁路线上一支由铁路工人和煤矿工人组成的铁道游击队在党的领导下进行抗日斗争的英勇事迹。小说的情节跌宕起伏，既描写了游击队员在"血染洋行""票车上的战斗"中所取得的胜利，也描写了他们在"敌伪顽夹击""微山岛沦陷"中遭受的重创，其中一些富有传奇色彩的情节，譬如飞车夺枪、夜袭洋行等，对读者具有极强的吸引力。

小说在塑造老洪、王强、彭亮、鲁汉等铁道游击队员的英雄形象时，借鉴了中国古典小说对"侠"的刻画方法。刘知侠在《〈铁道游击队〉创作经过》一文中回忆道："事先我剖析了一遍《水浒传》，在写作上尽可能注意以中国民族文学的特点来刻画人物，避免一些欧化的词句和过于离奇的布局和穿插，把它写得有头有尾，

刘知侠的《铁道游击队》

故事线索鲜明，每一个章节都有一个小高点。"[01] 小说中这些身怀绝技的游击队员身上既有舍己为人、肝胆相照的侠义之风，也有好勇斗狠、喝酒赌钱的江湖习气。不过，为了"平衡"英雄人物的江湖习气，作者安排了政委李正这一比较理念化的角色，让李正对游击队员进行思想教育，使他们克服缺点，成长为符合"标准"的英雄人物。

此外，小说的战斗画面也灵活多变，独具特色。作为"十七年"文学中第一部集中反映游击战争的长篇小说，《铁道游击队》不像《保卫延安》《红日》那样轰轰烈烈地描绘正面战场的激烈厮杀，而是着力表现游击战争这种特殊的战斗形式灵活机动的一面。扒火车、撬铁轨、办炭厂作掩护、收服伪军小队长……铁道游击队充分利用基层的条件和资源，以多种形式与敌人展开周旋。尽管这样的战斗描写在历史性、宏大性方面不能与《保卫延安》等描写正规战争的"史诗性"作品相比，但它在生动、活泼、接近大众口味等方面却略胜一筹。

《烈火金钢》以1942年日本帝国主义向冀中抗日根据地发动"五一大扫荡"为背景，以史更新、肖飞、丁尚武等人物为主要描写对象，集中表现革命战士在民族战争中的英雄事迹。1942年正是抗日战争形势最严峻的时候，八路军与日军在桥头镇进行了一次激烈的战斗。八路军排长史更新身负重伤，与主力部队失去联络。养好伤后，史更新便留在了当地，和侦察员肖飞、战士丁尚武、女区长金月波等一起继续坚持斗争。他们与敌后武工队配合，在该地区拉起了一支有组织、有力量的抗日武装，协助主力部队歼灭日军，出色地完成了任务。这部小说由中国青年出版社在1958年出版后，又以广播评书的形式传播，深受读者好评。

作为一部以"社会主义现实主义与社会主义浪漫主义相结合"为创作原则的小说，《烈火金钢》浓墨重彩地描写了英雄人物充满了传奇性的事迹。可以说，小说里的英雄们个个被描绘得几近神人。小说一开始就写了史更新身负重伤，但他却刀劈特务，拳打鬼子，还与另外三个全副武装的敌人激烈厮杀，并将他们全部消灭。若不是出现了几个救兵，日军"猪头"小队长也要命丧史更新之手。随后，史更新又吓跑了叛徒侯俊杰，激得日军"猫眼儿"司令大动干戈，可史更新

---

[01] 知侠：《〈铁道游击队〉创作经过》，《铁道游击队》，黑龙江人民出版社2005年版，第534页。

却趁敌人晕头转向之机，从重重包围中脱逃，使敌人一无所获。在史更新身上，我们可以清楚地看到英雄人物大无畏的革命精神和勇猛顽强的英雄气概。小说描写得颇为精彩的还有侦察员肖飞。肖飞的足智多谋、英勇无畏，颇像传统武侠小说中来无影去无踪的飞天侠客。小说写他活捉解二虎、夜闯桥头镇、智擒何世昌父子、巧取贵重药物……总是在敌人面前来去自如，屡战屡胜。肖飞智勇双全的形象，寄托了作者对革命战士的想象。此外，丁尚武、田耕、齐英、孙定邦、孙振邦等英雄人物也是骁勇善战、各具特色，也都具有传统武侠小说人物那种浓厚的传奇色彩。但作者刘流（1914—1977）毕竟不是在写武侠小说，他还是注重在小说中突出英雄人物对敌人的刻骨仇恨，对革命的无限忠诚，并将英雄人物身上那种略显夸张的传奇性合理化为"民族正义战争赋予参与者不可战胜的伟力"[01]。

《烈火金钢》的另外一大特征是采用了章回体评书的形式。作者刘流自觉遵循"说书"这一特殊的艺术形式，将几个回目组织成一个"段子"，又通过悬念设置将几个"段子"联结起来。同时，刘流在夹叙夹议中展开故事，常常使用"列位看官"等说书的标志性语言来使小说叙事者与读者进行直接对话。当时有评论者曾把刘流的《烈火金钢》和赵树理的《灵泉洞》放到一起研究，认为这两部作品表明了"新评书体小说的出现和存在"，并且希望这种新评书体小说"不会是暂时的过渡的现象"，认为"它应该成为新小说的一种重要体裁"。[02] 在传播手段比较单一的五六十年代，《烈火金钢》采用评书体，事实上有助于这部小说通过广播形式广泛传播。

刘流的《烈火金钢》

《敌后武工队》与《烈火金钢》一样，也以1942年日本军队对冀中根据地展开的"五一大扫荡"为背景，写八路军的武工队在敌后所开展的斗争。小说写日军"五一大扫荡"的"三光政策"给冀中地区的抗日军民造成了巨大损失，当地抗日斗争被迫转入地下，党中央委派魏强、贾政参加敌后武工队，由魏强任队长，刘文彬为指导员，

[01] 孟繁华、程光炜：《中国当代文学发展史（第二版）》，中国人民大学出版社2009年版，第128页。

[02] 依而：《小说的民族形式、评书和〈烈火金钢〉》，《人民文学》1958年第12期。

蒋天祥为第二小队队长，继续在敌人的心脏地带展开工作。武工队首先狠狠教训了刘魁胜等三个汉奸，然后与日军和汉奸展开了一系列艰苦卓绝的斗争，并取得了最后的胜利。

冯志的《敌后武工队》

《敌后武工队》的故事来自作者冯志（1923—1968，河北静海人）的亲身经历。冯志曾介绍说："武工队里的战友们的面影时常出现；武工队的一些惊险、感人的故事，也经常让我回忆起来。每当忆起，好像昨天发生的一样。……书中的人物，都是我最熟悉的人物，有的是我的上级，有的是我的战友，有的是我的'堡垒'户；书中的事件，又多是我亲自参加的。……《敌后武工队》如果说是我写的，倒不如说是我记录下来的更恰当。"[01] 冯志对这段经历的深刻感情刺激了他的写作。他笔下的人物和事件生动真实，带着武工队斗争有别于其他斗争的特色，譬如武工队员说日本话的细节，就是当时冀中地区基层斗争的真实情况。不同于正规战争，也不同于《铁道游击队》"敌我争夺"的游击战，武工队的斗争是在我党群众基础薄弱且敌军力量明显占优势的地区展开的。武工队员要做的不仅仅是打击敌人，还要通过各种手段去争取群众，否则，"不仅会给党造成难以挽回的损失，自己完不成任务，站不住脚，并有很大的可能会被敌人吃掉"[02]。冯志正是牢牢把握住这一点，突出了武工队敌后工作的特点，始终把武工队员放在与群众"同呼吸，共命运"的立场上，使读者感到真实可信。

《敌后武工队》塑造了一批英雄形象。武工队队长魏强在伏击、策反、奇袭等一系列斗争中都显示出了高超的斗争水平，生擒松田和刘魁胜更是很好地体现了他的智慧和英勇。汪霞是小说中描写得较为成功的女干部形象，她忠实执行党的政策，一心扑在群众工作上，深受群众信赖。被捕后的她巾帼不让须眉，充分展现了一个共产党员的大无畏精神。刘太生是一名普通的武工队员，他在马池村的战斗中宁死不当俘虏，拉响手榴弹与敌人同归于尽，显示出可歌可泣的英雄气概。

[01] 冯志：《敌后武工队·写在前面》，人民文学出版社 2005 年版，第 1、2 页。
[02] 冯志：《敌后武工队·写在前面》，人民文学出版社 2005 年版，第 2 页。

　　《野火春风斗古城》是李英儒（1913—1989，河北清苑人）根据
自己的亲身经历创作的一部长篇小说，1958 年由作家出版社出版。

　　小说反映的是抗日战争中一条特殊的战线——地
下战线的复杂斗争。地下工作本身就带有神秘性和传
奇性，并非一般群众所能想象。作者以自己的亲身经
历为模板，揭开了地下工作的神秘面纱，情节曲折
生动，故事波澜起伏。小说的故事发生在 1943 年冬
天，此时正值抗战艰难时期，上级委派主人公杨晓冬
打入敌伪占领下的省城（河北省保定市）开展地下工
作。小说一开头就是杨晓冬在城郊武工队梁队长和外
线交通员金环的护送下深入虎穴的情节，一下子就将

李英儒的《野火春风斗古城》

读者带入了紧张刺激的氛围，充分调动起读者的阅读
欲望。接着小说叙述了杨晓冬接近敌伪上层、会见伪省长、奇袭敌伪
司令部等一系列事件，生动表现了地下工作者在敌人眼皮底下与他们
展开殊死较量的惊心动魄的斗争。小说悬念横生、高潮迭起、环环相
扣、层层推进，直至写到最后的胜利，足见作者驾驭长篇的能力。

　　杨晓冬是最早作为小说主人公出现在长篇小说中得到集中表现的
地下工作者形象之一，他成熟、坚定、勇敢、机智，小说中几乎与敌
人正面交锋的每一次斗争中都有杨晓冬的身影，他身上显示出了独特
的英雄风貌。另外，金环、银环是小说着重描写的一对抗战姐妹花，
金环热情泼辣、顽强不屈。她在遗书中写下："他们（敌人）能敲碎
我的牙齿，能割掉我的舌头，甚至能剖腹摘出我的心肝；但他们只有
一条不能，不能从我嘴里得出他们所需要的话。"银环善良真诚，在
斗争中从幼稚走向成熟，同时，她和杨晓冬在革命工作中也产生了爱
情，在小说中，如果说银环对杨晓冬安危的挂念和担心既是为了革命
工作，也出自她私人的感情，那么，个人的爱情就通过这种方式得到
了表达。不过这样的描写却为当时的评论界所诟病，有人认为"作者
把她写得温情、软弱、政治麻痹，不像一个共产党员"，并断言"作
为革命者的形象来看，她是苍白无力的"[01]。

　　在讴歌英雄人物的丰功伟绩的同时，小说也特别注重对党群关系

[01] 解驭珍、克地：《银环和杨晓冬——〈野火春风斗古城〉及对其批评的读后感》，《解放军文
艺》1959 年第 11 期。

的描写。如果没有省城和城郊群众的支持，杨晓冬等英雄人物不可能取得斗争的胜利，尤其是杨晓冬和梁队长的劫狱和暴动行动，都是依靠人民群众的支持和配合才能取得成功的。

四、孙犁的"抒情性"革命历史小说

孙犁（1913—2002），河北安平人。读初中时就在校刊上发表过习作。高中毕业后，流浪到北平，曾用"芸夫"的笔名在《大公报》上发表文章。1936年，到安新县同口镇小学教学。1937年冬，在家乡参加抗日活动，从事文化工作，并发表了一些有关文艺理论的文章。1939年到阜平，先后做编辑和教学工作，并开始正式发表文学作品。1944年，调入延安鲁迅艺术文学院学习和工作，在《解放日报》上发表了《荷花淀》《芦花荡》等短篇小说。抗战胜利后，回到冀中，从事写作，并参加土改工作，写有中篇小说《村歌》以及短篇小说《嘱咐》《碑》《钟》等。

作家孙犁

解放后，孙犁的创作大致可分为三个阶段。第一阶段，从1949年至1956年。1949年初，孙犁在《天津日报》工作，编辑《文艺周刊》。此时期发表了短篇小说《吴召儿》《山地回忆》《秋千》，长篇小说《风云初记》等。小说的基本主题是描写冀中人民的斗争和生活，反映人民乐观积极、坚强不屈的革命精神。第二阶段，从1956年至1976年夏，完成中篇小说《铁木前传》的创作。他将艺术触角深入社会主义新农村，塑造了一批比较成功的人物形象。"文革"期间，基本中断了写作。第三阶段，"文革"结束后，重返文坛，出版了《晚华集》《澹定集》《曲终集》《芸斋小说》等10部集子，这些作品反映了孙犁进入晚年后从容淡定、沉潜多思的人生心态。

自走上文坛开始，孙犁那浸透了浪漫主义和抒情性的文字就深受读者的喜爱，他的这种风格在解放区和中华人民共和国成立后的文坛都是独树一帜的。中华人民共和国成立初期的一些青年作家深受孙犁小说的影响，形成了文学史上的"荷花淀派"，这一名称取自孙犁40

年代创作的短篇小说《荷花淀》。除了孙犁外，通常认为"荷花淀派"的作家还有刘绍棠、丛维熙、韩映山等人。[01] 新时期"荷花淀派"的传人是女作家铁凝，她早期的创作直接受到了孙犁的影响。"荷花淀派"的作品散发着浓郁的乡土气息和地方色彩，这些作家善写诗意般的环境氛围，也善于以诗意的笔触描写农村妇女身上所具有的传统美德，并挖掘和表现生活中的人情美和人性美。"荷花淀派"作家对革命的书写常常是和对诗情画意的日常生活的书写融合在一起的，因而显得不那么理念化。

孙犁解放后小说中最受关注、影响最大的作品是长篇小说《风云初记》和中篇小说《铁木前传》。《风云初记》描写的是抗日战争的时代风云，歌颂了中国共产党领导下的人民武装斗争。作者并没有正面再现战场的火光硝烟，而是通过对后方人民生活的书写侧面反映时代的风貌，"真实地、真诚地、审美地用白描手法写出环境、人物、细节，以表现一个民族和一个人的精神和心灵，和他对于人性冲突和人生意义的思考"[02]。孙犁以温情的方式写革命和战争，他更愿意表现人性"善"的一面，他说："看到真善美的极致，我写了一些作品；看到邪恶的极致，我不愿意写。"[03] 作者以细腻的笔触，描写了在战争背景下不同人物的心理世界的变化，表现了革命战争中的人情和人性，也赞颂了抗日军民在精神上的博大与宽广。

孙犁的《风云初记》

孙犁的《铁木前传》

孙犁在小说中刻画了一批个性鲜明的人物形象，农民出身的革命军人和干部高翔、高庆山，雇工出身、成长为指导员的芒种，民间艺术家和革命文化战士王变吉，长工老温，大贼、兵痞高疤，甘做走狗的老蒋等，他们之间错综复杂的关系，反映了当时各阶级各阶层的动向，交织成抗日根据地社会生活的丰富画

---

[01] 20世纪80年代初，文学史上曾就"荷花淀派"是否存在的问题展开过激烈的讨论。冯健男、鲍昌等人充分肯定该流派的存在及其在文学史上的重要地位，而郭志刚等人，包括孙犁本人则否定了该流派的存在。不过，总的来说，大多数文学史家还是对"荷花淀派"的存在持肯定态度。

[02] 孔范今主编：《二十世纪中国文学史［下册］》，山东文艺出版社1997年版，第1030页。

[03] 孙犁：《秀露集·文学和生活的路——同〈文艺报〉记者谈话》，《孙犁全集》第5卷，人民文学出版社2004年版，第248页。

卷。在众多的人物形象中，最引人注目的是三个性格迥异的女性人物：春儿、李佩钟和俗儿。

春儿是一个羞涩而淳朴的女孩子，她对生活充满希望和热情，对家乡充满热爱之情。她从小就在心里种下革命的火种，为了抵抗侵略者，她交出卖布的钱，还在家里挖战壕。她不仅毫不犹豫、欢欢喜喜地头一个送恋人芒种去前线打仗，而且自己在后方艰苦劳作，给予支持。后来，她还拿起红缨枪，进了抗战学院，走上斗争第一线。春儿是战争和革命造就的新一代年轻女性形象，具有乐观向上的革命精神和品质。

相比较而言，李佩钟的性格要复杂得多。她原是地主田大瞎子的儿媳，和田耀武的婚姻是父母包办的，后来她从家庭中走出来，参加了革命，并走上了领导岗位，但和田耀武的婚姻关系并未结束。情感的饥渴使她不由自主地向她敬佩的高庆山靠近，但只能非常理智地克制自己的感情，不破坏高庆山与秋分的美满婚姻。李佩钟身上有着浓厚的小资产阶级知识分子气质，对爱情充满渴望和幻想，但她的特殊身份使她在特定的政治环境下难以获得个人的幸福，结局只能是悲剧性的。作者在塑造李佩钟时，表现了这一人物身上所具有的各种暧昧性、复杂性特征，不过由于时代因素的限制，孙犁并未能充分展示她感情世界的来龙去脉，也未能展示她内心挣扎、矛盾的具体过程，特别是小说对她虎头蛇尾的处理方式影响了这一人物表达的深刻性。

俗儿是小说中的反面女性人物。邪恶的环境，卑劣的父亲，使她十五六岁就成了浪荡女子，贪图安乐虚荣，毫无羞耻心。她漂亮风流，虽无明确的政治意识，但由于喜欢权力和金钱，和她厮混在一起的男人常常是田耀武、高疤这样的地主儿子和土匪。为了出风头，她抢着当上妇救会主任，甚至为了分派军鞋，和地主田大瞎子夫妻吵打起来。她被敌人收买出卖乡亲，带领特务炸毁河堤。但是作者并没有像当时的很多小说那样对俗儿进行丑化或者脸谱化的描写，而是用现实主义创作方法，根据她的年龄、地位和处境，真实地描写出了她的性格特点。

小说采用散文的结构方法，按照作者的意图而不是情节发展来联缀章节。茅盾认为："《风云初记》等作品，显示了他的发展痕迹。他的散文富于抒情性，他的小说好像不讲究篇章结构，然而决不枝蔓；他是用谈笑从容的态度来描摹风云变化的，好处在于虽多风趣而不落轻佻。"[01] 文中有许多抒情性的描写，给人以诗意的享受。作者善于把写景和抒情有机地结合起来，或缘情布景，或触景生情，情景交融，产生强烈的艺术魅力，如："野花起了风，摇撼在场边的一排柳树，柳树知道，狂风里已经有了春天的消息，地心的春天的温暖已经涌到它身上来，春天的浆液，已经在它们的嫩枝里涨满，就像平原的青年妇女的身体里，激动着新的战斗的血液一样。"

中篇小说《铁木前传》反映的是农业合作化运动，同时作者也从童年的视角回忆了从抗战到"土改"十多年的历史变迁，充满了浓郁的地方特色和乡土气息。小说中铁匠傅老刚和木匠黎老东在旧社会苦难生活中相互依怜、相互关照，本是一对患难与共的好朋友。但是在土改以后，在新的社会制度下，两人的友谊破裂了。原因是生活得到巨大改善的黎老东，滋长了发家的念头，把傅老刚当雇工使唤，不仅不给报酬，连儿女的亲事也绝口不提了。正是对财产的贪婪吞噬了一个善良劳动者的心，使他抛弃了和傅老刚的友谊。他们的儿女九儿和六儿原是一对青梅竹马的亲密伙伴，但长大成人以后，由于性格差异和人生价值观念的不同，最终两人也不得不分道扬镳。

《铁木前传》描写了在新的社会形势下不同的人生价值追求。按照当时的流行模式，小说塑造了"先进"和"落后"两类人物：一类人是走集体主义道路的农民傅老刚、九儿、四儿等，另一类是远离集体、走个人主义道路的农民黎老东、六儿、小满儿、杨卯儿、黎七儿等。不过，虽然在人物分类上这篇小说和当时的其他反映农业合作化运动的小说没有什么不同，但在对待这两类人物的叙事立场上却与同时期的其他作品有明显区别：小说叙述得生动光彩的不是积极参加合作社的革命青年四儿和九儿，而是落后分子六儿和小满儿等人，前者的生活是艰苦而劳累的，相应的叙述显得干涩凝滞，而六儿和小满儿的生活却情趣盎然，相应的叙述也显得惟妙惟肖。并且，小说最后也不是以集体主义的胜利而告终，黎老东、六儿最终也没有入社，黎老东把六儿交给会跑副业的富农黎七儿，六儿赶着父亲为他造的新车去跑副业，走时还带上了小满儿。正是因为这些疏离主流的表达，孙犁

---

[01] 茅盾：《孙犁的创作风格》，《孙犁研究专集》，江苏人民出版社 1983 年版。

承受了各种考验,"此四万五千字小书,余既已写至末章,得大病。后十年,又以此书,几至丧生"[01]。"文革"期间,孙犁家前后被抄六次,其中至少有三次是借口查抄《铁木前传》的。

小说中人物之间的关系在一定程度上反映了农村中普遍存在的问题,即两种思想、两条道路之间的冲突斗争。同时,也流露出孙犁的社会思考和生命体验。孙犁在介绍《铁木前传》这篇小说时曾经说:"它的起因,好像是由于一种思想。这种思想,是进城之后产生的,过去是从来没有的。这就是:进城以后,人和人的关系,因为地位,或因为别的,发生了在艰难环境中意想不到的变化。我很为这种变化所苦恼。"[02]战争年代人与人之间纯真的关系已成为记忆,作者写这篇小说的目的也就在于重塑一种自然纯真的生活状态和人际关系。小说中对九儿和六儿童年生活的种种回忆,那些艰辛中有欢笑、苦难中有温情的生活场景,也是作者童年记忆的复活,牵动着作者由对美好童年的追忆转入对现实中人际关系的反思。

小说写得最为生动的是小满儿这一女性形象。她原是城里一户"包娼窝赌""不务正业"的人家的女儿,由于丈夫常年在外,于是从城里搬到乡下的姐姐家里住下来。小满儿的美丽出众在当地无人不知,住到姐姐家后,立即招引来了村里男青年们的目光,只要她走到街上,"就会在这小小的村庄里引起一场动乱",小满儿也乐在其中,常借口到街上磨谷子,一路上招摇过市,吸引街上无数男青年驻足观看。小说不单描写了小满儿外在形象的美丽,同时也描写了小满儿内心世界的困惑,在她贪图享乐、自由开放的外表之下,有一颗因追求自我、自由而苦恼、挣扎的灵魂。小满儿作为革命时代一种特殊的生命存在,其与时代格格不入的生命方式本身就包含了作家对人性的深入思考。

孙犁除了创作《风云初记》和《铁木前传》之外,在中华人民共和国成立初期还创作了大量同类题材的短篇小说,如《吴召儿》《山地回忆》《小胜儿》等,这些作品承续了他一贯的抒情化、日常生活

[01] 孙犁:《耕堂杂录·书衣文录》,《孙犁全集》第2卷,人民文学出版社2004年版,第390页。
[02] 孙犁:《关于〈铁木前传〉的通信》,《孙犁全集》第5卷,人民文学出版社2004年版,第369页。

化的风格，表现了战场后方的普通女性身上所体现出的珍贵的人情美、人性美，也透露出作者对正义、人道、和平等的渴望。

可以看到，贯穿孙犁整个创作的是一些美好的女性形象，孙犁擅长描写农村的青年女性，描绘她们美丽的容貌和丰富的精神世界，这些女性形象鲜活生动，浑身流溢着青春之美。他曾说过："我喜欢写欢乐的东西。我以为女人比男人更乐观，而人生的悲欢离合，总是与她们有关。"[01] 通过对这些女性个人命运和精神世界的变化的描写，孙犁表达了阶级斗争和民族解放斗争的历史内容，时代的脉搏在她们身上跳动。同时，通过这些女性，孙犁也更充分地表达了对美好人性的向往，孙犁小说所描写的那些美好的女性也正是这种精神的体现者。

五、反映知识分子成长的革命历史题材小说

《青春之歌》的作者杨沫（1914—1995），祖籍湖南湘阴，生于北京，出身于书香世家。1934 年开始文学创作，抗日和解放战争期间，发表过大量作品。1958 年出版第一部长篇小说《青春之歌》，后又出版长篇小说《东方欲晓》《芳菲之歌》《英华之歌》以及中短篇小说集和散文集数部。其中，《青春之歌》是她最具代表性、最成功的作品，它是一部知识分子的"成长史"，表达了知识分子"只有在共产党的领导下，经历追求、痛苦、改造和考验，投身于党、献身于人民，才有真正的自我的生存与出路（真正的解放）"[02] 这一主题。

作家杨沫

《青春之歌》是一部以作者自己的亲身经历为素材的小说，女主人公林道静的人生经历与作者杨沫在 30 年代的经历颇为相似。林道静出生于地主家庭，其生身母亲却来自贫苦农家，她身上"有黑骨头，也有白骨头"，这意味着林道静身上也流着劳动人民的血液，具有被改造的可能性。林道静因反抗封建家庭为她安排的婚姻而离家出走，但出走后却找不到出路，只能选择投海自尽，接受过新式教育的

---

[01] 金梅：《孙犁自叙》，团结出版社 1998 年版，第 375 页。

[02] 戴锦华：《〈青春之歌〉历史领域中的重读》，见唐小兵编：《再解读：大众文艺与意识形态》，牛津大学出版社 1993 年版，第 148 页。

新中国文学的开端——十七年文学史

林道静虽然具有反叛精神，但还很软弱幼稚。在她欲投海轻生之际，被北大学生余永泽所救，余永泽的浪漫多情和温存体贴打动了林道静，两人随后确立了恋爱关系。可是余永泽只拯救了林道静的肉体，却拯救不了她的精神。林道静从封建大家庭走进与余永泽的小家庭，家庭生活的单调、封闭、缺乏激情使林道静在精神上又一次陷入了苦闷。在一次进步青年的茶话会上，林道静认识了共产党员卢嘉川，并

杨沫的《青春之歌》

受到了革命思想的感召，继而开始在卢嘉川的指引下积极追求革命。卢嘉川不仅有"爽朗的谈吐和潇洒不羁的风姿"，"挺秀的中等身材，聪明英俊的大眼睛，浓密的黑发，和善的端正的面孔"，更为重要的是，相对于余永泽常谈的"美丽的艺术和动人缠绵的故事"，卢嘉川"却熟悉国家的事情，侃侃谈出的都是一些林道静从来没有听到过的话"。这时，余永泽的自私狭隘、迂腐可笑更加让林道静感到厌恶，两人只有分道扬镳，此时，她已爱上了她的精神导师卢嘉川。离开余永泽后，林道静开始了更多的革命活动。后来卢嘉川被捕牺牲，林道静又在工作中结识了工人出身的革命者江华，江华给林道静的印象是"踏实、坚强、勇敢、从容镇定"，林道静对他充满敬仰和信赖。江华虽没有余永泽的浪漫多情，也没有卢嘉川的英俊善谈，但工人出身的江华沉稳、质朴、坚韧，且有丰富的革命斗争经验，林道静后来在他的帮助和教育下迅速成长，江华也成了林道静的革命爱人。经过漫长、艰苦的磨炼和考验如地下革命工作、入狱酷刑拷打、领导学生运动等后，林道静才洗刷了自己身份的不纯，被党和人民所接纳，最终完成了对自我"共产党员"身份的光荣命名。有研究者认为，《青春之歌》这种"反抗／追求／考验／命名"[01]的叙述模式，也为"十七年"知识分子成长题材的小说创作奠定了基本的叙事范式。

作者成功描绘了中国二三十年代形形色色的知识分子形象。在动荡不安的年代，曾经热血的知识分子分化成了林道静这样执着前进的、余永泽这样彷徨犹疑的、白莉萍这样自甘堕落的不同类型。知识

---

[01] 戴锦华：《〈青春之歌〉历史领域中的重读》，见唐小兵编：《再解读：大众文艺与意识形态》，牛津大学出版社1993年版，第148页。

分子的分化，从一个侧面反映了整个社会的阶级分化：与劳苦大众有血缘联系的知识分子主动走向革命，而家世显赫的知识分子或是停滞不前，或是走向了历史的反动面。《青春之歌》生动描绘了知识分子在"大浪淘沙"的历史现实面前的各种复杂的心态和不同的选择，同时也对知识分子在现实斗争面前的个人英雄主义等弱点进行了批评。

由于"知识分子题材"在政治化时代的敏感性，《青春之歌》出版后招致了不少批评。《文艺报》《中国青年》《人民日报》《中国青年报》等报纸杂志陆续刊登了关于《青春之歌》的讨论文章，这些文章一方面肯定了《青春之歌》的巨大成功，作为一部表现知识分子从幼稚到成熟的小说，《青春之歌》的艺术和思想成就都是值得肯定的，另一方面也指出了其存在的一些缺点，如人物语言缺乏个性，事件表现缺乏深度，艺术手法缺乏变化，等等。除此之外，当时对其的批评意见主要是认为"作者是站在小资产阶级立场上，把自己的作品当作小资产阶级的自我表现来进行创作的"，主人公林道静"自始至终没有认真地实行与工农大众相结合"，也"从未进行过深刻的思想斗争……没有经历从一个阶级到另一个阶级的转变"，因此，不应对她进行"共产党员"的命名。[01] 大多参与讨论的批评家还是给了《青春之歌》以很高的评价，只不过出于对敏感问题的回避，人们在论及《青春之歌》的主题时，更多的是从卢嘉川、江华、林红等共产党员的形象的角度出发来进行概括，认为小说表现的是共产党人主动承担挽救民族危亡的历史使命，领导工农大众进行革命斗争，何其芳就认为杨沫写这部小说的初衷是"表现那些英勇牺牲的共产党员形象"[02]。相对来说，从林道静等的知识分子身份的角度对《青春之歌》进行评价的文章就少得多。

此外，由于小说是通过林道静的成长将革命叙事和个人叙事有机地融合在一起进行叙述的，因此，在对作品解读的过程中就很容易出现各种不同的看法。如当时一个名叫刘茵的读者就在《文艺报》上撰文指出，卢嘉川"在宣传革命真理的时候，却与一个'美丽''活泼''热情'的有夫之妇发生爱情，这是不道德的，也有损于人物

[01] 郭开：《略谈对林道静的描写中的缺点——评杨沫的小说〈青春之歌〉》，《中国青年》1959年第2期。

[02] 何其芳：《〈青春之歌〉不可否定》，《中国青年》1959年第5期。

'形象的完整'",同时指责林道静"这时对余永泽并没有最后绝望,只是恨铁不成钢,怎好对另一个产生这样的感情?"又认为:"她总是摆脱不开一些个人的问题,总是把对一些革命者的敬与个人的爱掺杂在一起,这的确有损于这个人物形象的光辉。举一个例:卢嘉川第一次给林道静任务时,他们就是这样纠缠在这种感情中。在这时候,林道静似乎没有更多地想到工作、想到党,而总是想着卢嘉川,纠缠在个人的爱情激动里,这种感情使她不能提起腿来,迅速去完成党交给她的任务。这就不能不使人怀疑:林道静完成这件工作是出于对卢嘉川个人的爱,还是为了党的工作呢?况且林道静当时正处于急于追求革命,而终于找到革命关系并为之而振奋之时。"[01] 不可回避的是,林道静的整个情感历程都与其思想改造有着密不可分的关系,虽然杨沫的初衷当然不是为了表现这种"纠缠不清",而是为了表现革命对于个人成长的重要意义,但是革命叙事和个人叙事的重叠却赋予了文本阐释的多种可能。而从女性主义的角度来看,林道静"爱情的更换或转移事实上就是男性或权力话语对她发出的传唤"[02],随着思想改造的逐步深入,林道静作为女性的独立人格也在逐渐丧失。

随后,杨沫根据这次讨论提出的一些中肯的、可行的意见,对《青春之歌》进行了修改,其中最大的变动是增加了林道静在农村进行革命活动的第七章和反映北大学生运动的第三章。杨沫通过书写林道静在农村接受革命锻炼,进行革命斗争,解决了"林道静和工农结合的问题",又通过书写林道静在"一二·九"学生运动中的英勇表现,解决了"林道静入党后的作用问题"。此外,杨沫还对小说后半部分林道静流露出小资产阶级感情的地方进行了删改,她认为林道静在没有经过思想改造前,流露小资产阶级感情是正常的,但在经过革命教育和锻炼后,再过多地流露出这种感情就会有损人物形象。[03]这种删改虽然使作品更加符合意识形态的规范化要求,但是也损坏了作品自然的发展脉络和艺术构思,显得较为刻意和牵强。

《三家巷》是多卷本长篇小说《一代风流》的第一卷。作者欧阳

[01] 刘茵:《反批评和批评》,《文艺报》1959年第4期。
[02] 孟繁华、程光炜:《中国当代文学发展史(第二版)》,中国人民大学出版社2009年版,第106页。
[03] 杨沫:《青春之歌·再版后记》,中国青年出版社2004年版,第640、641页。

山（1908—2000），湖北荆州人。1932 年参加"左联"，1941 年到延安，1947 年发表反映陕甘宁边区合作社经济发展的长篇小说《高干大》。1959 年，年过五旬的他开始创作总题为《一代风流》的五卷本长篇小说，试图通过这部鸿篇巨制来反映"中国革命的来龙去脉"[01]。小说第一部《三家巷》发表于 1959 年，第二部《苦斗》发表于 1963 年，后三部《柳暗花明》《圣地》《万年春》于 80 年代先后出版。五部中以最早发表的《三家巷》成就最高、影响最大。《三家巷》的写作风格体现了通俗小说在当代的变异，如果说传奇性革命历史小说主要继承的是通俗小说的"传奇"的一面，那么，《三家巷》主要继承的是通俗小说的"言情""日常"一面。

作家欧阳山

　　《三家巷》和《红旗谱》一样，也是关于"革命起源"的描述作品，不过《三家巷》主要描述城市工人革命运动的起源，而《红旗谱》则主要描述乡村农民革命运动的起源。它以 20 世纪 20 年代的广州为背景，并以"省港大罢工"、沙基惨案、国民党北伐、"四一二"反革命政变后的白色恐怖以及广州起义等重大的历史事件为时代氛围，主要通过周、陈、何三个家庭的日常生活和家庭成员之间的关系来表现时代的变迁。和"史诗性"的作品不同，《三家巷》并没有正面描写上述重大的历史事件，而是把写作的重点放在一些并不起眼的日常生活和人物关系上。小说精心设计的三个家庭，分别代表了广州的主要社会阶层：周家是手工业劳动者家庭，陈家是买办资本家家庭，何家是官僚地主家庭。三个家庭中的每个人物又都是他们所处阶级的典型人物。小说的叙事是从《子夜》模式发展而来的，即"以阶级性与典型性的结合，并通过人物的阶级关系来展示社会面貌"[02]。不过，作者并没有从一开始就根据三家人的阶级性对他们进行明确的"切割"，而是在三家人之间设置了亲戚、同学、朋友等多重关系，描摹三家人的日常生

欧阳山的《三家巷》

---

[01] 欧阳山：《谈〈三家巷〉》，《羊城晚报》1959 年 12 月 5 日。
[02] 陈思和主编：《中国当代文学史教程（第二版）》，复旦大学出版社 2006 年版，第 76 页。

活，反映革命萌芽时期社会形势的复杂性。小说描写了同在"五四"精神感召下成长起来的小资产阶级知识分子周炳、区桃、陈文雄、陈文婷等人，随着革命的发展和深化，逐步走向分化的过程。

主人公周炳是"十七年"文学中一个比较特殊的知识分子形象。他是"打铁出身的知识分子"，出身于手工业者家庭，在血缘上归属于工人阶级，但由于自小和陈、何两家的子女接触，也受到了小资产阶级思想感情的直接影响，这包含着周炳走上革命道路的必然性和他在这条道路上需经历考验的必然性，小说描写了周炳经过斗争的磨炼从一名小资产阶级知识分子转变成为一名革命战士的过程。爱情离弃他，亲戚为难他，命运折磨他……周炳从天真、幼稚，到彷徨、失落，再到蜕变、成熟的整个过程，真实再现了中国知识分子成长的艰难与曲折。同时，周炳这一人物的特殊之处还在于他不是一个理想化的英雄人物，他漂亮、憨厚、富于幻想，是一个"长得很俊的傻孩子"，小说中他受到不同女性的喜爱，活脱脱一个现代版的贾宝玉。小说用了很多笔墨描写周炳身体形象的漂亮，如写周炳初到区家做学徒，过端午节时喝了半杯双蒸酒后醉眠的情景："这时候，他的两边脸蛋红通通的，鼻子显得更高，更英俊，嘴唇微弯着，显得更加甜蜜，更加纯洁。他的身躯本来长得高大，这时候显得更高大，也更安静。初夏的阳光轻轻地盖着他，好像他盖着一张金黄的锦被，那锦被的一角又斜斜地掉在地上一样。"正是因为他外貌的美，喜欢他的既有区桃、胡柳这样贫民的女儿，也有陈文娣、陈文英这样资产阶级的女儿。这样的描写在当时显然有些不合时宜，为了平衡小说前半部分对周炳身体形象的过多描写，在《三家巷》的后半部分，小说着力表现了周炳参加革命、经历改造的过程。

当时的评论界对《三家巷》存在一些不同的看法。有的评论者认为《三家巷》是广州群众革命历史的真实记录，并且"为《三家巷》里出现区桃、周炳等的英雄人物形象而自豪"[01]。有的评论者则认为作者对周炳身上的小资产阶级的弱点渲染过度，特别是有的评论者集中批评了小说对于周炳的外貌落笔过多："对周炳这一形象的塑造，给人印象十分突出的地方是对这个人物外貌，以及外貌所起的作用的

---

[01] 王起：《我们以在文学上出现区桃、周炳这样的英雄人物形象而自豪——读〈三家巷〉》，《作品》1959 年 11 月号。

描写。作品津津有味地渲染着周炳的外形美，细致描绘着别人被他的美貌所引起的迷恋。这样一类的描写在作品中并不是个别的、少量的，而几乎比比皆是，构成了一种情调和气氛。"[01] 此外，批评者认为作者对周炳与区桃之间"旧才子佳人"式的爱情描写表现出一种庸俗格调和不健康的思想感情。这些批评意见说明，在对革命的文学叙事中，"言情"元素的加入实际上是一种冒险，如若不严格地驾驭和控制，就很容易因流露出小资产阶级的情感而招致批评和批判。

六、《红岩》的写作方式和教科书功能

《红岩》可以说是"十七年"长篇小说中发行量最大的作品，1961 年底，由中国青年出版社出版。"《红岩》一出，全国为之轰动，到处形成了《红岩》热，正像 1958 年以来广大读者竞相传阅《创业史》《红旗谱》《林海雪原》《青春之歌》的盛况一样。《红岩》带来一种崭新思想感情和与这种思想感情相适应的艺术特点参加到优秀长篇创作的行列里来。"[02] 在不到两年的时间里，小说就多次重印，发行累计达到四百万册，并被翻译成多种文字，而且还衍生出了话剧、歌剧、京剧、电影、连环画等多种形式的文艺作品，评论家们不约而同地对这部作品表达了极大的赞赏。

罗广斌、杨益言的
《红岩》

小说《红岩》作者罗广斌、杨益言都是小说所写的重庆"中美合作所"集中营的幸存者。作为历史的亲历者，他们都经受了黎明前最黑暗时刻的考验。全国解放后，他们和另一幸存者刘德彬一起，积极配合当时的政治宣传，以亲身经历对青少年进行革命教育。三人收集了大量有关渣滓洞监狱和其中关押过的共产党人的资料，在重庆做了不下百次的报告，并在 1956 年底将口头报告的材料整理成文。1959 年 2 月，中国青年出版社出版了据此形成的"革命回忆录"——《在烈火中永生》。经过共青团中

"革命回忆录"
《在烈火中永生》

---

[01] 蔡葵：《周炳形象及其他——关于〈三家巷〉和〈苦斗〉的评价问题》，牛运清等编：《中国当代文学研究资料丛书·长篇小说研究专集》（中），山东大学出版社 1990 年版，第 422 页。

[02] 阎纲：《〈红岩〉的人物描写》，《小说论集》，湖南人民出版社 1982 年版，第 144 页。

央和中国青年出版社的建议，罗广斌、杨益言两人开始动手将这部革命回忆录以长篇小说的形式加以表现，小说进入第二稿时，刘德彬因为工作原因退出了创作。罗广斌、杨益言在专业创作技巧上的缺乏，使小说创作进行得并不顺利，第二稿由于未掌握长篇的规律和技巧，基调低沉压抑，缺乏压倒反动派的革命正气而未能成功。中共重庆市委随即要求市文联组织讨论，请四川、重庆的一些作家和领导为小说提供意见。1960 年，罗广斌和杨益言到北京听取中国青年出版社对小说修改稿的意见，并在接下来的时间里，通过书信形式与负责该书出版工作的出版社编辑就小说修改问题，进行了详细的讨论。1961 年 2 月三稿完成，同年 6 月，完成第四稿。8 月，作者在出版前做了最后一次修改。从中华人民共和国成立初罗广斌、杨益言、张德彬三人的报告，到 1961 年底《红岩》出版，前后历经了大约 10 年时间，有大量的人参与到《红岩》的写作和修改工作中来。可见，这部小说实际上是集体创作的成果。这种"组织生产"的创作方式在今天看来极为罕见，但在"十七年"，不少文学作品都是经过这样的方式创作出来的。

小说《红岩》以"中美合作所"集中营（包括渣滓洞和白公馆）内残酷的敌我斗争为主线，辅以中共在重庆市的地下工作和四川华蓥山根据地的武装斗争两条线索，讲述了 1949 年解放前，共产党人为迎接解放与垂死挣扎的国民党展开的最后较量。小说塑造了许云峰、江姐、华子良等革命者的光辉形象，他们坚强勇敢、视死如归的悲壮事迹，表现了共产党人的坚贞意志和崇高精神。

在《红岩》中，英雄人物依靠内心坚定的革命信仰，以不可思议的意志力战胜敌人的严刑拷打。可以说，革命者身体所经受的考验越大，就越能体现他们精神的崇高、信仰的坚定。江姐就经历了一次又一次严刑的考验，并因此赢得了监狱同志们的无比尊敬。在经历了最严酷的一次刑罚后，小说写道："通宵受刑后的江姐，昏迷地一步一步拖着软弱无力的脚步，向前移动；鲜血从她血淋淋的两只手的指尖上，一滴一滴地往下滴。"而面对死亡，革命者也表现出一种高尚的气节：江姐即将被敌人处决，临行前，已被敌人折磨得不成人形的她，从容不迫地对着牢房的破镜整理仪容，大义凛然地将特务给的手杖扔在地上，她"全身心充满了希望和幸福的感受"，扶着战友一同迈向生命的尽头。小说中的另一重要人物是许云峰，他是监狱斗争的精神领袖，屡屡遭受敌人的威逼利诱和严刑拷打，仍不屈不挠地领导狱中同志进行斗争，在牺牲前硬是用自己的双手为同志们挖出了一条逃生之路。在英勇就义之前，他本可以由挖出的地道逃生的，却因考虑全局放弃了逃生的机会，最后和江姐一起被敌人枪杀。还有华子良，他是潜伏在敌人监狱内的共产党员，常年在狱中装疯卖傻，面对敌人的侮辱和同志们的误解，他忍辱负重，心怀崇高的革命信仰，抛弃了个人的荣辱。可以说，《红岩》对英雄人物精神力量的开掘达到了极致。相对应地，小说对反面人物丑恶面目的揭露也达到了极致。以徐鹏飞为代表的国民党反动派，阴险、狡诈、凶恶、残暴，在他们疯狂的行为背后是对自身处境的极度恐惧与绝望。他们这种虚张声势的凶残，在英雄人物高贵的共产主义人生观、价值观面前简直不堪一击。

《红岩》这种通过身体的受虐、极其险恶的生存环境来凸显英雄人物光辉形象的情节设计，以及江姐、许云峰等英雄人物在小说中痛斥敌人、表达革命信仰的慷慨陈词，深深震撼了读者的心灵，强化了《红岩》作为"共产主义教科书"的功能。

七、革命历史题材短篇小说

中华人民共和国成立之后，党需要对自己的发展历史进行总结，需要向人民群众宣扬辉煌历史，需要歌颂革命先烈，也需要通过重构历史证明自身存在的现实合法性，从而巩固新生政权。与这一社会形势相适应，革命历史题材短篇小说大量涌现，歌颂在战争中不怕牺牲的英雄战士和可爱的人民。这一题材作品有王愿坚的《普通劳动者》《七根火柴》《三人行》，峻青的《海燕》《交通站的故事》《黎明的河边》《老水牛爷爷》《党员登记表》。另外，茹志鹃的《百合花》《三走严庄》《关大妈》，刘真的《英雄的乐章》《长长的流水》等也是反映革命历史题材的小说，不过他们却以独特的艺术创新区别于其他作家。

（一）峻青、王愿坚

峻青和王愿坚都是五六十年代擅长写革命历史题材的短篇小说家，两人的创作风格相近，以革命浪漫主义的笔调，描绘壮阔激烈的中国革命的斗争史，讴歌中华儿女大义凛然的革命精神和崇高的共产主义理想。

峻青的短篇小说多取材于革命战争历史与现实农村生活，其中以描写家乡胶东半岛的革命斗争和英雄人物的作品成就最高。在创作这些小说时，作者怀着无法克制的革命激情和崇高的使命感："在那些艰苦的日子里，多少父老兄弟在我的身边倒下去了，多少英雄儿女的壮烈事迹深深地刻在我的记忆里，每一想到这些为了党和人民的共同事业而慷慨地贡献了自己的宝贵生命的人，我的心就情不自禁地跳动起来，发生了一种要用文学创作来表现他们的强烈冲动，这种冲动促使我写出了这些作品。"[01]《黎明的河边》《党员登记表》《老交通》《交通站的故事》《最后的报告》等都不同程度地再现了人民战斗的峥嵘岁月。作者描写革命斗争生活的目的，不仅仅在于唤起老一代对历史的回忆，传播给新一代对历史的感性认识，更重要的是"使他们更深刻更细致地去认识世界，更纯洁更高尚地去对待生活"，"并鼓舞他们，在新的生活中去树立新的功勋"[02]。由此，作者在小说中着重表现了英雄人物及其崇高的理想和革命精神。

峻青从不在小说中回避战争的艰苦、残酷，往往把人物设置在惊心动魄的战争场面和尖锐复杂的矛盾冲突中，通过他们在面对生死时的选择和行为表现人物的思想性格和精神品质。《黎明的河边》中小陈负责护送"我"和老杨去河东重组受敌人重创的武工队。黑夜，暴风雨，敌人已经丧失理智，变得十分疯狂。小陈的妈妈和弟弟小佳被还乡团抓去做人质。当小陈和父亲面对亲情和正义的艰巨考验时，他们毅然决然地选择了后者，果断送老杨过河。而陈妈妈和小佳特别能理解他们的选择，死得十分悲壮。小陈在目睹亲人的牺牲后变得更加顽强勇敢。《老交通》里，老铁为了保护秘密交通网，眼睁睁看着儿子死在敌人的铡刀下。《党员登记表》中的黄淑英母女面对敌人的严刑拷打毫不动摇，绝不交出党员名单，最终年仅十九岁的黄淑英英勇牺牲了。这些英雄人物的牺牲何其悲壮，正义与良知使他们在生死抉

作家峻青

[01] 峻青：《胶东纪事·后记》，《胶东纪事》，人民文学出版社 1959 年版。

[02] 峻青：《黎明的河边·后记》，《黎明的河边》，新文艺出版社 1956 年版。

新中国文学的开端——十七年文学史

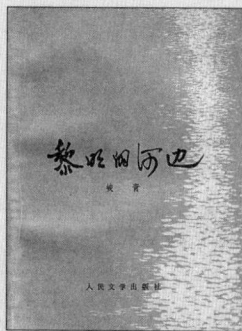

峻青的《黎明的河边》　　峻青的《老交通》　　峻青的《党员登记表》

择的关键时刻表现出非凡的勇气。

　　作者在塑造这些英雄人物时，并没有将他们神圣化、夸张化，而是写了普通人向英雄的飞跃，充满浪漫主义激情。英雄不同于普通人是因为他们具有更崇高的理想、更无私的心胸，他们是革命精神与力量的化身。这些普通人在面对死亡时严守党的秘密、牺牲自我的精神，正是革命英雄主义气魄的体现，显得悲壮、伟大。作者特别注意烘托场面、渲染气氛来描绘英雄人物牺牲时的一瞬间。如《黎明的河边》描写小佳牺牲时的场景就十分壮烈：小佳"一转身扑在匪徒身上，夺下了一个手榴弹，高高地擎在头上，拉开了弦"，匪徒们都惊呆了，只有眼睁睁地看着导火管喷着白烟。这一系列动作描写，将小佳这个英雄人物的思想和性格都表现出来了。《老交通》中的老铁走向刑场时，"一会儿看看被炮火映红了的天空，一会儿看看四周围燃烧着火光的山顶，欢喜得又说又笑，好像他并不是去赴死，而是去参加什么庆祝会似的"。这样含笑面对死亡的态度，具有一种悲壮的革命乐观主义精神。

　　为了表现英雄人物的精神不朽，作者会采用象征手法，将自然景物拟人化，融情于景，寄意深远。如《老水牛爷爷》的结尾这样写道："老头树伸着光秃秃的枝丫，傲然地望着繁星点点的碧蓝的夜空，望着银光四射的月亮。我忽然觉得：它并没有死，它像老水牛爷爷一样，是永远也不能死的。"这段诗情画意的描写，更加衬托出了老水牛爷爷长存的伟大革命精神，以及人们对其深切的怀念。

　　峻青的创作中也存在一些思想艺术水准不高的作品，如《马石山上》中人物形象塑造得较为单薄，《交通站的故事》的结构较拖沓，

《血衣》中故事情节的发展与和人物的思想性格特点联系不紧密。特别是 1958 年以后表现工农业先进人物的作品，只是着重于先进事迹的堆砌，艺术成就不高。但是，瑕不掩瑜，峻青的短篇小说仍是推动社会主义文学发展的一股不可忽视的力量。

王愿坚在创作革命历史题材的小说时，描写的主要是第二次国内革命战争时期苏维埃区域和红军的斗争生活，再现了战火纷飞的年代里革命先辈们的艰苦奋战。他曾说过："我们的革命先烈和前辈，不但用生命和鲜血为我们今天的幸福生活铺平了道路，而且给我们留下了取之不尽用之不竭的精神财富。歌颂英雄的前辈，努力开掘、搜求和理解革命的精神财产，这就是我学习写作过程中，给自己定的艺术探求的目标，也是这些作品的共同主题。"[01] 在其创作生涯中，他坚持不懈地塑造了一批形象高大的革命英雄，并以充满浪漫主义色彩的乐观精神歌颂英雄人物的崇高壮美的理想和高贵忠贞的品质。

王愿坚以真实感人的艺术形象回顾了革命先辈们走过的血泪交迭的斗争道路。作者在塑造这些英雄人物时，往往不写他们性格形成发展的过程，而是截取人物性格的横断面，"捕捉性格发出耀眼光辉的一刹那，英雄人物完成自己性格的那一瞬间"[02]。在总结创作经验时，作者曾说过："在许多革命前辈的斗争生活中，有的片断可以完整、充分地表现出人物性格的特征，可是在有的片断里，人物精神的美却只是一闪而过；这一闪虽短，但却光辉得耀眼，令人心惊目眩，蕴

作家王愿坚　　　　王愿坚的《粮食的故事》　　　　王愿坚的《党费》

---

[01] 王愿坚：《普通劳动者》，人民文学出版社 1978 年版，第 292 页。

[02] 侯金镜：《普通劳动者·序》，《普通劳动者》，人民文学出版社 1978 年版。

蓄着无限激情和发人深思的思想力量。"[01]《党费》中的黄新，是一位普通的农村妇女，一个普通的共产党员，但是内心却蕴藏着为党献身的伟大精神。她用仅剩的两个银洋买了咸菜缴给组织当作党费，虽然心疼几天没尝过盐味饿着肚子的女儿，但还是硬着心肠从她手里夺回给游击队准备的一根腌豆角。一个"夺"字形象地表现了黄新革命利益高于一切的性格特点。《粮食的故事》中的郝标吉父子在给游击队送粮的途中突遭敌人的巡逻队，"打心眼里心疼"儿子的郝标吉，毅然决定舍子保粮，让儿子去吸引敌人，自己送粮上山。郝标吉宁愿承受失去儿子的悲痛也要保护革命的形象，在此显得闪耀动人。其他如《普通劳动者》中的林将军、《妈妈》中的冯司长等，都体现出无产阶级的美。

　　人物性格发出耀眼光芒的一瞬间，正是革命的人性美和人情美的表现。王愿坚认为，英雄人物首先是一个人，"写人就是写人的特定的悲欢离合的命运和喜怒哀乐的感情，只有把具体真实的人性和人情表现出来，才能创造出生动感人的艺术形象，才能把阶级性体现出来，形象才具有艺术感染力量"[02]。其小说中英雄人物敢于战胜一切的气概和对未来热切的向往，爱与恨、欢乐和悲伤的人性之美与崇高的革命理想之美相统一，使作品充满了壮美的浪漫主义色彩。作为妻子，黄新热爱自己的丈夫，夜深人静时，她轻轻哼着《送郎当红军》的曲调，想念着闹革命时的红火日子，牵挂着远在长征途中的爱人；作为母亲，她爱自己的孩子，当被敌人包围时，她很快地把孩子抱起来亲了亲，又把孩子托付给侦察员，等红军打回来后把孩子交给她的丈夫。黄新的牺牲，正是为了爱。郝标吉决定要让儿子冒着生命危险诱引敌人时，浑身颤抖，不知怎么跟儿子他妈交代，眼泪瞬间涌出。儿子走后，他像喝醉酒一样，头晕乎乎的，脚下软绵绵的。作者通过描写英雄人物身上的人性和人情，表达了革命人民不是铁石心肠和冷血无情，相反，他们最富有人性和人情，有普通人的喜怒哀乐。这种革命性和人性的和谐，使人物形象栩栩如生，真切感人，使作品思想得到升华，产生强烈的艺术感染力。

[01] 王愿坚：《在革命前辈精神光辉的照耀下》，《王愿坚小说选》，四川人民出版社1984年版，第362页。

[02] 王愿坚：《大胆表现革命的人性美》，《人民日报》1979年11月26日。

王愿坚的短篇小说故事性强，情节曲折，往往描写一些能体现英雄人物性格闪光点的典型细节，展示英雄人物内心世界的崇高和美，显得朴实、明朗、单纯。如《普通劳动者》中的林部长，因为会议结束比较晚，路上汽车又抛锚了，所以到工地时已经迟到了，这时他就像一个迟到的学生走进课堂一样，"悄悄地将行李放好，然后把草帽往前拉了拉，走上去"。"拉"这个细小动作，逼真地刻画了林部长内心因迟到而深感内疚的心理活动，从而反映出他谦逊淳朴、严于律己的高贵品质。《三人行》的结尾处有一个细节，指导员王吉文望着天空："在那白云下面，一长串大雁正排成'人'字形的队伍，'娄——嘎！'地叫着，轻盈地向南飞去。它们挤得那么紧，排得那么整齐。"融情于景，意蕴深厚，歌颂了具有共产主义品格的战士们。

王愿坚的创作之路是健康坚实的，作品的思想艺术成就较高，感染力强。但是部分作品也存在明显的缺点，如有的剪裁不当，只是情节的堆砌；有的过于重视故事的叙述，对人物性格的刻画不够；有的情节出现雷同。但是，这些不足无损于他创作上取得的成就和在中国当代文学史上应有的地位。其小说单纯、朴素、简洁、明朗的艺术风格为读者所喜爱。

（二）茹志鹃、刘真

茹志鹃和刘真虽然亲历了战争风云和革命洗礼，不过与其他作家着重描写崇高的革命精神和高尚理想不同，她们显然更注重极具个人色彩的文学书写。日常生活的呈现，儿童视角的介入，加上鲜明生动的细节描写，在阶级矛盾和革命叙事的框架之外为中国当代历史题材小说的发展开拓了新的话语空间。

作家茹志鹃

茹志鹃的作品主要分为三类：一类是描写社会主义新生活的作品，如《如愿》《春暖时节》《里程》《静静的产院》等，关注女性命运，通过细腻的心理描写勾画人物性格特征，深入挖掘人物精神世界；一类是游离于主流之外，重在表现人情美、人性美的作品，如《百合花》《高高的白杨树》等；一类是反映40年代革命战争的作品，如《关大妈》《澄河边上》《三走严庄》等。

采撷生活中的浪花、时代大合奏中的乐句，加以精细描绘和深入挖掘，以反映时代风貌，是茹志鹃的小说在选材立意上的显著特点。如在反映现实生活的作品中，作者不从正面描写两个阶级、两种道路的激烈搏斗，而是通过生活中的矛盾冲突在夫妻之间（《春暖时节》）、母子之间（《如愿》《里程》）、婆媳之间（《在果树园里》）、妯娌之间（《妯娌》）、同志之间（《静静的产院》）所激起的波澜和人物思想感情的变化，表现人物如何弃旧迎新，迈向光明美好的生活，反映时代的进步。

　　茹志鹃的小说结构细致严谨，情节单纯明晰，细节描写丰富传神。故事单纯，则能彰显细节描写的重要性，反过来，细节安排巧妙，有利于表现人物性格特征、烘托气氛、推动情节发展。《百合花》中的细节描写常为人称道。小通讯员枪筒里插着的树枝和不知何时多出来的野菊花，鲜明地表现出他天真烂漫、热爱大自然的美好情趣。小通讯员从新媳妇手里接过被子，慌慌张张地把衣服的肩膀处挂了一个口子，新媳妇找针拿线要给他缝补，他却走了。这个细节不仅刻画出小通讯员腼腆淳朴的性格，还表现出他面对女性时的心理状态，以及为后面故事发展埋下伏笔。正是因为衣服上的这个破洞，新媳妇才能认出躺在担架上身负重伤的战士就是小通讯员。虽然小通讯员牺牲了，新媳妇还是执意一针一线细密地缝着那个破洞。在这里，作品生动地展现了一位平凡妇女的善良淳朴。当卫生员准备揭掉盖在小通讯员身上的那床被子时，小说达到高潮，新媳妇感情终于爆发出来，她"劈手夺过被子"，"狠狠地瞪了他们一眼"，"气汹汹地嚷了半句"，然后亲手为小通讯员盖上了撒满白色百合花的被子。这一系列描写充分显示了战争中的人情美和人性美。

　　茹志鹃注重在平凡事件中塑造人物性格，用细致委婉的笔调对人物心理进行纵深挖掘，尤其是描写女性的心境，充分展示人物的精神世界。《如愿》中何大妈的工作得不到儿子、媳妇的理解，让她十分苦恼。作者对其心理做了细腻的描写：解放前被资本家解雇，希望破灭的悲哀与伤痛；解放后闲居在家，被锁在锅台边的落寞；参加工作后对儿子、媳妇的反对感到难过和不满；领到第一份工资时的兴奋与喜悦；工作终被儿子理解后的幸福与开心。何大妈丰富的情感变化，表现了她美好的心灵。《静静的产院》对谭婶婶由先进到后进再到觉悟的心理历程进行了深入的剖析，真实准确地展现了其内心从震惊、抱怨、迷茫、忐忑到最终醒悟的转变过程。

茹志鹃的
《百合花》

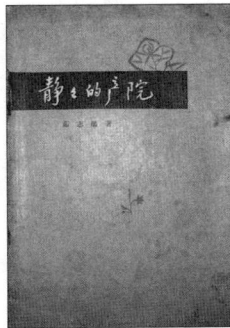

茹志鹃的
《静静的产院》

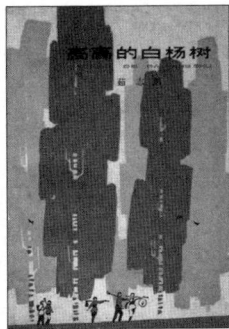

茹志鹃的
《高高的白杨树》

茹志鹃善用象征手法描写人物心灵历程，寄托美好的感情。在《百合花》中，作者精心选择象征纯洁与感情的百合花被子，来歌颂战争年代中可贵的人性美和人情美。在《高高的白杨树》中，白杨树被赋予丰富的寓意。它既见证了时代的变迁，也象征着大姐张爱珍的性格。象征手法的运用使作品充满了诗意，给人以美的享受。

茹志鹃的小说风格清新、俊逸，于清新中见诗情，于俊逸中寓隽永。最能体现这一风格的作品是其发表于 1958 年的《百合花》，得到茅盾的高度赞美："这是我最近读过的几十个短篇中间最使我满意，也最使我感动的一篇。它是结构谨严，没有闲笔的短篇小说，但同时它又富于抒情诗的风味。"[01] 作者用抒情的笔调，以战争为背景，谱写了一曲发生在小通讯员与新媳妇之间"没有爱情的爱情牧歌"，表现崇高纯洁的人性美、人情美。由于反右派斗争高涨，小说因表现内容与时代主流不符，几经周折才得以发表。后得到时任文化部部长的茅盾的赞扬，才开始受到评论界的重视。

1959—1961 年，围绕茹志鹃的小说，文坛展开了关于风格题材的大讨论。一些左派指责其作品"缺乏阳刚之气""风格过于纤细""感情阴暗"。喜爱其作品的劝她"主动地深入生活，去发掘现实的主要矛盾，反映时代的本质特征"，"塑造具有共产主义品质的英雄形象"[02]。茹志鹃也一度陷入苦恼，既写了《阿舒》这样仍保持原有风格的作品，也写了如《三走严庄》那样缺乏自己艺术个性的作品。但是，茹志鹃从茅盾、侯金镜、魏金枝等人的肯定和鼓励中找到了勇

[01] 茅盾：《谈最近的短篇小说》，作家出版社 1958 年版，第 14—15 页。
[02] 欧阳文彬：《试论茹志鹃的艺术风格》，《上海文学》1959 年第 10 期。

气和力量，不断丰富、完善艺术风格。

　　刘真九岁参加革命，她的童年是在艰苦的战争年代中度过的。那无数壮阔的战斗场景和众多激动人心的英雄人物是她取之不尽、用之不竭的创作源泉。在其创作中，反映革命斗争生活的短篇小说影响最大、成就最显著。在高度强调政治意识形态的"十七年"中，刘真所创作的革命历史题材短篇小说却大多采用第一人称写法，以抒情性的叙述方式抒发其在战争生活中的种种感受和体验，充满浓郁的生活气息和蓬勃的革命诗情。

作家刘真

　　刘真在本时期短篇小说中塑造了许多令人印象深刻的儿童，他们小小年纪就成为八路军，经过部队生活的锻炼，既具备小战士的素质和觉悟，又保持着儿童的天性和稚拙。如《好大娘》中宁死不屈，任凭敌人严刑拷打也不出卖同志的小赵；《我和小荣》中英勇机智、顽强乐观的小王和小荣；《弟弟》中为掩护八路军，不惜牺牲生命的赵长生；《核桃的秘密》《长长的流水》中倔强调皮、聪明可爱的"我"；《豆》中勇敢顽强的小平；《英雄的乐章》

刘真的《我和小荣》

中奋斗在前线，为祖国、为人民的自由解放而献身的张玉克。刘真笔下的小八路固然拥有英雄品质和成人品质，但她并没对此刻意拔高，而是立足于孩子的童心和童趣，从特定的历史环境出发，揭示他们纯真圣洁的心灵世界，表现他们的理想和志趣，赋予革命战争深刻的思想内涵。

　　刘真善于通过细节描写，表现人物不同的性格特征。《我和小荣》中的小王和小荣是两个稚气未脱的小八路，但彼此个性不同。小王活泼率直，因为爱说话还得了个"歪把机关枪"的外号；小荣沉着刚强，默默承受父母双亡的悲痛。作者在叙述小王雨夜送文件这件事时，通过生动的语言、动作等细节和心理活动，表现其对革命绝对忠诚以及自信、机智、勇敢的性格。李天魁被枪毙后，作者通过挂在白杨树上的手电这一细节描写和对小王的心理描绘，表现小荣的勇敢坚强。《长长的流水》刻画了小刘和大姐李云凤两个性格鲜明的人物形象。小刘是个天资聪颖却贪玩调皮的小女孩，李云凤是具有远见卓识、关怀群众的县妇救主任大姐。作者通过一系列感性的、寻常却动

人的生活细节表现大姐对小刘无微不至的关怀和严格要求，描写小刘在与大姐的几次矛盾冲突中逐渐成熟，也反映出革命战友之间纯洁无私的友情。

刘真的《长长的流水》

刘真一般选择特定的环境，通常是日常生活，来刻画人物，尤其擅长从平凡琐事中表现儿童的特点。如《核桃的秘密》中安排了"我"偷摘老乡核桃这个生活插曲，生动细致地描写了"我"想吃核桃想得睡不着，最后不顾一切偷摘了一个核桃，咬了一口才发现它还没成熟，这一苦涩难堪过程中的心理和行为，表现了"我"的好奇与调皮。革命历史中，战争占据了日常生活中的大部分，孩子们也加入革命的队伍中，成了小战士，而且依然具有天真活泼的童稚心理。《弟弟》中写到"我"在战斗中与部队失去联系后却十分镇定，怡然自得地躺在柴堆里吃花生，用牙齿慢慢地咀嚼花生，享受久留在口里的花生香。这个场景描写充分显示了"我"的天真可爱。《"对，我是景颇族!"》中的德岗腊在与特务周旋的过程中，一边引特务往边防哨所走，一边还憨憨地跟特务开玩笑。开玩笑是德岗腊智慧的体现，但是玩笑中仍然反映出他的童稚心理。

运用恰当的语言也是刘真成功塑造人物个性的原因之一。她善用生活气息浓郁的群众口语，其作品具有质朴风趣、优美流畅的特点。尤其是用天真、单纯的儿童语言刻画儿童形象，使其作品充满童趣。艾芜曾评价其语言"亲切真实，活泼流利，富于形象，也有幽默泼辣味"[01]。如《豆》中，少先队员小平向乡长报告发现特务后，焦急地等待边防军抓特务的消息。等急了的小平不管会不会用电话，拿起耳机摇了几下就说话，他在打电话、接电话时天真稚气、略带泼辣的语言，充分反映了他想知道边防军是否抓到特务的迫切心理，也显示出他作为"小大人"的一本正经的认真劲儿。

刘真能将战争年代中的少年儿童写得如此动人，还与她的亲身经历有关。她从小就参加了革命，小说中很多事情都是她经历过的，那

[01] 艾芜:《谈刘真的短篇小说》,《文学评论》1962 年第 5 期。

些孩子的性格特征和生活体验多少带有她童年的影子。正如她自己所说："这些作品，大部分是写我个人的生活经历，尤其是写童年的那些篇章。"[01]《我和小荣》中的通讯员小王就是刘真自己的写照。《好大娘》中的小女孩刘清莲就是作者的原名，而且在敌人"大扫荡"时期，自己确实得到过一位贫苦老大娘的救助。《核桃的秘密》中作者直接给小八路取名"小刘真儿"，而且自己也真偷摘过没成熟的核桃，还被民兵追赶过。被作者珍视的佳作《英雄的乐章》也是以她的亲身经历为基础，叙述了刘清莲和张玉克之间由友谊发展到爱情的故事。

刘真作品中的孩子们虽然置身于严格的革命队伍和严酷的革命战争中，却依然拥有珍贵感人的童稚之心，一方面呈现出他们淳朴天真的内心世界，另一方面也反衬出战争的惨酷，表达对成人世界人情美、人性美的呼唤。她曾说过："我写孩子的那些小说，有的并不是专为孩子们写的，主要还是为了叫大人看。"[02]《好大娘》《弟弟》《长长的流水》《大舞台和小舞台》《英雄的乐章》等都有战友、亲人牺牲或负伤的情节，带有感伤色彩。其中《英雄的乐章》在 60 年代受到严厉批判，被指责为"宣传了悲观失望的厌战思想，宣传了资产阶级的和平主义"，"以资产阶级人道主义观点，看待革命战争和爱情问题"[03]，刘真也被迫暂时停止创作。

刘真的小说总是从儿童的角度入手，关注战争年代中儿童的命运，在娓娓叙述中寄寓深刻的思想内涵，自然朴实，感情真挚，成为记录革命历史的"另类"。但是其小说也存在不足，如有些人物刻画流于表面化，缺乏性格变化的过程，有些作品中人物之间联系不紧密，有的故事情节雷同。此外，语言有些粗糙，欠缺锤炼。

---

[01] 刘真：《刘真短篇小说选·自序》，《刘真短篇小说选》，花山文艺出版社 1983 年版。

[02] 刘真：《刘真短篇小说选·自序》，《刘真短篇小说选》，花山文艺出版社 1983 年版。

[03] 王子野：《评刘真的〈英雄的乐章〉》，《文艺报》1960 年第 1 期；康濯：《同根长出的两株毒草——略谈〈英雄的乐章〉和〈曹金兰〉》，《蜜蜂》1960 年第 1 期。

第六章

其他类型小说

一、当代工业题材小说

中华人民共和国成立后，国家将经济工作的重心转移到社会主义工业化建设上，工人阶级成为社会的中坚力量。在党和政府的大力倡导下，作家们开始关注工业生产和工业生活，兴起过去较少涉及的工业题材小说创作热潮。1948 年草明创作的《原动力》，首次以新的历史观审视工人阶级，成为当代工业题材小说的开山之作。之后，在"十七年"文学时期，涌现了大量反映国家工业建设与改造的小说，其中重要的长篇小说有《火车头》（草明），《乘风破浪》（草明），《潜力》三部曲（《春天来到了鸭绿江》《站在最前列》《蓝色的青枫林》，雷加），《五月的矿山》（萧军），《铁水奔流》（周立波），《浮沉》（艾明之），《风雨的黎明》（罗丹），《百炼成钢》（艾芜）。"十七年"文学时期的工业题材小说具有鲜明的时代特征，"其主旋律可以一言以蔽之：都是无条件献给工人阶级的赞歌"[01]，展现工人们在如火如荼的工业建设和变革中忘我劳动、努力拼搏、团结一致、相互竞赛等，突出他们在中国现代化进程中的重要地位和强大力量。同时，小说还通过"阶级斗争的敌我矛盾"和"人民内部矛盾"，表现工人阶级的阶级觉悟、政治立

草明的《原动力》

---

[01] 李运抟：《从神坛走入凡尘——论当代工业小说审美观念的历史嬗变》，《社会科学》2007年第 7 期。

场和情感爱憎。于是，"讲厂史""忆苦思甜""技术革新""夺红旗"成为小说的固定模式，人物的活动范围通常局限于家庭—饭厅—工厂，因此，原本内容应该复杂丰富的工业题材显得十分单调。由于受政治因素、社会环境以及作家自身素养的限制，小说中的人物形象具有英雄化、脸谱化和概念化的倾向。主角或是正面人物永远是工人阶级，具有强烈的主人翁意识，大公无私，时刻准备着为工业建设牺牲一切。而知识分子常常作为阻碍新生事物发展的对立面存在，不能发挥其在工业建设中应有的作用。因此，小说中着力描写"机器（或者是技术方案）的命运，而忽略了（或者是淡化）人的命运"[01]。这一时期的工业题材小说充满了革命乐观主义精神，具有激情、昂扬的审美风格，反映工人阶级在中国共产党的领导下，奋力开拓新时代的乐观与自信。

（一）艾芜的《百炼成钢》

艾芜的《百炼成钢》以某炼钢厂平炉车间九号炉工人争搞快速炼钢为中心线索，通过工人之间、干群之间、敌我之间的矛盾斗争，突出工人阶级在社会主义工业建设中大公无私、拼搏进取的高贵品质。这部长篇不是简单描写工人生产的过程，而是注意表现人物思想性格的对立与冲突，叙述生活本身的丰富多彩与复杂性，将炼钢生产与工人日常生活、爱情、家庭关系等相结合，整部作品充满浓厚的生活气息和斗争气氛，在当时受到较大肯定。

艾芜的《百炼成钢》

《百炼成钢》较为成功地塑造了几个不同性格的工人形象。

共产党员秦德贵，九号平炉丙班炉长，是"真正能够担任起创造新生活的大任"[02]的新型工人形象。他淳朴憨厚、技术娴熟，为炼钢事业奋不顾身。秦德贵创造了快速炼钢的新纪录后，意外事故的发生引起人们的误解和非议。小说充分描写了秦德贵的愤懑、苦闷以及内心的矛盾，显示了他顾全大局、胸襟坦荡的优秀品质。秦德贵在处理爱情生活矛盾时，表现了个人利益服

[01] 程树榛：《浅谈工业题材文学创作》，《文艺理论与批评》2004 年第 4 期。
[02] 艾芜：《百炼成钢·前言》，《百炼成钢》，人民文学出版社 1983 年版。

从集体利益的高尚情操。这个有着"宽阔的肩膀，厚实的胸膛，巨大的手掌和一脸快活的笑容"的年轻人，是"一个平凡而又富有理想的社会主义新人"[01]。

跟秦德贵比起来，甲班炉长袁廷发是个更复杂的人物。在他身上，既有热爱新社会、热爱劳动的一面，又保留着旧社会的思想意识。他责任感强，但思想保守，嫉妒秦德贵的新纪录，也不愿把自己的"绝招"传授给青年工人。为了赶超秦德贵，他不惜损害国家财产，用加大煤气和空气的办法，烧化了炉顶。小说就这件事深刻地剖析了他焦躁不安与惭愧内疚的心理状态，这种状态还引发了他与妻子的生活矛盾。遗憾的是，作者把握人物思想发展脉络的力度欠缺，使得袁廷发性格转变显得突兀、不自然。

乙班炉长张福全，是以庸俗市侩、自私自利的反面人物形象出现在小说中的。为了报复打击秦德贵，熔化炉顶，糟蹋国家财产，还散布流言，给秦德贵制造各种麻烦。正是他自身的缺陷与弱点，导致其被反革命分子所利用，发生了烧穿炉顶的严重事故。

《百炼成钢》还创造了一组党员干部形象，如党委书记梁景春、厂长赵立明、车间支部书记兼工会主席何子学。他们都忠于国家和共产党，但在处理九号平炉发生的各种矛盾时表现出了明显的性格差异。梁景春关心群众，注重思想政治工作；赵立明熟悉生产，干劲十足，却急躁、主观；何子学墨守成规，机械地按照领导的指令做事。在这三个人中，赵立明的干部形象刻画得最好，其性格特征在几个典型环境和细节描写中凸现出来；梁景春的形象停留在抽象说理层面上，粗糙苍白；何子学不论外貌还是性格都显得比较平庸。

《百炼成钢》以朴实自然、谨严平易的语言，描绘了一幅充满浓厚时代气息和生活气息的工业生产生活画面。作者不仅描写工人的炼钢劳动，还注重在生产过程中展现不同关系人物相互间的思想冲突，剖析其心灵世界，克服一般工业题材作品的枯燥感。整部作品结构严谨，脉络清晰，是"一部反映社会主义工业建设的优秀作品"[02]。

---

[01] 华中师范学院《中国当代文学》编写组：《中国当代文学 2》，上海文艺出版社 1984 年版，第 114 页。

[02] 华中师范学院《中国当代文学》编写组：《中国当代文学 2》，上海文艺出版社 1984 年版，第 114 页。

（二）草明的《乘风破浪》

草明的《乘风破浪》描写的是社会主义建设时期某大型钢铁联合企业的工人阶级的斗争和生活。小说围绕着兴隆钢铁公司增产二十五万吨钢引发的斗争所展开，描绘了群众路线与官僚主义、革新精神与保守主义、共产主义协作精神与本位主义、社会主义与资本主义工业路线的冲突，在一个全景性的画幅上表现了现代大工业建设在社会发展和人民生活中所产生的重要作用和影响，热情歌颂了工人阶级忘我的创造精神和高涨的劳动热情。

《乘风破浪》体现出浓郁的时代气息和强烈的历史色彩。故事发生在 1957—1958 年间，正是我国第一个五年计划如期超额完成，社

草明的《乘风破浪》

会主义经济建设取得辉煌成就的时期。钢铁工人在共产党的正确领导下，为国家和人民做出了巨大贡献。小说中设置的特定情境，以及工人们忘我劳动的进取精神渲染了这种时代特征和气氛。在今天看来，那段历史存在浮夸、冒进的弊端，但还原到当时的社会环境，人民群众身上蕴含的创造精神和不畏艰险的英雄气概是社会主义现代化进程中的宝贵精神财富。

小说塑造了不同性格的工人阶级先进人物的典型形象。随着工业建设不断发展，新一代年轻工人涌进工厂，成为企业生产的主力军。青年炉长李少祥就是这样一位新型炼钢工人，他具有高度的主人翁意识和责任感，忠诚善良、大公无私，时刻保持乐观的心态和顾全大局的共产主义风格。不同于老一辈的工人阶级，李少祥所代表的一类青年工人善于学习，勇于创新，尤其在生产实践中，重视科学技术的巨大作用。小说将李少祥置于丰富多彩的社会生活中，通过多层次、多角度的描写，再现工业建设过程中的各种矛盾斗争以及人物之间的错综关系，从而打破一般工业题材小说易有的单调枯燥的局面。小说中领导者宋紫峰形象塑造得也较成功。不同于出现在其他工业题材小说中的领导干部，宋紫峰参加过革命，有实际工作经验，学过炼钢技术，敢于直言自己的想法。难能可贵的是他尊重科学，按照科学规律管理工厂。在讨论增产计划是否可行时，他没有盲目迎合，而是根据企业实际情况，经过研究调查，提出自己的看法，即使遭到批判仍坚持己见。宋紫峰也有缺点，主要是不能正确处理与群众的关系，也不善于向现实学习。可是由于作者受到左倾思潮的影响，将宋紫峰与人民群众对立起来，也否定他尊重科学的一面。这就影响到整部小说在思想性开掘和人物形象刻画上的深度。

（三）杜鹏程的《在和平的日子里》

杜鹏程的《在和平的日子里》是"十七年"文学时期难得的中篇力作，深刻反映出现实生活中的人民内部矛盾。小说通过发生在铁路建设工地上的矛盾冲突，说明战争年代虽已过去，但在和平建设事业中人们还要接受新的严峻考验。这里有"建设者同大自然的斗争，有崇高的共产主义思想和卑鄙的个人主义思想的矛盾"，还有"高尚的心灵和献身精神，焦灼的思索和不能磨灭的悔恨，也有眼泪和死亡"[01]，互相交织的矛盾斗争告诉人们，和平年代并不是风平浪静的，新的生活考验在等着大家，每个人只有不惧艰险，勇往直前，才能与历史同步。

杜鹏程的
《在和平的日子里》

作者善于将人物置于激烈的矛盾冲突中，深刻剖析人物灵魂。这一点主要体现在曾是莫逆之交的第九工程队党委书记兼队长阎兴和副队长梁建之间。他们曾是患难之交，在战争中生死与共，建立了深厚的友谊。可是，在和平的建设时期，两人却格格不入。这种前后时期的差异反映了两种不同的思想性格和人生观。阎兴是一个参加过抗日战争、解放战争和抗美援朝战争，之后从部队转业到经济建设部门的干部。他忠于党和人民，具有崇高的共产主义理想和信念。他具有自觉的历史责任感，把自己的命运和建设的成败、祖国的兴衰、人民的幸福联系在一起，同官僚主义、个人主义以及保守主义做斗争。同时，他尊重、信任、保护为国家做出贡献的新老知识分子，能够将革命精神和科学态度相结合，是一位值得肯定和歌颂的党委书记。与之相反，经受过战火考验的梁建在和平的日子里却表现出思想蜕化、革命意志衰退以及个人主义膨胀的消极状态。他把党和人民的利益放在一边，不敢承认错误，怕担责任，从而造成便桥冲断的重大事故。梁

[01] 杜鹏程：《在和平的日子里·后记》，《在和平的日子里》，人民文学出版社1959年版。

建对现实的冷漠态度和阴暗心理源于他认为革命是达到个人目的的一种手段，而不是为了人民群众的幸福。所以他的态度与心理随着个人欲望能否得到满足而变化。梁建的形象是复杂的，他内心深处还存有未泯的良知和党性，比如作品中写到他每月领工资后都会寄给一位把两个儿子都献给革命的烈属老妈妈，并且真诚地称她为"母亲大人"。当阎兴有意提起这件事时，确实触动了梁建的内心。

小说还成功地创造了真实的、具有典型性的新老知识分子形象，揭示了知识分子在社会主义建设中的重要作用。桥梁总工程师张如松为了加快桥梁建设，不顾年老多病，奔波在崇山峻岭之中，与工人们一起劳动。他凭借专业知识和严谨的科学态度，坚强地同大自然和梁建的错误思想行为做斗争，成为阎兴的好帮手。韦珍是新社会培养出来的新一代知识分子，她自尊要强、积极热情，立志要为祖国献出自己的青春，是 50 年代青年知识分子的典型代表。

这部小说立足于时代的高度，以强烈的革命激情，探究和平日子里生活的意义。作品把昂扬、雄浑的诗意美与对生活深刻的哲理见解有机结合，引发人们去思考在社会主义时代人应该怎样生活，走什么路，老一代和青年一代该如何做。

（四）周而复的《上海的早晨》

周而复的《上海的早晨》共四部，一、二部出版于 1958 年和 1962 年，第三、四部出版于 1980 年。小说写 50 年代初期上海沪江纱厂资本家与工人阶级之间的矛盾冲突，反映中华人民共和国成立初期资本主义工商业接受社会主义改造的历史过程，揭示民族资产阶级在改造过程中的两面性特点，同时表现了工人阶级队伍日益壮大的历程。这部巨著展示出广阔复杂的社会生活内容和场景，既描写了城市、农村生活，又描写了资产阶级、工人阶级生活，表现了社会主义改造时期社会各阶层、各阶级的生活面貌和精神动态，以及社会发展动向。在中华人民共和国成立以来的文学作品中，像《上海的早晨》这样囊括如此丰富的内容是不多见的。

小说第一部描写中华人民共和国成立初期，徐义德以原棉掺假、收买工贼、贿赂干

周而复的《上海的早晨》

部、偷工减料等卑劣手段牟取暴利，同时将儿子与资金转移到香港，为自己留退路。随后利用权势让小舅子朱延年在上海工商业界占有一席之位，两人狼狈为奸，共同对付共产党及其领导下的工人群众。第二部以"三反""五反"运动为背景，描写了朱延年因被查出卖假药给志愿军而坐牢，徐义德陷入恐慌之中，玩弄各种手段，顽固抵抗，不肯坦白。最后区委书记杨健率工作队来到工厂，鼓励、发动群众揭发徐义德的"五毒"行为。第三部描写上海沪江纱厂进行民主改革，徐义德千方百计阻挠破坏，但无法得逞，自己却又通过民主党派被推选为区政协委员。第四部描写公私合营，利欲熏心的资产阶级极力反抗，寻找机会进攻，纵火烧厂的特务陶阿毛被抓。最终资产阶级认清形势，无可奈何，不得不忍痛投降。社会主义改造在上海工商业取得胜利，工人阶级思想觉悟提高。四部小说深刻揭示了不同阶级的特点以及阶级矛盾的复杂性，同时反映出社会主义改造的必要性及其取得胜利的历史必然性。

　　小说主题宏大，内容深广，从多方面充分渲染和描写了两种人物和生活，采用了多条线索并行发展、交织变迭的结构方法。作者在总体布局上设置了两条线索，一条是对城市生活的描写，展现工人阶级与资产阶级的矛盾冲突，通过纱厂工人在党的领导下与以徐义德为代表的资本家进行一系列斗争来表现，这是主体部分。另一条是对农村生活的描写，展现农民与地主阶级的矛盾，通过贫农汤富海一家与恶霸地主朱暮堂一家的矛盾纠葛、相互斗争来表现，这是从属部分。其中，在主体部分，作者又安排了两条并行发展又交织起伏的线索，以适应主题表达。一条是以徐义德为中心的资本家们的活动线索，辅以奸商朱延年的活动线索。在这部分，小说描写了徐义德的唯利是图，资本家们举办"星二聚餐会""资方代理人联谊会"以及各种聚会宴请，既相互串联对付新生政权，攫取利益，又尔虞我诈，钩心斗角。通过展现中国民族资产阶级的生活、性格、命运，"真实地再现了中华人民共和国成立以后，资产阶级由强到弱，由顽固地发展资本主义到终于接受社会主义改造的历史行程"[01]。另一条是以汤阿英、管秀英、余静、杨健等工人群众为中心的活动线索。他们意志坚定，在与

---

[01] 华中师范学院《中国当代文学》编写组：《中国当代文学2》，上海文艺出版社1984年版，第130页。

资产阶级斗争过程中，经受住考验，不断觉悟、成长。工人阶级队伍的不断壮大与资产阶级的日益衰弱形成鲜明对比，反映出 50 年代的阶级力量变化，以及无产阶级在全局上的优势。

相对于描写城市生活和资产阶级的得心应手，作者在表现农村生活和工人阶级时则不够充分，故事、人物、细节等多为一般化描写，从而使这两条线索显得单薄、粗疏。这可能是由于作者对农村生活和工人生活不够熟悉，所以在写作上有所欠缺。

《上海的早晨》从政治、经济、社交活动、家庭生活、精神世界等各方面入笔，刻画了以徐义德为中心的上海资本家形象，在他们身上，既有资产阶级共同的特征，又有因生活经历不同而表现出的个性，从而反映出 50 年代我国民族资产阶级的总面貌。

小说着墨最多的人物形象是徐义德，主要通过三个方面来塑造其形象：沪江纱厂总经理，号称"铁算盘"，与工厂工人矛盾冲突不断；"星二聚餐会"会员，与其他资本家商讨如何抵抗社会主义改造；作为丈夫、父亲，与家庭成员间的生活矛盾。徐义德竭力维护资产阶级的地位，剥削工人，牟取暴利，以次充好，盗窃国家经济情报，偷工减料，加重工人劳动负担，因私损公，践踏政府和人民的利益。当社会主义改造之潮不可阻挡时，他又想出"升公办法"，挑动工人之间的矛盾，妄图扰乱形势，顽固反抗改造。作者在表现徐义德贪得无厌、投机倒把、唯利是图的消极面时，还注意刻画其矛盾心理，使其形象丰满、立体。"五反"运动时，徐义德不愿坦白又不得不坦白，既去坦白又对坦白后前途忐忑疑惧，小说对其心理状态的描写充分体现出他紧张颓唐、神经过敏的虚弱本质。而在坦白过关后，他又沾沾自喜，企图东山再起。沪江纱厂公私合营当天，他对外表示这一天值得纪念，很快乐，而实际上是资本家梦想彻底破灭的空虚和怅然，同时隐约带有一丝跟上时代步伐的满足感。"星二聚餐会"是资本家们互相串联支持，商讨抵抗社会主义改造办法的场所。每个人的发言将资本家之间尔虞我诈的关系暴露无遗。即使是在家中，徐义德与太太们的生活看似温情脉脉，实际则是赤裸裸的金钱利害关系。

小说中还描写了其他各色资本家形象，有福佑药房的朱延年，他靠投机钻营、买空卖空起家，制造假药，残害人民，骗取钱财，腐蚀干部，最终被逮捕入狱；有兴盛纺织厂总经理马慕韩，一个被称为

"红色小开"的青年资本家。他继承父亲雄厚的资产，容易接受新事物，紧跟时代潮流，拥有政治野心，急功近利，利用进步表现换取政治地位，想充当工商界领袖人物；有通达纺织公司董事长潘信诚，他阅历丰富、老谋深算，做事谨小慎微，不出风头，能认清形势，对社会主义改造采取比较现实的态度；有"无产无业也无钱"的工商界政客冯永祥，他为人轻浮，投机取巧，聪明灵活，左右逢源，能周旋在政府与资本家、资本家与资本家之间，捞取个人利益、个人地位，与徐义德的三太太林宛芝有暧昧关系；有沪江纱厂厂长梅佐贤，是徐义德的得力助手，工人称其为"酸辣汤"，他爱贪便宜，见风使舵，处处讨好别人。

《上海的早晨》中资本家形象塑造得生动细致，相比之下，工人形象则有概念板滞之感。另外，作者侧重表现阶级的整体特征，按照抽象的固定模式描写人物语言、动作与思考，缺乏深入的个性挖掘。但就整部作品而言，它为文学创作中如何实现主题多样化、人物多样化，如何通过多主题多线索表现广阔复杂的社会生活等问题提供了新的经验，具有不可忽视的启示作用。

二、"非主流"小说

中华人民共和国成立后，中国开始进入开创社会主义道路的历史时期。为了配合政治需要，文艺界以表现光荣辉煌的革命历史、赞颂忠贞不屈的革命英雄的小说创作为主流，而对描写人性与人情的作品则采取批判或不予承认的态度。所以"本时期的那些偏离、或悖逆主流文学规范的主张和创作"，被称为"非主流"。[01] 这些"非主流"作品主要产生于文艺政策调整时期，或对文学创作的规范有所放松，或对新政策有多样理解，表现的主题是在新的社会环境下，人的情感和精神世界如何发生变化，如何处理人与人之间的关系以及新的矛盾。中华人民共和国成立初期，萧也牧和路翎分别创作的《我们夫妇之间》和《洼地上的战役》，不同于主流话语所界定的现实主义作品，它们以人物的情感世界和变化来表现现实环境，以生活细节感染读者，从另一个视角反映了知识分子和革命战士的真实生活和精神世

---

[01] 洪子诚：《中国当代文学史》，北京大学出版社 2009 年版，第 122 页。

界，虽然受到一部分读者的好评，但随之而来的批评愈演愈烈。其他如碧野的《我们的力量是无敌的》、白刃的《战斗到明天》等都成为批判的对象。1956年至1957年的"百花时代"中，作家进一步扩大了创作题材，写了反映干部政治生活、批判官僚主义和主观主义的"干预生活"小说，代表作是《组织部来了个年轻人》（王蒙）。同时还突破了禁写爱情的局限，出现了《红豆》（宗璞）、《在悬崖上》（邓友梅）、《小巷深处》（陆文夫）等挖掘人们在爱情生活中表现出来的美好情操和高贵品质的作品。

（一）"异端"小说

20世纪50年代初，在众多充满着革命激情主义和革命乐观主义的作品中，出现了一些反映现实生活中人性和人情的小说，不同于主流话语所界定的现实主义作品，它们以人物的情感世界和变化来表现现实环境，以生活细节感染读者，其中成就最显著的是萧也牧的《我们夫妇之间》和路翎的《洼地上的战役》。但在当时，它们却被认为是"异端"小说而遭到严厉的批判，被划到所谓的"资产阶级人性论"的范畴里。

萧也牧的《我们夫妇之间》发表于1950年《人民文学》第3期，描写知识分子出身的干部李克和工农出身的张同志，尽管在家庭背景、文化水平、生活习性上有很大的差异，但婚姻还算融洽。然而，在革命战争结束进入城市以后，两人在看待一些非原则性的问题上产生分歧，冲突不断。最终矛盾和解，夫妻感情又温馨如初。这篇小说平铺直叙，洗练通俗，真实地反映了不同文化层次的夫妻在婚姻家庭生活中出现的问题以及如何解决矛盾，从而表现人物思想感情和心灵世界的变化。

萧也牧的《我们夫妇之间》

但是，1951年6月10日，陈涌在《人民日报》上发表了《萧也牧创作的一些倾向》，第一个对《我们夫妇之间》进行了严厉的批评。陈涌认为萧也牧是依据小资产阶级的观点和趣味来看待现实，脱离真实生活，迎合了小市民的欣赏趣味，这样的创作方式要引起警惕。同年6月20日，化名为李定中的冯雪峰在《文艺报》四卷五期上发表了《反对玩弄人民的态度，反对新的低级趣味》，指出小说从头至尾都在玩弄工农出身的张同志，对人民没有丝毫真挚的热爱，是一种阶级敌人嘲笑劳动人民的心理。为了进一步强调作品错误倾向的严重性，丁玲在 8 月 17 日的《文艺报》上发表了《作为一种倾向来看——给萧也牧同志的一封信》，肯定了陈涌的批判，认为文艺界确实存在一种错误的创作倾向，甚至指出萧也牧的作品已经被一部分人当作旗帜来反对毛泽东确立的文艺为工农兵服务的原则，拥护小资产阶级的低级趣味。归结起来，当时批判《我们夫妇之间》的"错误"主要集中在三点：第一，作者站在资产阶级的立场上，描写日常琐事，扭曲现实；第二，丑化劳动人民出身的革命干部，误导人民群众；第三，宣扬小资产阶级的庸俗观念，分化人心。在沉重的现实压力之下，萧也牧被迫写了《我一定要切实地改正错误》的检讨文章，承认自己进城后在创作上感到迷茫，不大喜欢老解放区的小说，检讨了自己作品存在的错误和问题。但是后来，他还是被打成了"右派"。然而，在今天看来，这部作品却恰恰真实地反映了中华人民共和国成立后一大批知识分子和革命干部的实际境况，通过他们在适应新生活的过程中所发生的思想变化，提出了如何解决社会生活、家庭生活中的新矛盾，具有强烈的现实意义。

小说通过人物思想感情的变化来刻画人物的性格，采用了第一人称叙事方式，以知识分子出身的丈夫"我"的口吻，叙述了妻子张同志在新的生活中不断调整自我，明确自我角色和位置，从而逐步"成长"的过程。张同志是农民出身、一心向着革命的"劳动英雄"，对新中国建设抱着美好的愿望，为了革命工作她能做到鞠躬尽瘁。困苦的生活境遇和严峻的斗争形势使她表达喜憎情感的方式比较简单直接，甚至有些泼辣，再加之文化程度不高，缺少生活情趣，所以在性格上除了淳朴、率直外，还带有狭隘、保守的特点。另外，小说还较早地反映出了当时的许多党员干部进入城市后，植根于他们头脑中的农民意识使他们排拒城市文明。值得注意的是，作者并没有以阶级论来简单地处理城乡意识的冲突，而是在作品里通过肯定张同志的一系列转变的方式表达了他希望来自农村的干部也能接受城市文明的意识，这在当时是十分难得的。

路翎的《洼地上的战役》写于 1953 年 11 月，这是路翎到朝鲜战场和中国人民志愿军一起生活了一段时间后写就的。小说描写了志愿军侦察员王应洪与朝鲜房东的女儿金圣姬之间真挚纯洁却无法实现的悲剧爱情，以优美动人的笔触，塑造了王应洪、金圣姬和侦察班长王顺三个可爱的人物形象，细腻真实地表现了三个人高尚无私的精神品质。年轻战士王应洪，内心有着对金圣姬甜蜜又惊慌的爱意，严格服从战争需要，怀着对爱人、亲人、国家的思念

路翎的《洼地上的战役》

之情，勇敢地献出了宝贵的生命；19 岁的朝鲜姑娘金圣姬，将纯洁的爱情大胆地奉献给王应洪；侦察班长王顺，最早发现王、金两人的爱情，却能持同情和理解的态度，还为这段不可能实现的爱情采取一些措施和方法，充满了革命人情味。这部作品是围绕着"纪律和爱情"的矛盾冲突展开叙述的，王应洪一方面以部队严明的纪律约束着自己，另一方面内心深处藏着对金圣姬浓厚的爱意，最终为了国家、集体的利益放弃了个人追求爱情的正当权利，把生命献给了革命。

　　1954 年至 1955 年间，《洼地上的战役》遭到了批评家们的严厉指责，其中最具代表性的文章是《文艺报》1954 年第 12 期上刊登的侯金镜的《评路翎的三篇小说》。他认为这篇小说错误反映了部队的政治生活，两个年轻人之间的爱情悲剧是"把人民军队所进行的正义的战争和组成人民军队的每一个成员的理想和幸福对立起来的描写，是歪曲了士兵们的真实的精神和神圣的责任感"，不能积极引导读者。还指出路翎"没有彻底地放弃他的错误思想和错误的创作方法"。对此，路翎写了近 4 万字的《为什么会有这样的批评？》来回应，连载于《文艺报》1955 年的第 1、2 期合刊和第 3、4 期上。他拒绝接受批评者对他小说感情"阴暗"、表现了"悲剧式"结果的指责，反复申明个体价值并不是情感、"历史"评价的立场和尺度，"描写了战士对于和祖国的斗争现实结合着的家乡、亲人的感情"，并不是"描写个人和集体主义的对立"，也不是"宣扬个人主义"。同时反对批评家们随意指控的"资产阶级"以至"反抗祖国"的罪名，认为这种批评会产生极大的危害性，"严重地摧残着文学创作的生机"。

《洼地上的战役》最富特色的是对人物心理活动的描写，尤其是王应洪的内心活动，以及他与金圣姬相处时的言行和神态描写，生动细致地反映出其内心的挣扎，既体现其作为一名战士的革命性的一面，又体现其作为一个初尝爱情滋味的大男孩的慌张与甜蜜。路翎以此丰富了革命战士的形象，突破了革命战士只有面对敌人的英勇，只有铁的纪律，却少有常人的柔情的僵硬模式。小说从细处着眼，挖掘人的心灵世界和思想情感，充满了革命的人情味，而不是乏味的政治图解，可以说是"当代现实主义小说创作的一个新形态和新起点"[01]。

（二）"百花"文学中的小说

1956 年至 1957 年上半年，中国思想文化界出现了短暂的活跃局面。1956 年 5 月 2 日，毛泽东在最高国务会议上，提出了"百花齐放，百家争鸣"的发展科学、文化的方针，文艺界因之受到了极大的鼓舞。5 月 26 日，中宣部部长陆定一在怀仁堂向科学界和文艺界的代表人物做了题为《百花齐放，百家争鸣》的报告。由此，"双百"方针正式成为科技界、文艺界的指导思想。这一方针的提出还受到了苏联"解冻文学"的影响，促使文艺界对公式化、教条化现象和政治干预等现象有了表达不满的机会。作家和理论家都渴望有积极的突破，能够更加真实地面对生活现实，能够有一定的创作空间。理论家们发表了许多有影响的文艺理论批评文章，如何直（秦兆阳）的《现实主义——广阔的道路》、周勃的《论现实主义及其在社会主义时代的发展》、陈涌（杨思仲）的《关于社会主义的现实主义》、钱谷融的《论"文学是人学"》、巴人（王任叔）的《论人情》、刘绍棠的《我对当前文艺问题的一些浅见》等，对诸如社会主义现实主义的问题，典型的问题，形象思维问题，作品的真实性、思想性和艺术性的关系，文艺与政治的关系等展开广泛的讨论和批评。

1956 年，文坛提出了"干预生活"的口号，一大批怀抱着理想和责任的青年作家写出了干预生活、暴露问题、揭露阴暗面的作品，文学创作生机勃勃，取得了前所未有的丰收。刘宾雁的《在桥梁工地上》、王蒙的《组织部来了个年轻人》、李国文的《改选》、李准的

---

[01] 吴秀明：《中国当代文学史写真（上）》，北京大学出版社 2010 年版，第 151 页。

《灰色的篷帆》、刘绍棠的《田野落霞》、耿龙祥的《入党》等，均以高度的社会责任感，大胆地干预生活，及时反映人民内部的复杂矛盾，揭露和批判官僚主义和其他政治经济体制上的种种弊端。此时期，一些作家也打破了不能描写爱情的禁忌，创作了表现爱情的温情之作，如宗璞的《红豆》、李威仑的《爱情》、邓友梅的《在悬崖上》、陆文夫的《小巷深处》、刘绍棠的《西苑草》等，深入发掘了人们在爱情生活中展现出来的心灵世界，赞颂了高尚的品质和美好的情操，批判了丑陋的灵魂和卑劣的行径，使读者获得正确积极的爱情观。但是，在1957年的反右派斗争中，不少作品被打为"毒草"，作者也受到批判，有些还被划为"右派分子"。直到二十多年后，这些作品中的优秀之作成为"重放的鲜花"，得到了应有的肯定。

王蒙的《组织部来了个年轻人》讲述的是一个中国社会"疏离者"的故事。富于激情的"外来者"林震因为工作积极，被调到区委组织部任干事，但他的一腔热情与官僚主义作风严重的环境格格不入，产生了不可避免的矛盾，他因此感到困惑与失望，但最终还是选择与官僚主义做斗争。小说塑造了具有官僚做派的典型人物韩常新和刘士吾，但刘士吾更复杂，他热爱文学，对事物有真实的想法，他认为行政体系的运转有自身的惯性，他不想打破这个惯性。这种对政治、对生活的看法显然不能被林震这样的青年人所理解。小说中还出现了赵慧文这个形象，她是年轻的女性知识分子，受到林震的鼓动，重拾失落许久的鲜花、歌声，恢复亮丽的生活。与林震相互吸引，但在现实生活中不能发展为爱情。

小说揭露了存在于党政机关中的官僚主义作风的问题，一经发表就在社会上引起了热烈的反响。但随后批判的声音逐渐占了多数。李希凡认为小说描写的生活具有一定的真实性，但只以这样的由现象堆积而成的典型环境来代表整个机关和领导干部的情况，严重歪曲了社会现实的真实。马寒冰也批评王蒙小说中的人物只是个别，不具有普遍性。但是，为了保护新生力量，毛泽东多次提及这篇小说时对王蒙给予好的评价，认为反驳王蒙的态度不适当。这样，批评界也开始改变原先的责难态度，肯定王蒙及其作品。但是，在反右派斗争中，王蒙被打成"右派分子"，流放到新疆16年。

为了贯彻"双百"方针，1957年《人民文学》"革新特大号"将宗璞创作的《红豆》作为"新人的作品"推荐发表，但是随后遭到了严厉的批判，认为其宣扬了资产阶级的"人情味"和爱情观。这部小说描写的是革命背景下的爱情悲剧故事，主人公江玫和齐虹曾经因为共同的爱好兴趣而相爱，但由于生活态度和政治立场的分歧而导致爱情的夭折，由此表现人生在"十字路口的搏斗"。不过，爱情悲剧的过程更让人心痛。江玫本是专心学业的女大学生，纯净得像一杯蒸馏水，"白天上课弹琴，晚上坐图书馆看参考书，星期六就回家"。在最美的年纪她遇到了银行家少爷齐虹，同样是神采飞扬、青春激荡的大学生，爱音乐，爱文学，谈理想，创未来，他们很快擦出了爱情的火花。江玫的室友萧素却把她带入了另一个"世界"，灌输革命理念，畅谈人类解放，号召她去参与任何值得行动的伟大事业。革命线索与爱情线索相互交缠，一方面是纯洁的初恋，另一方面是历史的洪流，小说真实地深入了女主人公丰富的内心世界，写出了甜蜜而又痛苦，向往而又矛盾的复杂心情，他们的爱情之路也因此一波三折。最终，在参加了请愿游行，得知父亲死亡的真相之后，江玫的天平才完全倾向了革命事业，甘愿为广大人民的解放与幸福奋斗到底。显然，江玫和齐虹的个人立场都是十分坚定的，只不过他们在革命浪潮风起云涌的时代谁也不肯妥协。

小说是在主人公江玫回忆并反思那段脆弱、迷误的爱情经历上展开的，但是这种反思并不彻底，尤其在描写爱情时，一些必要的过程、过渡等细节处，都会呈现出个人对这段感情的同情。据此，批判者集中于批判作者并未站在工人阶级的立场来写小资产阶级知识分子的心理，偏离了革命文学的方向。归根到底，《红豆》本质上是一个相当矛盾且对比性强的文本，男女主人公的交往过程充满了迷人的罗曼蒂克情景："他们散步，散步，看到迎春花染黄了柔软的嫩枝，看到亭亭的荷叶铺满了池塘。他们曾迷失在荷叶清远的微香里，也曾迷失在桂花浓酽的甜香里，然后又是雪花飞舞的冬天。"这是典型的"五四"文学笔法，读者从中看到了人性的美好以及美遭到毁灭性打击之后带来的无限感伤与悲痛，在当时主流意识形态的叙事框架之外，旧有的文学传统得以复活，并实现了两者的最佳结合，从而给人以思考和启迪。

上述作品的出现，是"十七年"文学突出重围的一大进步。宽松的政治环境使知识分子的自我意识得以复苏，他们在丰富和表达自身的精神世界方面向前迈了一大步。但是，"百花"时代很快就结束了，在随之而来的反右派斗争中，这些创作被称为"逆流"而遭到严厉的批判，一些作家也被错划为"右派分子"。

三、历史题材小说

50 年代末至 60 年代初，当代文学史上出现过一个短暂的历史题材创作的繁荣局面。"双百"方针的提出，为多种题材的创作提供了可能性。但是 1957 年的反右派斗争，又形成了新的禁区，作家只能转向历史，隐晦地表达对现实的态度和内心的愿望。因而，这部分创作不同于革命历史题材的小说，不具备鲜明的政治意识形态色彩。这时期重要的历史小说有陈翔鹤的短篇《陶渊明写〈挽歌〉》《广陵散》，黄秋耘的短篇《杜子美还家》《鲁亮侪摘印》，冯至的短篇《白发生黑丝》，姚雪垠的短篇《草堂春秋》、长篇《李自成》(第一部)等。

1961 年，《人民文学》第 11 期刊载了《陶渊明写〈挽歌〉》，在社会上引起了较大的反响，知识分子从中感受到了中华人民共和国成立后难以坚持的个人自主意识。小说讲述了陶渊明晚年想找慧远法师讨论佛法，但不想慧远态度冷淡傲慢。陶渊明最终回到东林寺，回顾自己的一生后，写下《挽歌》和《自祭文》。作者在平实质朴的叙述中，表现了陶渊明对自己坎坷一生的感慨和对死亡旷达洒脱的态度。陈翔鹤塑造的都是一些不同流合污但又无可奈何的知识分子，如《广陵散》中的嵇康，不慕权贵，崇尚自由，被钟会陷害，最后与吕安一起被司马集团杀害。嵇康的死，正是身处政治旋涡之中无处容身的知识分子的写照。陈翔鹤擅长以"横截面"刻画人物形象，截取生活中的某一个片断或场景来突出其主要性格特征，这些小情景不仅极具代表性，而且在特定的时代背景下丰富了文本世界。《陶渊明写〈挽歌〉》中陶渊明与慧远的交涉、《广陵散》中嵇康与钟会的冲突看似闲笔，实则为后文隐藏的浓郁悲剧做了铺垫，死亡以艺术的方式得以呈现，象征意味深长。陈翔鹤以创作历史短篇小说的方式，在一定程度上寄寓了自己对所经历的政治纷扰的感慨，表露出对生活消沉失意的态度，同时为理解当时一些知识分子的精神立场提供了很好的文本依据，"作者的个性、爱恨褒贬也才能通过对历史的重塑表现出来"[01]。但在"文革"期间，他却被指责成是在影射政治斗争，攻击党的决议，为"右派分子"煽风点火，因而遭到迫害。

　　姚雪垠写《李自成》五卷本，从 1957 年动笔写起到 1999 年全部出齐，历时 42 年，近 300 万字，描写的是中国历史上规模最大、最著名也最具代表性的李自成领导的农民起义，试图站在历史唯物主义的高度对起义失败的经验教训进行总结，揭示中国封建历史发展的规律与本质，全景式地展示那个历史时代的社会生活。第一卷（上、下）出版于 1963 年，写明王朝内外交困，朝廷密谋对外议和全力剿匪；起义军潼关南原大战失利，但虽败犹荣，转入商洛山区潜伏。第二卷（上、中、下）出版于 1976 年，写李自成和张献忠谷城相会；起义军杀出重围，攻破洛阳，扭转形势。第三卷出版于 1981 年，写明清对峙的松山之战，李自成与官军的开封之斗。最后两卷写李自成进北京；起义军进城后自满腐败，最后导致悲剧的结局。这部小说被誉为中国封建社会的百科全书，运用典型化的方法再现了当时的历史事件、人物和生活面貌。在塑造人物形象上，既写出了李自成卓越的军事才能、严于律己和宽以待人等优秀的品质，也写出了他的天命观和流寇思想等弱点。而对于反面人物崇祯皇帝，也没有做简单化处理，主要突出其刚愎自用、残忍多疑的特点。但是人物也有理想化的缺点，有李自成过于"现代化"的说法。情节上多线条复式发展，结构上呈现单元化组合形式，语言丰富多彩，具有民族风格。《李自成》

姚雪垠的《李自成》

[01] 陈思和主编：《中国当代文学史教程（第二版）》，复旦大学出版社 2005 年版，第 120 页。

是特定年代的产物，不可避免地带上了时代烙印，以中国现代农民武装斗争为写作参照，传达出政治思想路线的正确以及巩固革命队伍的重要性，映射出封建社会农民起义的局限性以及中国共产党领导下的农民起义取得成功的主要原因。在 1985 年到 1988 年间文艺界关于"文学主体性"论争的背景下，姚雪垠和他的《李自成》一度被推到风口浪尖，这恰恰证明了作家创作《李自成》的历史特殊性，作品也不得不在此基础之上理解时代主题，并担负表现使命，从而使得自身呈现出复杂性。

第七章

诗 歌

一、当代新诗发展的传统和特点

中华人民共和国成立后，诗歌创作进入快速发展时期。首先，时代需要诗歌这一最直接表情达意的文体来拉近社会距离。其次，中华人民共和国成立后出现过几次有关中国诗歌发展道路的争论，国家领导人、著名诗人和批评家都参与其中。再次，在文学的"工农兵方向"号召下，诗歌创作主体发生了质与量的变化，文化水平不高的群众也加入了写诗的行列，直至"新民歌运动"达到高潮。显然，在翻天覆地的变化面前，诗歌作为上层建筑的一种意识形态，扮演了阶级斗争最敏感的神经器官之一，因此在与政治文化结缘的现实情况下，对诗歌的艺术规范也就变得举足轻重起来。那么，作为一种与历史、现实以及人们的观念意识、价值取向等方面都有密切关系的文学形式，诗歌所面临的传统资源如何抉择、重新定位以及在新的社会形势下自身又会呈现怎样的发展特点，这是一个无法回避的问题。

当代文学是新的人民的文学，是革命的文学，从内容到形式都有创新，但仍然强调继续学习，"我们十分重视而且虚心接受中外遗产中一切优良的有用的传统，特别是苏联社会主义文学艺术的经验"[01]。当代诗歌的传统继承也沿袭了这个方案，问题在于，哪些是"优良的有用的"，哪些又是不优良的，没有用的，这需要做出甄别

---

[01] 周扬：《新的人民的文艺》，《周扬文论选》，人民文学出版社 2009 年版，第 377 页。

和判断。50 年代曾经出现过几次关于新诗问题的讨论，实际上牵涉的是关于诗歌传统继承的探讨。第一次出现在 1950 年 3 月，《文艺报》编辑部组织了关于"新诗歌的一些问题"的笔谈，发表了萧三的《谈谈新诗》、田间的《写给自己和战友》、冯至的《自由体与歌谣体》、马凡陀的《诗歌与传统的关系》、邹荻帆的《关于歌颂》、贾芝的《对于诗的一点理解》、林庚的《新诗的"建行"问题》、彭燕郊的《诗质和诗的语言》、王亚平的《诗人的立场问题》、力扬的《关于诗》、沙鸥的《谈诗的偏向》总共 11 篇笔谈文章，集中讨论了新诗的内容、形式、诗人的学习和修养等广泛引起注意的问题。新诗的内容受到极大关注，要求表现新的人物，新的世界，"站在人民大众的立场"，"歌颂战斗，歌颂人民胜利，歌颂人民领袖"[01]，力扬为此主张好的新诗应该用辩证唯物主义的观点继承中外的优良的文学遗产，"向新国家的主人——工、农、兵群众及其生活斗争学习"，"没有学习，是写不出'好诗'的"[02]。马凡陀和冯至重点强调了旧诗和民间歌谣作为传统所体现出来的影响和作用。"创作新诗歌当然要讲求它的内容，但形式和技术也不容忽视。""新诗歌应该学习旧诗歌的简洁、精练、高度集中。"[03]"歌谣体的诗是有它优良的成绩的，最显著的例子是王希坚的翻身民歌，作者采取了人民朴素的语言，表现新的内容，通过民歌形式而不受这形式的限制。"[04] 第二次是 1953 年 12 月至 1954 年 1 月，中国作家协会创作委员会诗歌组召开的三次关于诗歌形式问题的讨论会，重点是关于格律诗和自由诗的争论。第三次是 1956 年 8 月至 1957 年 1 月，《光明日报》等报刊开展的关于旧体诗词可不可以利用和如何利用的问题。第四次是 1958 年伴随"新民歌运动"而引发的"新诗发展道路问题"的论争，讨论的是新诗的"革命"和"反动"，"主流"和"逆流"的问题。经过多次反复论争，当代诗歌的传统继承逐渐清晰起来，主要体现在两个方面。第一，通过对旧诗和民间歌谣体诗的大力倡导来否定和压制新文学的新诗传统，以此迎合文艺大众化方向。文化水平不高的工农兵群众这样

---

[01] 王亚平：《诗人的立场问题》，《文艺报》1950 年 3 月 10 日第 1 卷第 12 期。

[02] 力扬：《关于诗》，《文艺报》1950 年 3 月 10 日第 1 卷第 12 期。

[03] 马凡陀：《诗歌与传统的关系》，《文艺报》1950 年 3 月 10 日第 1 卷第 12 期。

[04] 冯至：《自由体与歌谣体》，《文艺报》1950 年 3 月 10 日第 1 卷第 12 期。

写诗倒情有可原，问题是许多知识分子也像他们一样写诗，而且成为一种时髦和趋势。"在目前的诗歌创作上，快板、顺口溜、歌谣、韵文之类的东西占着绝对的优势。""绝大部分知识分子出身的诗歌工作者，生硬地套用着四季调五更曲之类的旧形式，装腔地抄袭着民间歌谣，表示自己是在进步，是在为工农兵服务。"[01] 何其芳批判了这种一叶障目的文学行为："有的人似乎只知道旧诗是一个应该重视的传统，却忘记了'五四'以来的新诗本身也已经是一个传统。他只知道和旧诗太脱节不对，却没有想到简单抹煞（杀）了'五四'以来的新诗也不对。"[02] 第二，对"五四"以来 30 多年的现代新诗的评价不仅仅关系到是否它已经成为一个传统这样简单，而是关系到它的合法性问题。实际上，一旦当代诗歌被视为并不是单纯地抒发感情，而是有着一定的阶级性和政治目的之后，对新诗的传统评判只能通过两条路线和两个阵营的斗争来认定了。一个是属于人民大众的进步的革命传统，代表性作家有郭沫若、蒋光慈、殷夫、蒲风、臧克家、艾青、田间、公木、何其芳、张光年、朱子奇、严辰、袁水拍、李季、柯仲平、阮章竞、张志民等，他们和他们的新诗作品位居"主流"地位，并得到了出版的机会；另一个是属于资产阶级的反动的腐朽的诗歌阵营，代表作家有胡适、李金发、徐志摩、戴望舒、胡风、阿垅、冀汸等，他们和他们的新诗作品位居"逆流"，从而被打入冷宫。这样的界定一旦以权威的声音进行干预，无形中为当代诗歌的创作提供了重要的参照和规范。

　　当代诗歌所受到的外来传统的影响和所做的借鉴也以政治意识形态作为衡量标准。在两大阵营形成冷战背景的形势下，苏联所创造的新文学应当成为建设新中国文学的范例，在时间上它甚至更早："我国革命的新文艺，是在伟大的十月革命的感召下产生的，是世界无产阶级社会主义文学艺术的一部分。"[03] 中华人民共和国成立初期，中国与苏联保持了同步话语，在苏联的影响下，对"两个世界的文学"持绝对态度，对外国诗歌的翻译和介绍以社会功能和立场取向作为衡

---

[01] 艾青：《谈大众化和旧形式》，《文艺报》1950 年 4 月 10 日第 2 卷第 2 期。

[02] 何其芳：《话说新诗》，《文艺报》1950 年 5 月 10 日第 2 卷第 4 期。

[03] 周扬：《我国社会主义文学艺术的道路》，《周扬文论选》，人民文学出版社 2009 年版，第 426 页。

量先进与否的重要标准，它带有强烈的阶级斗争色彩，从革命的目标和方向出发作为指导方针。总的来说，新中国对于欧美国家的诗歌艺术采取了警惕乃至排斥的态度，译介的作品必须经过十分严格的筛选，弥尔顿、惠特曼、海涅、拜伦、雪莱、阿拉贡、威廉·布莱克、汤玛斯·麦克格拉斯以及宪章派诗人等同情人民、鞭挞权贵的民主革命诗人的作品成为重点译介对象，而华兹华斯、柯勒律治、骚塞、艾略特、里尔克、马拉美、魏尔伦等倾向现代主义的诗人的作品则受到严厉批判，例如《译文》1957 年第 7 期刊出的波特莱尔"专辑"，为了引导读者，编者甚至设置了一个"按语"："'恶之花'（Fleurs du mal），按照波特莱尔（Charles Baudelaire）的本意，是指'病态的花'。原书的里封面上印有一句题辞：'……，将这些病态的花献给……。'我国过去一向译成'恶之花'，这'恶'字本应当包含丑恶与罪恶两个方面，然而却往往被理解为罪恶或恶毒，引申下去，恶之花就被当成了毒花、毒草甚至毒药了。"[01] 另一方面，尽管对于社会主义苏联诗人持欢迎姿态，但是新中国诗界仍然按照特定的政治立场和艺术标准进行了有区别的对待。1957 年反右派斗争以前，中国几乎是亦步亦趋地模仿和学习苏联的诗歌创作。普希金、莱蒙托夫、马雅可夫斯基、西蒙诺夫、吉洪诺夫等以诗歌为武器跟黑暗和反动势力做斗争的诗人受到热烈欢迎和推荐，其作品从而获得了出版的机会。像马雅可夫斯基，不仅出版了 5 卷本的选集，而且他的诗歌内容和形式都受到了中国诗人的追捧和模仿。相反，那些受到苏联当局审查和批判的诗人在中国也受到冷落和限制。不过，随着苏共二十大以后中苏关系开始微妙起来，这种情况发生了变化。"1956 年 2 月苏共二十大后以毛泽东为首的中共中央就破除对苏共和斯大林的迷信，冲破教条主义，走自己的路，做了许多深入有益的探讨。"[02] 中国对苏联的诗歌译介自然也体现出来，1963 年 3 月，《苏联文学》英文版向西方世界推荐了两个初出茅庐的女诗人瑞玛·卡扎柯娃和斯维特兰娜·叶甫赛也娃，中国不能容忍苏联官方刊物的行动，把它看作社会主义文学投靠西方的"改良"，索性发动了一次清算总动员，对在苏联走红的阿赫玛托娃、茨维塔耶娃、叶甫杜申科、阿赫玛杜琳娜、维克多·波可夫等诗

---

[01]《恶之花（选译）·编者》，《译文》1957 年第 7 期。
[02] 夏杏珍：《"百花齐放，百家争鸣"方针形成过程的历史回顾》，《文艺报》1996 年 5 月 3 日。

人加以鞭挞和批判，矛头直指苏联政府："这些精神堕落的青年诗人，自称是'二十大和二十二大的产儿'，这是意味深长的。现代修正主义者，在政治上投降帝国主义，在意识形态上同资产阶级合流，资产阶级思想和资产阶级生活方式就大肆泛滥开来，文艺上就自然出现这种颓废的倾向。"[01] 可见，新中国对外国诗歌的译介采取的也是非此即彼的二元对立原则，这个原则同时也是中国新诗发展的传统之一，它一度引起人们的反思："新诗领域中长期存在非此即彼的二元对立的思维模式传统，是影响新诗健康发展的深层原因。"[02]

由此可见，"十七年"诗歌发展的传统主要集中于 30 年代的左翼革命诗歌、40 年代的延安解放区诗歌以及苏联的政治革命诗歌，在崭新的生活和火热的斗争过程中，一旦与工农兵结合，它原有的特点越发明显和突出。在主题内容上，当代诗歌强调为现实政治服务，要求歌颂新的世界和新的人物，反映阶级斗争和生产斗争，工农兵不仅与英雄人物一起成了诗歌中的主人公，而且成了诗歌创作的主体。在风格形态上，当代诗歌高举乐观主义精神的旗帜，倡导"颂歌"和"战歌"的诗歌范式，宣扬奋发向上的英雄气概和集体主义的伟大力量，配合风起云涌的时代风貌，政治抒情诗成为五六十年代的一道独特文学景观。在艺术形式上，当代诗歌大众化、民族形式的风格已经成为发展趋势，它一方面从语言入手与工农群众相结合，使得诗歌语言达到了相当大众化的程度，另一方面与民间的文艺形式相结合，以群众喜闻乐见的形式，显著的民族特色，力图为新诗的大众化、民族化方向找到解放的正确途径。

二、叙事诗和政治抒情诗

"十七年"诗歌创作过程中出现的两种最重要的诗体模式是叙事诗和政治抒情诗，从创作方法上来说，它们是现实主义和浪漫主义进一步强化的结果；从诗歌表现内容上来说，它们是一致的，那就是通过诗歌表达对国家富强的深切愿望。叙事和抒情作为当代诗歌的两种重要表现维度，映射出文学与社会之间存在的互动关系。

中外诗歌的叙事传统源远流长，这影响了新文学发展。"五四"

[01] 黎之：《〈垮掉的一代，何止美国有！〉》，《文艺报》1963 年第 9 期。
[02] 谢向红：《中国新诗的八大传统》，《江海学刊》2004 年第 3 期。

文学的一个重要发展趋势是提倡为人生而艺术，写实性和叙事性受到重视，新诗加入了这股浪潮。鲁迅、胡适、徐志摩、闻一多等强调重视叙事诗的创作，朱湘、刘大白、沈尹默等创作出了早期叙事诗作品。到了 30 年代，叙事诗进一步得到发展。茅盾发表了《叙事诗的前途》一文，明确了叙事诗的概念和意义，指出新诗可以走由抒情向叙事转变的道路，冯至、韦丛芜和朱自清等人展示出了创作叙事诗的非凡能力。与此同时，叙事诗受到了左联的重视，被看作解放和革命的正途。40 年代，在抗战与民主的革命战争背景下，延安解放区一度将叙事诗当成最重要的诗歌潮流。当时从事叙事诗创作的作家还不少，也推出了一些优秀作品，如田间、艾青、臧克家、李季、袁水拍、张志民等诗人，流传较广和影响较大的经典叙事诗作品有田间的《赶车传》《她也要杀人》，艾青的《他死在第二次》《吴满有》，李季的《王贵与李香香》，阮章竞的《圈套》《漳河水》，张志民的《死不着》《王九诉苦》，等等。在题材内容上，这一时期的叙事诗广泛表现了战争背景下农民和军队的生活；在艺术形式上，作家大胆向民间文学学习，积极借鉴和吸收了民歌说唱艺术的成分，提倡能歌唱的体裁，强调文体渗透互补，采取小说戏剧的态度和技巧，刻画人物形象、推进故事情节发展和揭示矛盾冲突的特征越来越明显，以吸引更多的读者对象。从叙事诗的创作主体来看，他们主要来自两部分，一部分是在革命战争年代就相当活跃的老作家，另一部分是竞相涌进诗坛的青年诗人，他们汇集起来齐心协力通过诗歌这一特殊的文学体裁表达对共和国建设的积极参与。不过，他们对叙事的理解和写实的展现主要不是来自自发性、情感主义和个人主义，而是与共和国建设者决心追求的既定方针保持高度统一，是主观功能服务的一种体现；与此同时，他们对于诗歌与小说、戏剧、散文之间的互动也是为内容服务的，艺术探索作为反映社会和教育人民的一种特殊手段被人为地设定。

"十七年"时期叙事诗发展相当迅猛，掀起了创作热潮。40 年代解放区的叙事诗有 40 来首，而这个时候却以倍数增长，仅长篇叙事诗就达到了 100 多首，其中为人们所熟知的有李季的《菊花石》《生活之歌》《杨高传》（包括《五月端阳》《当红军的哥哥回来了》和《玉门儿女出征记》三部）、《海誓》《剑歌》《向昆仑》，阮章竞的《白云鄂博交响诗》《金色的海螺》，闻捷的《我们遍插红旗》《复仇的火焰》（包括《动荡的年代》《叛乱的草原》和《觉醒的人们》三部，其中第三部未完），李冰的《赵巧儿》《刘胡兰》，艾青的《藏枪记》，郭小川的《白雪的赞歌》《深深的山谷》《一个和八个》《严厉的爱》《将军三部曲》（包括《月下》《雾中》《风前》三部），乔林的《白兰花》，臧克家的《李大钊》，白桦的《鹰群》，王致远的《胡桃坡》，梁上泉的《红云崖》，韩起祥的《翻身记》，等等。在这当中，既有传记型叙事诗，如臧克家的《李大钊》，全诗共分 16 章，按照时间顺序来展开李大钊不同时期和不同角度的生活片断，从家庭、战争、民族、国家等多方面将一个革命先驱伟大而又平凡的人格展现出来；又有侧重虚构人物形象的叙事诗，如田间的《赶车传》、李季的《杨高传》、李冰的《赵巧儿》，乔林的《白兰花》等，注重突出尖锐激烈的矛盾纠葛，描绘错综复杂的典型环境，通过重大历史事件来揭示人物性格与命运，从而促进了"诗体小说"和"诗体故事"的出现。这一时期叙事诗发展的另一亮点是对少数民族民间故事和素材进行整理、挖掘和改编，该项工作吸引了很多诗人积极参与，经过他们的努力，最终发表和出版的作品有艾青的《黑鳗》、唐湜的《划手周鹿之歌》、韦其麟的《百鸟衣》、包玉堂的《虹》、胡昭的《响铃公主》、晓雪的《美人石》、公刘的《望夫云》、白桦的《孔雀》、高平的《紫丁香》以及彝族的《阿诗玛》、蒙古族的《嘎达梅林》、傣族的《召树屯》、苗族的《张秀眉之歌》、回族的《尕豆妹与马五哥》等。在重视民族团结和国家统一的社会背景下，这些作品体现出文艺功能与政治功能的比肩并重，在主题思想的选择、人物形象的刻画、故事情节的设计甚至于参与其中的文艺工作者等都不断进行变更和调整，以迎合时代的需求，"象征着非汉民族文学随着中国大陆的再一次统一，其传统文学也进入了汉语文化圈，并在当代产生了影响，在汉民族文化圈里获得了一定的地位"[01]。总的来看，诗歌与小说、戏剧之间界限的被打破，民间传说和故事对作者的视野拓展以及对读者所产生的新奇吸引力，都为叙事诗发展的多样性提供了资源和借鉴，但是诗体的越界是否合乎逻辑，民间形式鲜活泼辣的品格是否合乎庄严雄伟的时代风气，在当时也受到了批判和质疑。

---

[01] 陈思和主编：《中国当代文学史教程》，复旦大学出版社 2005 年版，第 133 页。

新中国文学的开端——十七年文学史

李季是"十七年"文学史上重要的叙事诗创作者之一，40 年代致力于收集陕北民歌，并在此基础之上利用"信天游"形式创作了著名的长篇叙事诗《王贵与李香香》，热情洋溢地歌颂了陕北三边地区人民在中国共产党的领导下翻身求解放的斗争故事，以其形式与内容的完美结合而成为延安解放区文学创作的一个样板。中华人民共和国成立后，李季致力于突破民歌在内容、形式和章法上的局限，以适应时代潮流，他力图在传统的古典诗歌和民歌风格的基础之上，"创造出一种既为群众喜闻乐见，又能准确地反映新生活内容的新形式"[01]。

作家李季

1951 年，李季在湖南民歌"盘歌"和五句体民歌相结合的基础上创作了反映连云山人民对敌斗争的长篇叙事诗《菊花石》，诗人从民间艺术中吸取养料，大胆探索新诗创作的美学路径。1952 年冬天，李季到甘肃玉门油田体验生活，成为石油工人队伍中的一员，开拓了石油工业题材，在那里发现了诗，创造了诗，先后出版《玉门诗抄》《建设的歌》《致以石油工人的敬礼》《石油诗》等诗集，并因此被誉为"石油诗人"。从 1955 年起，李季致力于长篇叙事诗的创作，先后出版了《生活之歌》（1955 年）、《杨高传》（包括《五月端阳》《当红军的哥哥回来了》和《玉门儿女出征记》三部，1959 年至 1960 年）、《海誓》（1961 年）、《剑歌》（1963 年）、《向昆仑》（1963 年）等作品。在题材内容的处理上，李季反映的社会生活面之广可以说是超越了《王贵与李香香》，从土地革命、抗日战争、解放战争到社会主义建设，再现了波澜壮阔的历史画卷和时代风貌。在语言风格的追求上，李季积极吸收民歌和群众口头语言生动形象的长处，形成了自己朴素自然、明朗清新、精练简洁的特色。在形式革新的实践上，李季在新诗民族形式的继承和发展方面做着不懈努力，为新诗民族化和群众化做出了巨大贡献，他说："就总的方向上说，我一直在探索着怎样使诗为广大工农兵群众所易于接受，乐于接受，以便更好地为他们服务。"[02]《杨高传》把七言体民歌与大规模

---

[01] 李季：《热爱生活，大胆创造》，《文艺学习》1956 年第 2 期。
[02] 李季：《〈难忘的春天〉后记》，《难忘的春天》，人民文学出版社 1959 年版。

写人叙事的鼓词等民间说唱结合起来，不仅满足了群众喜闻乐见的要求，而且反映了波澜壮阔的生活画面，正是这一点使得它成为那个时代的艺术珍品。

闻捷是"十七年"文学史上名声大噪的作家，这与他的生活和情感经历有着密切关系，他与戴厚英相互扶持及其挫折之后的强烈反差直接导致了诗人之死，"唯有自杀才是同死亡宿命的主动的抗争"[01]。诗人的辞世大大加剧了他的悲剧色彩，然而他给后世留下了宝贵的文学遗产。在40年代解放战争背景下，闻捷作为一名记者参加解放西北的战斗，并随军到了新疆，1952年任新华社新疆分社社长。正是在这片充满异域情调的土地上，浩瀚的大漠、绮丽的景色以及取之不尽的边地文学资源为闻捷找到了一条适合自己的艺术通道，从而成为新边塞诗的最早开拓者。闻捷曾经说过，要写好诗歌除了借鉴古代诗和新诗资源，还要注重"外来形式"[02]。1955年，闻捷在《人民文学》上发表了组诗《吐鲁番情歌》《博斯腾湖滨》《水兵的心》《果子沟山谣》等，以文化融合的姿态，将自己的思想情感和独特的异域景观、人文风情结合起来，在那个压抑的年代将充满生机的爱情抒写与政治意识形态彼此渗透，在实现陌生化效果的同时也为爱情主题找到了合理位置。《苹果树下》以旁观者的眼光来描绘青年男女的爱情历程，在对场景和氛围的感受中留下大量的空间去表达诗人的情感，令人耳目一新。闻捷除了对新疆各少数民族的风俗民情和神话传说表现出浓厚兴趣，还积极向苏联作家学习他们的思想内涵、审美情趣、生活题材、故事情节和人物形象等各方面的表达。《复仇的火焰》是闻捷长篇叙事诗的代表作，全诗共分三个部分，第一部《动荡的年代》出版于1959年，第二部《叛乱的草原》出版于1962年，第三部《觉醒的人们》只发表了若干片断，它是我国新文学诗歌史上"另一种形式"的代表，具有创新之举。在主题上，《复仇的火焰》表现了中华人民共和国成立初期对新疆东部巴里坤草原

作家闻捷

闻捷的《复仇的火焰》

[01] 吴晓东：《诗人之死》，《文学评论》1989年第4期。
[02] 宫玺整理：《闻捷谈诗》，《诗刊》1992年第12期。

帝国主义和哈萨克民族反动派叛乱和平息的过程。对新中国而言，这是一场重大的战争，美国的密令，台湾的反扑，英国的间谍，白俄的特务也卷入了这场战争，让这部展现兄弟民族生死存亡的英雄史诗与肖洛霍夫描写哥萨克民族生活的长篇史诗《静静的顿河》有着异曲同工之妙。在人物形象刻画上，《复仇的火焰》中年轻的哈萨克牧民巴哈尔与《静静的顿河》中的葛利高里·麦列霍夫一样是个矛盾综合体，彪悍与蛮干并存，勇猛与动摇同在，忠诚与背弃纠缠。在情节结构上，它们都由两条线索展开，以增强故事的曲折性和表现生活的复杂。在语言文字上，《复仇的火焰》对哈萨克民歌的修辞手法和歌唱形式都进行了积极的借鉴，大大加强了它的文化内涵和美学效果。这无形中证明了中国当代诗歌发展过程中存在的"缝隙"为文学的艺术呈现提供了可能性。

"十七年"时期另一重要的诗体模式是政治抒情诗，它是在五六十年代伴随着新中国文学制度化而出现的产物，徐迟是这样阐述它的："政治抒情诗是时代的先进的声音，时代的先进的感情和思想。它是鼓舞人心的诗篇。它以雄壮的响亮的歌声，召唤人们前进，来为社会主义事业进行创造性的劳动。热情澎湃的政治抒情诗是我们社会主义时代的喉舌。热情澎湃的政治抒情诗是最有力量的政治鼓动诗。" [01] 由此可见，政治抒情诗具有明确的思想规范和艺术取向，它以政治性来突出和强调意识形态，要求文艺为政治服务，反映时代的宏大主题，歌颂社会主义新生活，情感表达激越豪迈，语言表现汪洋恣肆。尽管作为文学概念的政治抒情诗出现在这一时期，然而作为独立的诗歌创作样式要往前追溯。从普罗文学开始，蒋光慈、瞿秋白等早期共产党员已经尝试以诗歌来宣传政治理念，鼓动民族的救亡运动，文学和革命、政党和政治之间建立起了直接联系，初步具备了政治抒情诗的雏形。蒋光慈的《新梦》和瞿秋白的《赤潮曲》是其中的代表作。之后殷夫的《我们》，田间的《给战斗者》《假使我们不去打仗》，艾青的《向太阳》《向世界宣布吧》《十月祝贺》《起来，保卫边区！》，臧克家的《枪筒子还在发烧》《发热的只有枪筒子》以及大量的街头诗、鼓动诗等诗歌以饱满的政治热情和激情呐喊的方式明确地

[01] 徐迟：《〈祖国颂〉序》，《祖国颂》，诗刊社编，中国青年出版社 1959 年版。

表达阶级的理想和斗志，这种昂扬奋发的气魄和刚健粗犷的风格影响了新中国政治抒情诗的创作。另一方面，"十月革命"胜利后，苏联的革命诗人也对中国的政治抒情诗产生了直接影响。马雅可夫斯基是典型的"无产阶级鼓手和诗人"，他诗歌创作上的政治意识、艺术理念、主题话语和审美精神都对中国作家具有极大的冲击力量，激发了他们的探索欲望。茅盾、瞿秋白、李初梨和成仿吾等早期革命文艺家都提到了以马雅可夫斯基为代表的苏俄无产阶级文学的"积极浪漫主义"对中国"革命文学"建构的积极借鉴。中华人民共和国成立后，当代作家完全接受了马雅可夫斯基在诗中建立起来的诗歌与政治的关系，人民文学出版社出版了《马雅可夫斯基选集》五卷本，可见诗人在中国的受重视程度，而政治抒情诗恰恰是对他的诗歌从形式到内容的直接模仿。

人民文学出版社出版的
《马雅可夫斯基选集》

　　1950 年胡风的《时间开始了！》与郭沫若的《新华颂》交相辉映，拉开了当代中国政治抒情诗的宏伟篇章，不过相对后者的古典词赋模式，胡风不但用"时间"直接标明了现代性的开始，而且用"欢乐颂""光荣赞""英雄谱""安魂曲""又一个欢乐颂"等交响乐的复调旋律展开了对宏大叙事的重新塑造，为当代政治抒情诗树立了一个榜样。"当时歌颂人民共和国的诗篇实在不少，但从眼界的高度、内涵的深度、感情的浓度、表现的力度等方面进行综合衡量，能同《时间开始了！》相当的作品未必是很多的。"[01] 何其芳的《我们最伟大的节日》、石方禹的《和平的最强音》、柯仲平的《我们的快马》、邵燕祥的《我们爱我们的土地》、郭小川的《致青年公民》、贺敬之的《放声歌唱》、田间的《祖国颂》、张志民的《红旗颂》、严阵的《船长颂》、王莘的《歌唱祖国》、艾青的《我想念我的祖国》、闻捷的《祖国！光辉的十月！》、袁水拍的《春莺颂》等政治抒情诗如雨后春笋般涌现。此外，大量诗人积极投身于政治抒情诗的创作热潮中，例如阮章竞、王老九、冯至、严辰、绿原、李瑛、沙白、韩笑、张万舒等，一时间形成蔚为大观的局面。正如柯原在《中华中华》一诗中所写："灿烂的蓝图已铺开，／让我们用忠诚与爱装点她，／让

---

[01] 绿原：《编余对谈录》，《胡风诗全编》，浙江文艺出版社 1992 年版，第 776 页。

我们用汗水与热血描绘她，／绘一幅万里锦绣黄土地，／绘一幅碧海滔滔银浪花，／绘一幅红日高悬满天下！"政治抒情诗要求诗人关注重大历史内容和政治事件，歌颂人民领袖，赞美英雄人物，通过典型环境中的审视和思辨，以崇高的品格和饱满的感情来表达对政治生活的见解，并上升到充满诗情与哲理的艺术境界。诗中始终矗立着一个民族或者阶级代言人的"大我"形象，作为抒情主人公，他总是要率直地表示对政治问题的态度，以及对社会人生的感受。在语言章法的艺术表现上，政治抒情诗将自由体诗的舒放奔泻与民歌和古典诗词的含蓄凝练结合起来，同时借用马雅可夫斯基的"楼梯体"，长句分行，讲究排比和对偶，重视节奏和韵律，同时赋予铺陈渲染，叠句咏叹，这令人联想到新月诗派的"三美"主张，多少有些影子。伴随这种审美诉求的出现，诗歌朗诵热潮应运而生，电影院、话剧社、电台、学校、工厂等大型场合不断掀起朗诵政治抒情诗的风尚，直至今日许多诗歌仍然备受青睐，正因如此，它又被称为"广场诗歌"。

贺敬之和郭小川是"十七年"时期政治抒情诗的主要代表作家，两人经常被比较。不过，他们之间最大的区别已经有人做了总结："纵观郭小川、贺敬之中华人民共和国成立以来，在诗歌创作中所走过的道路，他们有着明显的不同点：高亢豪迈的贺敬之一直在高唱光明的颂歌，而长于思索的郭小川却有过'迷乱的时刻'。"[01] 也就是说，关于坚持政治抒情诗的"颂歌"与"战歌"本质，贺敬之始终没有动摇过。贺敬之 16 岁到延安，入鲁迅艺术学院文学系学习，17 岁入党，曾与丁毅执笔集体创作我国第一部新歌剧《白毛女》，并写下了不少诗歌，后结集为《并没有冬天》《笑》和《朝阳花开》。从这个角度看，贺敬之是地地道道的"延安之子"，有着相当浓郁的"延安情结"，在《我们这一天》一诗中，他这样表达对延安的崇敬与赞美："我们的国家有延安，／引导着人民，／走向新的世纪！"在"十七年"文学史上，贺敬之也许是唯一一个专门创作政治抒情诗的作家，他以高

作家贺敬之

---

[01] 卓争鸣：《贺敬之的"光明颂"与郭小川的"迷惘期"问题刍议》，《文艺理论与批评》1997 年第 5 期。

亢豪迈的情怀创作了《回延安》《西去列车的窗口》《三门峡歌》《桂林山水歌》《放声歌唱》《十年颂歌》《东风万里》《雷锋之歌》《三门峡——梳妆台》等作品，后结集为《放歌集》和《贺敬之诗选》出版。贺敬之的这些政治抒情诗大都以充沛的激情阐发自己的政治理想、信念和所感受到的时代精神，并以此作为贯穿全诗的感情和思想脉络。《回延安》通过歌颂延安在社会主义时代的发展表达了自己的喜悦心情；《放声歌唱》是诗人为党的第八次全国代表大会而作，歌颂了社会主义革命和建设高潮；《桂林山水歌》赞美了伟大的社会主义祖国，表达了把祖国建设得更加美好的豪情壮志；《雷锋之歌》歌颂的英雄

贺敬之的《放歌集》　　　贺敬之的《贺敬之诗选》

形象立足于高度的政治觉悟和深刻的思想境界；《西去列车的窗口》更是被视为具有超前意识："《西去列车的窗口》是新中国西部开发的强音，是一曲英雄主义的赞歌。"[01] 贺敬之追求的是和谐、融通的审美价值，个人与集体、民族与国家等抽象的概念通过高度抒情化转化为艺术形象，并最终取得了统一，政治命题的阐释与抒情方式的传达相互渗透开来。在诗歌形式的表现上，贺敬之积极学习和借鉴其他艺术资源，为我所用，开拓创新。例如《回延安》和《西去列车的窗口》运用陕北"信天游"形式，节奏整齐，旋律优美；《桂林山水歌》将民歌"爬山调"的清新爽朗和新诗体的自由舒畅结合起来；《放声歌唱》《十年颂歌》和《雷锋之歌》借用了马雅可夫斯基的"楼梯"形式，并吸收中国古典诗词对仗和押韵的长处，既强调了诗歌的内容，又突出了诗歌的抒情，为它们的广泛传播奠定了基础。

三、郭小川现象

郭小川生前出版《平原老人》（1950 年）、《投入火热的斗争》（1956 年）、《致青年公民》（1957 年）、《雪与山谷》（1958 年）、《鹏

---

[01] 肖川：《新中国西部开发之强音——重读贺敬之〈西去列车的窗口〉》，《朔方》2003 年第 4 期。

程万里》（1959 年）、《月下集》（1959 年）、《两都颂》（1961 年）、
《将军三部曲》（1961 年）、《甘蔗林——青纱帐》（1963 年）、《昆仑行》（1965 年）等十余部诗集，近两百首诗歌。从数量上来看，这个数字并不值得炫耀。郭小川的独特性体现在，他通过诗歌风格的嬗变创造了自己在中国当代文学史上的位置。

中华人民共和国成立之前，郭小川已经进入诗歌界，这个阶段是诗人创作的起步期，存在"尝试"和"模拟"的倾向。郭小川将自己这一时期的诗歌称为"习作"，"很幼稚"，"没有多少保留的价值"，"属于自己思想发展的一定阶段"。[01] 在思想内容上，以揭露社会黑暗、同情劳动人民为主；在艺术形式上，以明白晓畅的文风、现实主义的笔法见长。
《女性的豪歌》突出了女性遭受屈辱的悲惨境地："鬼子的奸污，／财主的诱惑，／流氓的欺侮，／男人的轻薄……／似是万箭齐发，／向我们投射。"《老雇工》是对臧克家《老哥哥》的继承与超越，诗人将批判和控诉的笔尖直指日本帝国主义侵略者给中国普通老百姓造成的巨大创伤："只有你呵，一个白头发的老头子，／被绑在西村口那棵歪脖榆树上。""独独上了年纪的你呵，／遭了这场大灾殃。"不过很显然，解放区的光明图景使得郭小川始终站在歌唱不屈不挠精神的立场上，不吝使用的第一人称（"我"或"我们"）的语气强调陷于惨烈现实却保持高昂气节的底层形象。在诗的篇末，宣言式的收尾坚定地谴责了社会"文明"的罪恶，以及相信未来的信心，诗人"革命战士"的身份初露端倪。

中华人民共和国成立之后，诗歌创作成为配合现实斗争的最有力武器，迅速进入"政治抒情诗"阶段。政治抒情诗人数之众，诗作之多，是"十七年"的一大文学景观。在这其中，影响最大、成就最高的是郭小川和贺敬之，他们连同他们创作的叱咤一时的诗歌代表了集体身份的诉求。不过，在郭小川那里，因其皮里阳秋表达方式的运用及其带来的后果使得情况更加复杂，诗人的无奈和痛苦远远超出了那

作家郭小川

[01] 郭小川：《女性的豪歌》，《郭小川全集》第 1 卷，广西师范大学出版社 2000 年版，第 3 页。

个时代的情感和语言所能达到的范围，无形中寓意了宿命前景的不可避免。

1955 年至 1956 年短短两年时间内，郭小川精心设计和创作了组诗《致青年公民》，其中的名篇《投入火热的斗争》《向困难进军》《把家乡建成天堂》《闪耀吧，青春的火光》等以其炽热的情感、磅礴的气势和鲜明的政治立场产生了巨大影响。这个时期的郭小川把政治抒情诗的创作视为严肃的职业，把诗人视为严肃的政治家，而诗歌是实现社会变革的重要途径。从某种意义上来说，郭小川把艺术和政治等同起来，为了配合政治形势的同步传声，他塑造了一个"精壮的"青年公民形象，这个形象（代表现在与未来）与"我"（代表过去）形成强烈对比，处处反衬出"我"的卑微与稚气，"公民们／我羡慕你们"道出了"一代新人换旧人"的时代心声。"旧人"的自觉退让与"新人"的隆重推出是政治抒情诗的基本模式，作为新人的"青年公民们"也因此必须被塑造成一种包含了集体情感、社会奉献、现代意识和政治积淀的全新结合体，受到崇高的热爱和礼赞。形式上，《致青年公民》受苏联诗人马雅可夫斯基的影响，以参差排列的"楼梯体"长句著称，以配合其豪迈奔放的格调。诗形的严谨与主题的单一体现出作家对意识形态共识的坚贞恪守，自觉流露出某种说教式的痕迹。显然，郭小川希望借助诗歌以一种充满激情的语调歌唱新中国，突出艺术与时代之间千丝万缕的关系。不过，郭小川最后并不满意这样的表达方式，他对此持否定态度："这期间，我写的诗大部分实在不成样子，《致青年公民》这一组还算是稍许强一点的。然而这也是多么浮光掠影的东西呵！"[01] 为了寻求和表现"新颖而独特"的艺术个性，诗人进行了下一轮的探索，他觉得有必要进行重新构思。

《深深的山谷》《白雪的赞歌》《一个和八个》《严厉的爱》以及《将军三部曲》是"十七年"诗歌中少有的引发争议的长篇叙事诗组。这些诗组写于 1956—1959 年间，在反右派斗争背景下，它们并未悉数发表，其中《一个和八个》和《严厉的爱》在作家去世后才得以与读者见面。

---

[01] 郭小川：《〈月下集〉权当序言》，《郭小川全集》第 5 卷，广西师范大学出版社 2000 年版，第 394 页。

　　《深深的山谷》和《白雪的赞歌》体现出来的"新颖而独特的东西"[01]主要有两点：第一，知识分子题材；第二，女性叙述视角。在"十七年"工农兵文学一统天下的模式下，郭小川悄然复活了"五四"文学传统，抒写的是人的孤独与绝望主题，个体与社会历史的矛盾冲突及其由此产生的焦虑与彷徨，"梦醒了无路可以走"[02]的痛苦症候得以微妙而曲折呈现。《深深的山谷》以第一人称的语气突出刻画了挣扎在险象环生的"革命"和捍卫自我的"尊严"之间的"叛徒"形象，饶有意味的是，这个"叛徒"是"一个有学问的人，但也是一个软弱无能的傻瓜"。诗的结构鲜明突出了"革命"与"个人"、"理想"与"现实"、"幸福"与"创伤"之间的强烈对比。全诗由三部分构成，开头和结尾前后呼应，交代了叙事主人公的情势特征的变化。中间为重点部分，即叙事的主体部分，叙事主人公的叙事内容以男女主人公的对话形式展开，全诗始终贯穿着革命战士和革命"叛徒"的身份博弈，同时穿插着革命"正义"（指导员）对青年知识分子情理观念的直接评论和申述，各种声音纠缠迎拒、交互渗透，并通过"丈夫"身份的置换传达出"人生是多么复杂啊！"的感慨。《白雪的赞歌》从形式和内容两方面更为传神地表现出人的孤独主题。全诗共分七个部分，每个部分为四十五个小节，每节为押韵的四行诗，以"中国的英武的战斗者"的革命历程为叙事中心，同时勾勒出叙事女主人公在战争事件中的备受煎熬和打击，极力表现出胜利背后寄寓的丧失亲人的无限悲苦："想到这，我禁不住告诫我自己：／一刹那的摇摆也不能允许！／我自己的人哪，战争都快胜利了，／你为什么还一点也没有信息！"心理意识、自言自语、自问自答、对话形式是这首诗歌的艺术技巧，说话和回忆成为一种表达伤痕和痛苦的醒目标志，人际伦理纲常对"战斗性强烈"的时代文风造成了一定程度的稀释，彰显出爱情这一概念在时代的限定格调中并未濒于灭绝，"实质上与丁玲的《沙（莎）菲女士（的）日记》是一个思想体系"[03]。

　　按照郭小川自己的说法，《一个和八个》"是一首真正用心写的

---

[01] 贺敬之：《战士的心永远跳动——〈郭小川诗选〉英文本序》，《光明日报》1979年6月19日。

[02] 鲁迅：《娜拉走后怎样》，《鲁迅全集》第1卷，人民文学出版社2005年版，第165页。

[03] 郭小川：《向毛主席请罪 向革命群众请罪——我的书面检查》，《郭小川全集》第12卷，广西师范大学出版社2000年版，第231页。

诗"[01]。这里的用心强调的是突破题材和主题禁区，尝试用"新鲜""强烈"的题材一改陈词滥调。《一个和八个》共分八段和一个尾声，从头到尾每节六行，模式严谨，手法精致。诗中塑造了"一个坚定的革命家的悲剧"，主人公王金是一名忠实的革命者，在被宣判为敌军奸细而银铛入狱之际，他不仅受到八个狱友的欺辱，也受到革命组织的唾弃，然而他没有气馁与屈服，既为自己的清白与坚定辩护，又为影响和感化八个罪犯而不懈努力："我活着的一生值得我死后欢愉，／因为我没辜负作为战士的声誉，／当我刚刚长大成人的时候，／我就接受了党的伟大的真理，／当我投入斗争直到被敌人逮捕，／我既没有屈服，也没有丧失革命意志。／／说冤屈，你们比我更冤屈，／你们并不是生下来就干恶事，／是罪恶的社会把你们惯坏，／你们又在社会上留下罪恶的足迹，／如果你们跟罪恶的社会一同死亡，／最后也该懂得：它才是你们的仇敌！""一个"和"八个"以"一个"的理想信仰提升"八个"的精神境界，并最终取得圆满效果，寄寓着作家试图在一个过分强调组织性的社会中找到属于自己的探索之道的哲理寓言，个人的力量由此可见一斑。正是因为"过于强调个人的精神力量，（人格力量），把自己想象成为非凡的高大形象"[02]，郭小川受到了文艺界高层内部的批判，被迫做出深刻检查。

郭小川的《一个和八个》

郭小川于 1959 年创作的政治抒情诗《望星空》是诗人进行艺术探索的又一次大胆尝试，诗歌的初稿完成于 1959 年 4 月，8 月二次修改，10 月最终完成，三易其稿，历时半年，共计 4 章，230 多行，无论是在文辞上还是思想上，《望星空》都与当时的政治抒情诗拉开了距离。在文辞上，《望星空》一改政治抒情诗冗长繁复的语言风格，而以短小精悍、朴实简约的遣词造句见长，抒情语言与政治语言联合并进，为读者带来凝练与简便的理解途径。在主题思想上，《望星空》设置了多层次的隐喻空间，作为革命战士的"我"以"定管'他

[01] 郭小川：《郭小川 1957 年日记》，郭晓惠、郭小林整理，河南人民出版社 2000 年版，第 108 页。
[02] 《附录：作协批判会议发言记录（1959 年 11 月 26—?）》，《郭小川全集》第 12 卷，广西师范大学出版社 2000 年版，第 58 页。

人瓦上霜'"的博大胸怀展开了与时代历史和宇宙恒常之间的密切对话，体现出独特的思考和抒情内涵。在当时，撇开政治的约束而将自我遨游时空的非常态情景得以呈现，这需要克服多大的困难和冒多大的险，这一点在当时因此被定性为"消极的浪漫主义"，以"自我欣赏""表现了空虚和动摇"[01]。但无论如何，《望星空》恰恰凭借语言的清丽脱俗和主题的不落俗套而确定了其在文学史上的价值和意义。

郭小川在"十七年"诗坛上的与众不同在于他通过选择自己特有的体悟世界的知识和审美方式，为改变其时千篇一律的诗歌风格做出了很多努力，他在遭受痛苦的经历与奋力抗争中找到了属于自己的诗歌真谛和形式。在这一时期，郭小川和贺敬之同为"十七年"诗坛的主要代表作家，不过，在新社会新形势下，他们作为创作主体所展露出来的观察能力、感受能力、思维能力、想象能力并不相同。对贺敬之来说，国家、民族、革命、斗争等维持社会既定秩序的宏大主题构成了他创作的恒久基础，个性身份的隐匿与日常生活的消失始终贯穿于诗歌话语之间。从这个意义上来说，贺敬之与时代节拍保持了高度同步，并未真正显现出作为诗人的进化与超越品格。相对而言，郭小川倾向于强调"摸索"，"创造性地学习"，其背后寄寓着作家积极寻找原创性自我的动力与愿望。正如当时人们诘问："在你的诗里，为什么用那么多的'我'字，干吗突出你自己呢?"[02] 事实上，郭小川将源自"五四"文学传统、当代告退了的"我"做了婉曲转换，作家笔下的"我"谦虚谨慎、小心翼翼、收敛锋芒，与"五四"时期"我是我自己的，他们谁也没有干涉我的权利!"的蕴含有着天壤之别。郭小川一再阐明"关于'我'的经历、'我'的思想和情绪"，"决不完全是我自己的"[03]。诗人的犹疑与彷徨极为真实地传达出孤立的个性在趋向依附的层面上追求某种自我价值所流露出来的痛苦心情。郭小川的现代性意义在于，他创造了有实用价值的政治与有艺术价值的文学交缠互渗的模式，他的诗歌因此成为了见证历史稳固性与艺术流

---

[01]《附录：作协批判会议发言记录（1959年11月26—?)》，《郭小川全集》第12卷，广西师范大学出版社2000年版，第58页。

[02] 郭小川：《〈致青年公民〉几点说明》，《郭小川全集》第5卷，广西师范大学出版社2000年版，第384页。

[03] 郭小川：《〈致青年公民〉几点说明》，《郭小川全集》第5卷，广西师范大学出版社2000年版，第384页。

动性叠加共现的范例。这是作家达到成熟的标志之一，也是中国当代文学复杂性状态之一种。郭小川把根本没有存在境遇的"自我"迤逦复活，将诗歌还原为诗歌，从而将自己区别于他人。

四、新民歌运动

1958 年至 1960 年，中国掀起了轰轰烈烈的"大跃进"浪潮，工业、农业、教育、文化、交通、卫生、邮电等各行各业的建设进入全民大办时期，竞相大放"卫星"。文艺领域也不甘落后，掀起了文艺"大跃进"，在这其中，新民歌运动因其开展之迅速、范围之广泛、参与人数之多而备受瞩目。"从新民歌创作和采风形成热潮以来，全国各地，甚至一个县、一个工厂、一个公社，也出版了民歌专刊、小册子。正是在这个广泛开展群众诗歌创作和采风的基础上，各省、市、自治区为庆祝中华人民共和国成立 10 周年都出版了本省的民歌选集。"[01] 新民歌运动代表了其时启动的社会主义理想诉求，是文学与政治相互配合达到的一个最高峰。事实上，1957 年新民歌已经出现在各地方兴修水利运动中，基本上以民间话语自由自在的方式展开。1958 年，毛泽东注意到了这个动向，在党的几次会议上格外强调了民歌的创作、收集以及与社会主义建设息息相关的问题，权威声音的直接介入为新民歌运动的开展指明了方向。4 月 14 日，《人民日报》发表社论《大规模地收集全国民歌》，号召在各地领导机关的带动下依靠发动最广泛的群众开展这项工作："这是一个出诗的时代，我们需要用钻探机深入地挖掘诗歌的大地，使民谣、山歌、民间叙事诗等等像原油一样喷射出来。我们既要把它们忠实地记录下来，选择印行，也要加以整理和研究，并且供给诗歌工作者们作为充实自己、丰富自己的养料。诗人们只有到群众中去，和群众相结合，拜群众为老师，向群众自己创造的诗歌学习，才能够创造出为群众服务的作品来。"[02] 承接社论的指示，全国各省、市党委机关先后发出关于组织收集民歌民谣的通知，并作为当前最迫切的一项政治任务来狠抓落实，这就是为什么短时间内各省、地、县、乡及至社争先恐后出版民歌集子的原因。同时，全国文艺界不断召开各种类型的座谈会，讨论

---

[01] 贾芝：《民间文学十年的新发展》，《贾芝集》，中国社会科学出版社 2009 年版，第 63 页。
[02] 《大规模地收集全国民歌（社论）》，《人民日报》1958 年 4 月 14 日。

向民歌学习。周扬的《新民歌开拓了诗歌的新道路》从理论上高屋建瓴地阐明了收集民歌的可行性方针政策。郭沫若回答《民间文学》编辑部的《关于大规模收集民歌问题》则是从实践方面为新民歌运动的架构出谋划策，他提出："如果每隔一个阶段，比如每一个五年计划，编出一本真正是最好的民歌，在内容大体上差不多的各首当中选出一首最好的，合在一起，有三百首左右，成一本新的'国风'，那就是了不得了！"[01] 这样，各方面力量聚焦于新民歌运动，展现出一幅颇为值得期待的图景，且伴随着群众集体造势倾向的发生。

从创作形式上来看，新民歌运动继承了战争时期诗歌表现的诸多特征，以群众的集体创作为基础，走的是街头诗、墙头诗或者岩石诗的模式。"在这一年（1958）里，全国各省都出现了不少诗歌县、诗歌乡、诗歌社。在一些诗歌之乡的墙上、门上、山岩上、田壁上、树上、电杆上（挂着木制的或竹编的诗牌、诗画牌），甚至在商店的柜台上、酒桶上、磨盘上，到处都是诗和画。"[02] 正如当时人们普遍认为的那样，新民歌运动自然而然地成为一股宏大的文学思潮，显示出维护和巩固公共秩序和社会制度的强大力量。应该说，党的组织和领导正是为了达到这个目的而启动了新民歌运动，它的深层使命就在于，借用集体的诉求实现对社会主义领地的占领，新民歌的流行和活跃正是社会主义的一种隐喻表述。顺便提到的是，新民歌被用作整风的一种有力武器，因此，它也是反对个人主义的一种话语。邹荻帆把"民歌"和"诗"做了区分："我们把劳动人民所创造的，称之为'民歌'；而把诗人、作家所写的，称为'诗'。"[03] 在这样的情境下，个人主义诗作势必显得与新民歌运动的集体主义浪潮格格不入，既然后者代表了时代的唯一一极，那么前者也就理所当然不属于这个世界，与此背道而驰、互不相容。从这个意义上来说，新民歌运动成了反对个人主义诗作的一个例证。郭小川把新民歌称为"时代的最强音"和"探照灯"，而把知识分子表达个人情感的诗作称为"有气无力的叹息和幻梦""自我欣赏的说梦"，他列举批判了穆旦的《葬歌》："你可

---

[01]《关于大规模收集民歌问题——郭沫若答〈民间文学〉编辑部问》，《大规模地收集全国民歌》，作家出版社 1958 年版，第 9 页。

[02] 天鹰：《1958 年中国民歌运动》，上海文艺出版社 1959 年版，第 10 页。

[03] 邹荻帆：《民歌即景》，《文艺报》1959 年第 5 期。

是永别了，我的朋友？／我的阴影，我过去的自己？／天空这样蓝，日光这样温暖，／安息吧，让我以欢乐为祭！""哦，埋葬，埋葬，埋葬！／我不禁对自己呼喊；／在这死亡底一角，／我过久地漂泊，茫然；／让我以眼泪洗身，／先感到忏悔的喜欢。"以及艾路的《抒情》："轻飘飘将要来到的，是我的梦，／梦啊！你不要再撕裂我已经破损的心，／你让我看见坟地、妖魔，我都可以，／只是别再让我看见她的微笑，她明亮的眼睛。"郭小川斥之为个人主义者"平庸的灰暗的抒情和描写，实在不能给我们多少美的感受，更不要说什么生活的力量了"[01]。或许，袁水拍借用毛泽东的"浇花"和"锄草"概念更能精辟概括更富于阶级斗争意识的阐述和批判："我们有些诗群众不接受，是由于诗里的思想感情不对头，这是根本原因。群众干着轰轰烈烈的社会主义革命和建设的事业，而有些诗里是冷冷清清的个人主义的情调，群众自然不要看。更不必说"右派分子"的反社会主义的诗了，群众当然更加唾弃它们。我们必须进一步地揭露和批判它们，把这些毒草从我们的诗歌园地中清除出去。同时，我们也要彻底革掉自己的非无产阶级思想感情，使自己的作品里充满群众的、时代的声音。"[02] 在集体创作新民歌的时代，个人主义诗作似乎变得不合时宜，略显"矫揉造作"，它因没有履行新社会和新制度的实践功能而无立锥之地，新民歌恰逢其时成功地消除掉了这种差异而显得势如破竹、所向披靡。

　　1959 年，郭沫若和周扬从全国不计其数的"大跃进"新民歌中选出 300 首编辑出版《红旗歌谣》（红旗杂志社出版，1959 年 9 月第 1 版）一书，同时配发精美插图二十余页，成为当时最权威的民歌选集。从题材内容来看，《红旗歌谣》分为四个部分，即"党的颂歌""农业大跃进之歌""工业大跃进之歌"和"保卫祖国之歌"，其中的寓意很明显，那就是新中国是一个工农兵阶级紧密团结在共产党周围的社会主义国家，与前文提到的对个人主义诗作的批判类似，知识分子被排除在外了。从文体格式来看，《红旗歌谣》试图创造出新时代的"诗三百篇"，

新民歌集《红旗歌谣》

---

[01] 郭小川：《我们需要最强音》，《文艺报》1958 年第 9 期。
[02] 袁水拍：《写中国作风、中国气派的诗》，《人民文学》1958 年第 4 期。

它也在寻求与古典文学经典性的某种契合与呼应，同时配以"新时代""新思想""新内容"等展现当代风格的"新"质素，以便达到对"新中国"形象生机盎然的诗意塑造，正如编者在前言中撰文指出的："这些新民歌正是表达了我国劳动人民要与天公比高，要向地球开战的壮志雄心。他们唾弃一切妨碍他们前进的旧传统、旧习惯。诗歌和劳动在社会主义、共产主义新思想的基础上重新结合起来，正是在这个意义上，新民歌可以说是群众共产主义文艺的萌芽。"[01] 这里有两层意思，一是新民歌体现出除旧布新的战斗精神，二是新民歌呈现出政治意识形态的深层含义。新时代的战斗精神在新民歌中以直奔主题的豪言壮语喊出："不怕做不到，就怕想不到，只要能想到，一定能达到。"这又与建设新型社会主义国家并使之屹立于世界强国之林的理想目标取得一致，两者水乳交融。德国著名哲学家恩斯特·卡西尔曾经说过："伟大的政治和社会改革家们确实总是不得不把不可能的事当作仿佛是可能的那样来对待。"[02] 站在这个角度和立场去看待新民歌表述的不加控制和超凡想象的某种不可能性的逻辑，这就不是孤立的现象了，例如传诵一时的《一挖挖到水晶殿》："铁锄头，二斤半，／一挖挖到水晶殿。／龙王见了直打战，／就作揖，就许愿：／'缴水，缴水，我照办。'"以及《挑土》："箢头装得满满，／扁担压得弯弯，／孩子的妈妈呀，你看看：／我一头挑着一座山。"新民歌用这样超乎寻常的想象力去描绘劳动场景和豪迈激情，本质上是革命胜利之后人民对于未来美好生活的期许与建构，这些积极的歌唱者是新社会的事实参与者，然而对于未来社会的规划，一旦用文艺的表达方式体现出来，他们免不了打破事实与虚构之间的界限，为塑造新中国形象加入了"大跃进"这场具有明显政治倾向性的狂欢活动。在卡西尔眼中，卢梭借用伽利略研究自然现象的假设法去描摹未来社会的发展，其功能价值不容低估："卢梭关于自然状态的描述并不是想要作为一个关于过去的历史记事，它乃是一个用来为人类描画新的未来并使之产生的符号建筑物。在文明史上总是由乌托邦来完成这种任务的。……乌托邦的伟大使命就在于，它为可能性开拓了地盘以反对对当前现实事态的消极默认。正是符号思维克服了人的自然惰性，并

---

[01] 郭沫若、周扬编：《〈红旗歌谣〉编者的话》，《红旗歌谣》，红旗杂志社 1959 年版。
[02] ［德］恩斯特·卡西尔：《人论》，甘阳译，上海译文出版社 2004 年版，第 84 页。

赋予人以一种新的能力，一种善于不断更新人类世界的能力。"[01] 新民歌运动正是为着这样的历史任务而产生的一种复杂现象，在人类认识能力的转换途中，它试图在人的能力和人类世界的能力揭示中发现某种可取和可行的操作方法并对其进行慷慨激昂的转述和阐述，这种倾向由有着特定的价值判断的语境场域所催生和构建，同时它所造成的影响不是一朝一夕就能消失的，经过思想改造的著名说书盲艺人韩起祥到了 80 年代还是念念不忘用新民歌形式表达对家乡沧桑巨变的颂扬："层层梯田像白云，／麦田长得绿油油；／站在高山往下看，／真是社会主义的聚宝盆。"[02] 这就证明了新民歌作为一种特殊的文类具备不断播撒传布的功能。

孙晓忠认为文学存在两种创作方式，两种文风，分别为文章化和口语化，中国"十七年"社会主义文学依然朝着文章化的道路越走越远，发表出来，却说不出声，从而离农村越来越远，因此重新认识新民歌意义的一个角度是"声音"，即能歌能唱，人皆可诗，深入人心，"也许在此意义上，我们可以重新去认识 1958 年新民歌运动"[03]。事实的确如此，在当时的历史情境下，许多文艺工作者对新民歌的评价就是着眼于它的声音，把它比喻为能发声的乐器——"战鼓"或者"号角"："民歌是社会主义生产大跃进的战鼓和号角。"[04]"是向自然做斗争中的响亮号角。"[05] 从文艺的普及与提高观来看，新民歌运动是中国当代文学史上难得一见的普及运动，它符合自毛泽东延安文艺座谈会以来中国作家一直在追求的"新鲜活泼的、为中国老百姓所喜闻乐见的中国作风和中国气派"的文学的特色，它通过发声练习和参与创作，对探索适合中国特色的社会主义文学事业发挥了重要作用。新民歌运动体现出来的探索性的另一方面是对于毛泽东"两结合"创作方法——革命的现实主义与革命的浪漫主义相结合——的诉求与检验。众所周知，毛泽东早在 1938 年给延安鲁迅艺术文学院的题词便是"抗日的现实主义，革命的浪漫主义"，但是当时这一提法并不成熟。1958 年 3 月 22 日，毛泽东在成都会议上谈到中国诗歌的发展

[01] ［德］恩斯特·卡西尔：《人论》，甘阳译，上海译文出版社 2004 年版，第 85 页。

[02] 贾芝：《延安时期的民间艺术之花》，《贾芝集》，中国社会科学出版社 2009 年版，第 14 页。

[03] 孙晓忠：《有声的乡村——论赵树理的乡村文化实践》，《文学评论》2011 年第 6 期。

[04] 丁景唐：《民歌——生产大跃进的战鼓和号角》，《文汇报》1958 年 4 月 17 日。

[05] 徐嘉瑞：《民歌——诗的源泉，诗的花朵》，《云南日报》1958 年 4 月 15 日。

方向时明确提出"内容应该是现实主义与浪漫主义的对立统一，太现实了就不能写诗了"；同年 5 月 8 日，毛泽东在"八大"二次会议上明确提出"无产阶级的文学艺术应采用革命的现实主义与革命的浪漫主义相结合的创作方法"；6 月 1 日，周扬发表在《红旗》杂志的《新民歌开拓了诗歌的新道路》一文大力提倡和推广毛泽东的"两结合"，"应当成为我们全体文艺工作者共同奋斗的方向"，并为付诸实践找到了最佳载体，那就是随之兴起的轰轰烈烈的新民歌运动，这无疑掀开了"十七年"文学走向"怎么写"的探索之路的序幕。洪子诚这样评价"两结合"："提出者本人对这一'创作方法'并未作出任何进一步的阐释，但最明显的特征是，不管是文字表述上，还是精神实质上，'浪漫主义'都被置于显著的，甚或可以说是主导性的位置上。"[01] 因此综合起来看，"两结合"的推行实际上主要传达的是由期待、豪迈和尽情释放的表达欲望交织在一起的浪漫主义，它为着文艺现状和现实亟须分清主次，新民歌的"发声"练习和传唱功能恰恰为浪漫主义的抒写打开了通道，对于未来理想社会的构想亦凭借浪漫主义情势特征予以激活，故而在极短时间内，新民歌得以席卷全国。不过，浪漫主义本质上又是极具主观色彩的理想主义，随着"大跃进"弊端的逐渐显露，各条战线高产"卫星"真相逐渐披露，并导致三年严重困难。中国人民的"苦日子"来临了，人民面对现实，回归理性，创作热情锐减，新民歌运动也就自然偃旗息鼓了。

---

[01] 洪子诚：《关于五十至七十年代的中国文学》，《文学评论》1996 年第 2 期。

第八章

散　文

一、概况

对于"十七年"的散文创作发展，有人概括为"忽兴忽替""由盛而衰"[01]，一语道出了散文发展一波三折的境遇，及其遭受的种种推力与阻力。"五四"散文，尤其是美文，最大的特色是保持了某种自然的平和状态，其虽蜿蜒曲折仍属静水无声，从而上升到了大象无形的崇高境界。"十七年"散文缺乏这种平和状态，它在高昂的政治应和声中逐渐丧失了散文的某些品格，加上那个年代的特殊困难与挫折促使不同作家朝缄默与喧哗两极延伸，散文在"萧条"与"繁荣"之间摇摆不定。总的来说，在这个阶段，散文创作出现了三次高潮，它们的兴替盛衰极好地说明了文学的独立性和特殊性恰恰以政治作为晴雨表。

"十七年"散文创作的第一次高潮出现在中华人民共和国成立初期，其主要成就是以通讯报道为主的特写类散文大批涌现，它们以写人记事为主，追求"实录"的纪实风格。在表现内容上，特写类散文主要有两种题材：一种是反映抗美援朝的革命战争题材，报道中国人民志愿军的高尚品格和中朝两国人民血浓于水的深厚友谊，突出的作品有魏巍的《谁是最可爱的人》《依依惜别的深情》，刘白羽的《朝鲜在战火中前进》《英雄城——平壤》，巴金的《生活在英雄们的中

[01] 吴有恒、黄秋耘：《中国新文艺大系（1949—1966）散文集·导言》，中国文联出版公司1987年版。

间》《我们会见了彭德怀司令员》，菡子的《我从上甘岭来》《和平博物馆》，靳以的《祖国——我的母亲》，华山的《远航集》以及集体创作的作品集《志愿军一日》《志愿军英雄传》《朝鲜通讯报告选》，等等。这些作品燃烧着激情的火焰，以政治宣谕的方式表达出对历史、现实、国家地位和国际主义等重大问题的态度。一般认为，特写类散文都是作家亲临实践的最深刻事件的真实记录，撼人心魂，感人肺腑。但是，在夏志清看来，当两度被派往朝鲜的巴金在《生活在英雄们的中间》一文中描述"我们看见在零下十七度的雪地上产卵的带病菌的小苍蝇"的场景，"实录"不免带上"伪饰"之嫌，他说："当我们想到一个追求真理的作家，居然编织起在零度以下的天气，看到苍蝇繁殖的浅薄谎言时，不免为巴金感到悲哀。"[01] 特写类散文的另一种题材是刻画社会主义建设过程中不断涌现的在平凡的岗位上做出不平凡成绩的人物群像，通过他们的精神风貌反映翻天覆地的变化，重要的作品有秦兆阳的《王永淮》《姚良成》《老羊工》，沙汀的《卢家秀》，柳青的《王家斌》，萧殷的《"孟泰仓库"》，孙犁的《齐满花》，陆扬烈的《边老大》，魏金枝的《任樟元和三个地主》，等等。中华人民共和国的成立标志着新时代的开端，是中华民族走向强大的前奏，故而书写社会主义"新人"及其崭新的精神风貌成为文学所亟须的，力求做到"动人""有声有色"[02]，再普通的人也不例外。雷锋、焦裕禄、王进喜、向秀丽等家喻户晓的英雄人物固然有口皆碑，然而小人物同样扮演了社会主义"新人"角色，他们以博大的胸怀和开放的眼光展开了与轰轰烈烈的新生活的密切对话。柳青笔下的王家斌成为日后经典《创业史》中梁生宝的原型人物，其光辉品质可想而知。秦兆阳刻画的人物王永淮一步一步历经蜕变，形象日渐高大丰满，由一个"钻在穷山沟里头"的"好人""老实人"成为轰动四乡八里的"好区长""好副县长"，在他的带动下，整个"深山沟里"，"人们就一天一天的变啦，我也一天一天的变啦，连咱山地的出产也变啦……"，由点带面，波及之处，影响巨大。孙犁笔下的农村妇女齐满花也融入了新时代的感染与熏陶，在篇末，作家画龙点睛地写道："现在，满花更明白，勤劳俭朴就是道德的向上。"这种小说结局千篇一律，都

---

[01] 夏志清：《中国现代小说史》，刘绍铭等编译，复旦大学出版社 2005 年版，第 253 页。
[02] 徐迟：《特写选·序言》，人民文学出版社 1957 年版。

是成功和稳定的，不同之处在于根据人物遭遇的形势压力做出微幅调整，但毫无例外都在表现人物的忠诚与国家的荣耀之间的设想联系；另外，加上人物处于新旧对比的框架之内，旧社会旧时代的步履维艰、逼人为鬼与新社会新时代的金光大道、脱胎换骨使得他们弃旧图新，急于释放爱国主义的狂热情怀，作者在行文上明确表达了置身现实世界与走向未来世界的最初兴奋，这也是共和国建设者不懈追求和努力实现的目标。

"十七年"散文创作的第二次高潮出现在 50 年代中期，为著名的"复兴散文"运动。与中华人民共和国成立之初注重特写类散文不同，"复兴散文"除了继续发扬抒情格调的话语表述，还把革新的触角伸向杂文和美文，"强调要继承'五四'以来散文随笔的优秀传统"，"要提倡美文"[01]。这次短暂的散文复兴之路与 1956 年 5 月展开的"百花齐放，百家争鸣"文艺方针有着密切关系，作家创作观念的解放带来了散文文体的革新，一批作家开了当代文学体现个人抒情与个性表述的先河。杂文创作颇具规模，并被当成一种散文典型，深受欢迎。在较为宽松的文艺政策下，报刊为散文的复兴起到了推动的作用。1956 年 7 月 1 日，《人民日报》文艺副刊登载"稿约"《副刊需要哪些稿件？》，呼吁"散文的春天"，引起文艺界的强烈反响，作家情绪高涨，散文创作获得很大成功。其中，涌现出广为流传的作品，如魏巍的《我的老师》、姚雪垠的《惠泉吃茶记》、万全的《搪瓷茶缸》、老舍的《养花》、丰子恺的《庐山面目——庐山游记之一》、巴金的《秋夜》、何为的《第二次考试》、荒芜的《忆开罗》、萧乾的《草原即景》、徐开垒的《竞赛》、钦文的《鉴湖风景如画》、柳杞的《夫妻船》、黄苗子的《豆腐》等。这些散文大都短小精悍，以千字为宜，以个性化的语言表述和个体性的情感表意为主，实为自然流露，而非造作之词。实际上，每篇散文都在探讨对生活的热爱，是平常的生活即景或触动人的内心世界的最为微小的片断的缀连，体现出艺术和生活所存在的构建力量。魏巍的《我的老师》记叙了一位女老师蔡芸芝用点滴的生活事迹去熏陶和培育"心清如水的学生"。老舍的《养花》娓娓道来养花的喜与忧、笑与泪、色与美，逼真动人。

---

[01] 袁鹰：《散文求索小记——写在自选集前面》，《收获》1982 年第 6 期。

丰子恺的《敬礼》刻画了两只蚂蚁慷慨互助的行为，赞美了它们"高不可仰"的崇高精神。黄苗子的《豆腐》以美味的佐餐豆腐展现了多彩的生活风貌和思乡情怀，读来丝丝入扣，为之动容。这些散文可谓篇篇精品，形式灵活，语言流畅，笔意翻新，摆脱了意识形态的束缚与钳制，赋予文学作品的艺术性，在一定程度上恢复了散文的纯净本质。不过，随着1957年反右派斗争和1958年"大跃进"运动的到来，散文的复兴遭到打击，并很快被反映"战斗的号角"和"生活的洪流"的纪念碑式的特写取代。

"十七年"散文创作的第三次高潮出现在60年代初期，散文创作成为文坛主潮，许多作家的风格日趋成熟稳健，影响力深远而持久。"从总体上说，这个阶段有'三多'：散文创作的数量多；优秀作品篇目多；写散文的作家多。"[01] 在这一时期，散文创作的"专业户"开始涌现，出现了著名的三大散文家杨朔、秦牧和刘白羽。同时，冰心、巴金、李健吾、李广田、徐迟、曹靖华、周瘦鹃等现代名家宝刀不老，加入了散文书写的新时代。其他著名散文作家还有碧野、靳以、袁鹰、菡子、柯蓝、冯牧、秦似、严阵、方纪、郭风、林遐、杨石、陈残云、吴伯箫、翦伯赞、黄秋耘、韦君宜、魏焰钢、林斤澜、马识途等。邓拓的"燕山夜话"和邓拓、吴晗、廖沫沙的"三家村札记"两个杂文专栏颇具针砭时弊的锋芒，家喻户晓。此外，许多报纸杂志开辟专栏刊发理论文章，企盼为散文创作打开思路和空间，《人民日报》《光明日报》《羊城晚报》《文艺报》和《文汇报》等为其中的代表性平台，它们发表了老舍的《散文重要》、李健吾的《竹简精神——一封公开信》、吴伯箫的《多写些散文》、凤子的《也谈散文》、萧云儒的《形散神不散》等倡导散文创作的文章，寄托了对于散文发展的理论思考。"写散文不是出门打行李，塞得越多，捆得越紧，就越方便。精练之外，还得松动，让二者在矛盾中统一起来，散文就像有了健康的生命一样，呼吸自如了。篇幅越小，艺术的匠心越要藏在自然的气势底下才好。"[02] 李健吾的理论要点在那个年代并不易掌握，它既强调了散文的艺术独特性，同时又呼吁还散文一个自由的创

---

[01] 邓星雨：《中国当代散文史》，山东文艺出版社1995年版，第119页。

[02] 李健吾：《竹简精神——一封公开信》，《咀华与杂忆——李健吾散文随笔选集》，中央编译出版社2005年版，第409页。

作空间，"精练"和"松动"表达的是渴望实现没有外界干预和时间限定的不定式形式，通过解放思想进入言说自如的境界。一批较为成熟和具有影响力的散文集如雨后春笋般出现了，包括杨朔的《东风第一枝》、秦牧的《花城》、刘白羽的《红玛瑙集》、冰心的《樱花赞》、吴伯箫的《北极星》和陈残云的《珠江岸边》等，这标志着散文作家群粗具规模和日渐成熟。在这样相对宽松的环境下，散文创作达到了巅峰状态，直至1961年被誉为"散文年"的出现，颇具时代色彩的作品竞相如花绽放，包括杨朔的《茶花赋》、秦牧的《土地》、刘白羽的《长江三日》、冰心的《樱花赞》、曹靖华的《花》、吴伯箫的《记一辆纺车》、魏焰钢的《船夫曲》、林斤澜的《龙潭》、李健吾的《雨中登泰山》、杨石的《爱竹》、翦伯赞的《内蒙访古》和宗璞的《西湖漫笔》等。不过，这种探索极为有限。散文创作在某些方面仍然相通，那就是，人物和场景代表了时代的思想，主题和内容传达了时代的概念，发展的深度和广度局限于一定程度的表意言说，它不可能超脱意识形态范畴实现真正的夫子之道。一些作家在追求艺术上的情景交融、布局谋篇、语言锤炼无不直接指向时代要求和构建的主旋律核心。

二、主要散文作家

杨朔是横跨中国现当代的著名作家。他出身于书香门第，通晓古典诗文，曾经年少轻狂，饮酒赋诗，寄托情怀，颇具艺术天分，为日后诗化散文的创作奠定了坚实基础。1939年，杨朔参加革命，随军辗转战场，以战地记者的身份写了不少通讯和中、短篇小说，中华人民共和国成立后出版过抗美援朝题材的长篇小说《三千里江山》，并因此受到关注。从1956年发表《香山红叶》开始，杨朔全力以赴投入散文创作，并取得卓越成就，他的散文集《雪浪花》是1961年"散文年"的重要标志之一，这为他带来了巨大的声誉。

作家杨朔

杨朔生前出版过《雪浪花》《亚洲日出》《海市》《东风第一枝》《生命泉》等散文集，其中代表性作品有《香山红叶》《荔枝蜜》《雪浪花》《茶花赋》《海市》《蓬莱仙境》《泰山极顶》《画山绣水》等。

杨朔的《雪浪花》

从题材内容来看，杨朔散文主要表现在两个方面，第一是对于新中国普通劳动者的关注，赞美他们诚挚朴素的情怀，歌颂他们建设伟大社会主义事业的情操。《荔枝蜜》中的养蜂人老梁、《茶花赋》中的养花人普之仁、《香山红叶》中的老向导、《雪浪花》中的老泰山、《戈壁滩上的春天》中的王登学等都不是顶天立地的英雄和领袖，然而作者却往往因他们而兴奋和喜悦，在他们身上寄寓了一种普遍存在的与时代的关系，并附加了某种主观的启示色彩。"这就是我们的人民。他们具有高贵的品质，都愿意为明天的理想献出自己最大的力量，做出最出色的贡献。我看，这也就是毛泽东时代最突出的精神特色。"（《龙马赞》）杨朔散文内容的第二个方面是表现与亚非拉第三世界人民的深厚情谊，歌颂和平友爱，反对霸权主义。《埃及灯》《赤道雪》《生命泉》《印度情思》《巴厘的火焰》等散文焕发出浓厚的国际主义情怀，反复表现国家独立和民族解放的潮流趋势，体现出人民当家做主的时代脉搏。在《金字塔夜月》中，杨朔通过埃及父子两代老看守的遭遇鞭挞了美帝国主义的丑陋罪行以及保家卫国的决心，在篇末，作者借古埃及文明的化身唤起了新的时代气息，颇具象征意义："我再望望司芬克斯，那脸上的神情实在一点都不神秘，只是在殷切地期待着什么。它期待的正是东方的日出，这日出是已经照到埃及的历史上了。"在革命和冷战时期，杨朔赋予他笔下的万事万物以宏大的时代主题，意识形态因此得到广泛衍化，那些人们再耳熟能详不过的蜜蜂、茶花、浪花、雪花、灯塔、山脉等物象无一不被烙上了特定的政治内涵。

与此相适应，在艺术形式和精神指向上，杨朔通过发展出一套诗化理论并付诸实践来激发散文的社会变革，他一再阐述散文诗化理论，并认真实践，形成了自己独特的散文创作风格。"我在写每篇文章时，总是拿着当诗一样写。这些诗差不多每篇都有新鲜的意境、思想、情感，耐人寻味，而结构的严密，选词用字的精练，也不容忽视。"[01] 杨朔早期受到古典诗词潜移默化的影响，他把这种领悟活

---

[01] 杨朔：《〈东风第一枝〉小跋》，《杨朔散文选》，人民文学出版社 1978 年版，第 220 页。

用到散文创作中来，开拓了诗化散文的路径。从题材选择、意象塑形到布局谋篇、遣词造句，以及意境营造，杨朔都十分讲究诗化散文世界的构建，以这种方式表明社会现象中蕴藏的特定规律。杨朔坚信美来源于生活，并从中提炼动人的诗意，他讲究的不是灵感，而是"巧思"，一只蜜蜂、一群蚂蚁、一片红叶、一朵浪花、一树茶花、一句包含哲理的话，哪怕是一鳞半爪，经过作家的酝酿和延伸，无不提炼出了生活的诗意。在《荔枝蜜》中，"我"一度反感的"感情上疙疙瘩瘩""不怎么舒服"的蜜蜂最终成为"可爱的小生灵""为人类酿造最甜的生活"，是普通劳动者高尚品格的完美象征；在《画山绣水》中，"我"将"桂林山水甲天下"的诗句配置于清奇峭拔的秀丽风景与曲折动人的神奇传说中，"那漓水，碧绿碧绿的，绿得像最醇的青梅名酒，看一眼也叫人心醉"，"那沿江攒聚的怪石奇峰，峰峰都是瘦骨嶙嶙的，却又那样玲珑剔透，千奇百怪，有的像大象在江边饮水，有的像天马腾空欲飞，随着你的想象，可以变幻成各种神奇的物件"，这正是新社会、新生活、新时代的诗意呈现，人民当家做主赋予了祖国美好山水以新的形态，创造出新的神话和新的故事。语言美是杨朔散文诗化品格的另一体现。杨朔在散文创作时尤其讲究推敲字词、斟酌句法，通过借鉴和吸收古语的精粹品格，同时对现代白话语言进行高度提炼，作家保证了语言的清新洗练、不落俗套。在《雪浪花》中，老泰山这样比喻剪刀的锋利："瞧我磨的剪子，多快。你想剪天上的云霞，做一床天大的被，也剪得动。"在《黄河之水天上来》中，采油工人这样表达挖石油的诗情画意："我们要把戈壁滩打透，祁连山打通，让石油像河一样流。"如此优美的语言体现出诗一般的境界，给人耳目一新之感，令人难以忘怀。在文章结构上，杨朔也始终追求诗意般的艺术境界，"开头设悬念，卒章显其志""物—人—理"的模式一再强化，开头意境的绽出，中间情思的扩展，结尾意境的闭拢，首尾呼应，主题以形象化和诗意化的方式呈现，无疑是最能打动人心的表达技法之一。不过，杨朔因过于追求散文写作的固定格式而束缚了个人才情的发挥，他是"十七年"散文模式的代表，把散文的模式化写作推向极致。这是杨朔散文后来被人们所诟病的一个重要原因。"杨朔散文好像北方饺子，看到的是描写的皮，咬破却是议论的馅。表面是散文，内里是八股，是经义，是'时代精神'。"[01] 无非是说杨朔散文看上去很美，却也存在不可抹杀的弊病和欠缺。

刘白羽从 1936 年起发表小说，影响不大，但为作家走向文坛奠定了基础。1938 年，刘白羽到达延安，开始从事报告文学和散文的写作，小说也逐渐成熟起来，从而引起文坛瞩目。其中，报告文学《记左权将军》《早晨的太阳》《万炮震金门》和小说《无敌三勇士》《火光在前》为读者所熟悉。不过，刘白羽的名字真正成为一个时代的象征性符号是凭借散文取胜的。

作家刘白羽

刘白羽这样理解散文与时代的关系："我们的散文，应该充分地反映我们伟大时代的风貌与光辉。"[02] 刘白羽自觉遵循了这一散文创作的艺术规律，时代精神成为一根红线贯穿始终。在作家看来，实现社会变革和散文观念更新是时代主旋律的重要体现，两者并驾齐驱，他把"创作我们时代的最美的新散文"[03] 作为毕生追求的目标。1962 年，刘白羽的散文集《红玛瑙集》由作家出版社出版，收录了那些最能体现时代精神的重要散文作品。《日出》写"我"在飞机上看到日出的雄伟瑰丽景象，采取了欲扬先抑的手法，最后画龙点睛凸显主题。太阳撕破黑夜，冲破云霞，向火箭一样向上冲，"它晶光耀眼，火一般鲜红，火一般强烈"，"所有暗影立刻都被它照明了"，"整个世界大放光明"，作者以日出的瑰

刘白羽的《红玛瑙集》

丽图景象征着新中国的蒸蒸日上。战斗精神也以象征的方式得以呈现，晨光和黑夜被赋予了特定的含义："这是晨光与黑夜交替的时刻，这是即将过去的世界与即将到来的世界交替的时刻。"《灯火》中的"灯火"不是物理学意义上的物体，而是被赋予了神圣的象征含义，是"革命的灯火""战争的灯火""生命的火焰""真理的火光"，"不

[01] 马俊山：《论杨朔散文的神话和时文性质》，《文艺理论研究》1998 年第 1 期。
[02] 刘白羽：《〈时代的印象〉序言》，《刘白羽研究专集》，解放军文艺社 1982 年版，第 5 页。
[03] 刘白羽：《创作我们时代的新散文》，《上海文学》1963 年 7 月号。

论在任何时候，任何地点，都照明了每一个人，照亮每一个人走向革命的道路"。《长江三日》以时间作为线索，以江轮穿过瞿塘峡、巫峡和西陵峡做空间转换，以"战斗—航进—穿过黑夜走向黎明"的动态历程来展现时代变化，过去、现在与未来以想象的方式勾勒出浑然一体的时空交织，"从他们艰巨战斗中想望着一个美好的明天呀！"《平明小札》更是以多样化意象来反复展开对于时代精神的描绘与讴歌，血、火、风、路、蔷薇、秋天、启明星等意象是作家在"最酷爱的心境"下表现时代精神的永恒性的集中刻画，这既是作家对旧事物蕴藏的新含义不断探索的结果，又是作家以独特的情怀所体味到的最为深切入骨的过去历史的复活。刘白羽的散文往往将现实生活场景和战争年代记忆合并到一起，两者穿插互渗，并最终开拓一个新的未来，指向一个新的世界。通过这种表现方法，刘白羽将崇高的思想境界提升到了一定的哲理高度，通过瞬间感受来急剧突出和表现时代精神，这是他散文的重要特色。与杨朔相比，刘白羽显然并不以散文的模式见长，而是以时代精神突出了"十七年"时期最强大的文学力量。在激越感情的冲击之下，刘白羽的散文鸟瞰式、多面向地展现了生活图景，突出了大时代、大变动的非凡魄力。

秦牧出生于香港，三岁跟随父母移居新加坡，回国后积极参加抗日救亡运动。秦牧一度以文学创作为职业，早期专攻杂文，曾于 1946 年由开明书店出版第一个杂文集《秦牧杂文》。中华人民共和国成立后，秦牧转向散文创作，成果颇丰，先后出版《星下集》《贝壳集》《花城》《艺海拾贝》等散文集。与杨朔和刘白羽相比，秦牧有着良好的海外成长和教育背景，这决定了他的散文创作必然体现出自己的独特风格。

作家秦牧

与杨朔和刘白羽的战士身份不同，秦牧始终保持着文人心态和文人学者的本来面目，因此，秦牧的散文作品中很少出现工农兵形象和阶级斗争场景，他一直以旁观者的视角叙述古今中外的社会生活和历史事件的方方面面。秦牧在《鲜花百态和艺术风格》一文中表达了他对于社会现实多样化呈现的看法："一些基本的东西，互相配合，衍变成为多种多样的东西。这种状况，我们可以从化学现象中看到；可以从万紫千红、尽态极妍的鲜花中看到；也可以从各种

风格的艺术品中看到。"这也是秦牧散文创作的基本格调，开阔的眼界和开放的心态是文人学者的重要内质，这保证了秦牧创作散文的学者风味。从这一点来说，秦牧继承了周作人等新文学作家开辟的学者散文范式，不过由于现实境遇与作家修养的迥异，秦牧的散文一味注重知识的简单传达，缺少深切的思想境界和艺术气象。集知识性、趣味性和思想性于一体，这是秦牧散文最重要的特色。秦牧写作散文时，往往旁征博引，纵横捭阖，日月星辰，花鸟虫鱼，山川风物，趣事逸闻，无所不包，把读者引向丰富多彩的艺术境界，从而提高他们的阅读兴趣和求知欲望，通过寓教于乐的方式来达到共产主义思想教育。在《海滩拾贝》中，作者通过动人的故事传说讲述了有关贝壳的各种知识——有大得像椰子、帽子、喇叭的"椰子螺""唐冠贝""天狗螺"；也有小得像颗珍珠，可以让女孩子串起来做项链的"伞贝""钟螺""扇贝""蜘蛛螺""骨贝""鹅掌贝"；也有惊艳的"锦身贝""凤凰贝""花瓣贝""初雪贝"；还有来自国外的"波斯贝""高丽贝"；等等，并由此联想到一切瓷器的精品

秦牧的《艺海拾贝》

及歌咏瓷器的诗句，还有贝币的使用价值和审美观念。在《土地》中，作者讲述了一个又一个有关土地的历史故事、掌故风俗、奇闻逸事，有中国古代皇帝的"菆茅"仪式，有背井离乡者随身珍藏的"乡井土"，有福建沿海地区保家卫国的"寸金桥"，有古巴哈瓦那"土地就是我们的生命"的保卫战，还有"一寸土"岛屿的现实与传说，它们交织在一起，丰富的知识和生动的描绘给人以启迪和感悟。夹叙夹议是秦牧散文的又一重要特色，这与作家早期从事杂文创作关系密切，秦牧把杂文和随笔相糅和，这成为"十七年"散文创作的一个现象。在百废俱兴的中华人民共和国成立之初，秦牧以夹叙夹议的表达方式在散文中对许多知识进行了普及推广，同时把个人情感融入其中，加上立意深远，格调高昂，从而能够在当时独树一帜，成为情感力量和道德真理的统一体。《花城》《社稷坛抒情》《古战场春晓》《天坛幻想录》等名作正是因此而广为流传，如在《花城》中，作家通过花的海洋归纳出"天工人可代，人工天不如"的真理，表现了"劳动人民共

同创造历史文明的丰功伟绩"的思想主题，明显地拓展了散文的政治功能。

三、杂文创作

在中国新文学史上，杂文虽然没有小说和诗歌的权威地位，但是被鲁迅称为"投枪"和"匕首"的杂文形式以它的革命性和战斗性在 30 年代开拓了一个新的文学领地，同时也是文化战线上最锐利的武器，发挥了针砭时弊、惩恶扬善的巨大作用，杂文由此成为一种文学样式，也是对后来产生深远影响的一种文学传统。杂文最重要的特征是不受羁绊和约束，大胆表达思想和诗情，这使它成为表达社会批评和文明批评的最佳承担者。40 年代的延安解放区文学和中华人民共和国成立后的"十七年"文学都曾经出现过杂文创作显赫一时的情况，参与的作家人数之众，牵涉的作品数量之多，与鲁迅杂文创作的近乎单打独斗形成鲜明对比。事实上，在中华人民共和国成立之初，关于鲁迅和他的文学遗产就在各种纪念性场合被提起，围绕的核心问题是如何继承和发扬，杂文也是如此。1950 年，冯雪峰在《谈谈杂文》一文中试图为杂文在新社会的可能性发展指明方向，他开宗明义强调新的时代和人民需要杂文，因为它是一种能够很好地为人民服务的重要工具。冯雪峰肯定了鲁迅和瞿秋白等作家创作杂文的价值和意义，指出那是在黑暗的社会形势下为了战斗的需要而写的，因此战斗性、思想性和政论性构成了一切杂文的生命。但是时代和环境变化了，在人民民主专政的社会主义国家里，就必须适应于人民所需要的新的形式、内容和精神的杂文："新的杂文，在人民民主专政的时代，却完全不需要隐晦曲折了。也不许讽刺的乱用，自然并非一般地废除讽刺。它能够大声疾呼和直剖明析了。"1951 年，孔罗荪在《关于杂文》一文中也主张"不要那种曲折、隐晦和反语的杂文，不要'伊索寓言式'的奴隶的语言，而要'明白浅显和大声疾呼的，直剖明晰与大刀阔斧'的杂文"。换句话说，即要求杂文摆脱隐晦含蓄的"曲笔"手法，提倡明朗晓畅、简洁直露的写作风格，以此与"工农兵方向"文学模式达成一致。与此同时，黄裳的《杂文复兴》和夏衍的《谈小品文》等都在为杂文的复兴和发展出谋划策。这使得当代杂文在众多名家的呼吁和努力下尝试与时代保持着紧密联系，而它的艺术衡量的尺度又与现代文学场域有着本质的区别，因此这构成了某种内在的矛盾症状，使得真正敢于实践杂文创作的人实际上并不那么突出。总的来说，杂文创作的精神动力是批判性的、犀利性的，为武器，为"匕首"，完全致力于"划破黑暗"目标的实现，那么，在五六十年代文艺政策一元化背景下企盼通过杂文的复兴来激发文学和社会变革，彰显创作主体独立、活跃的自由言说，从一开始就预示了它的发展面临着诸多困境。

中华人民共和国成立初期，尽管黄裳等文艺理论家为"杂文复兴"做了诸多努力，然而效果并不显著，杂文创作处于徘徊不前的境况。具体来说，两股力量成了杂文创作的中坚，一股是以聂绀弩和夏衍为主的在现代文学史上早有名气的作家，另一股是以陈笑雨、郭小川、张铁夫等为主的迅速崛起的新生代作家。聂绀弩原本就是杂文的行家里手，继承了鲁迅嬉笑怒骂皆文章的风格，这

作家聂绀弩

一时期他发表了《论黄色文化》《论"中国之大患"》《论六个文盲卫士当局长》《茫然》《关于伍修权将军》《傅斯年与阶级斗争》《由一篇"社论"引起的》等杂文，数量斐然。这些杂文重在歌颂新中国和人民革命的胜利，鞭挞反动势力和资产阶级的丑陋与残暴，主题鲜明，立场坚定，例如《论黄色文化》和《茫然》都是批判吃人的旧社会的一些人的横行霸道与荒淫无耻，前者揭露了色情文学、大腿电影、软性音乐和跳舞、猥琐的照片和画片、玩弄女性的新闻和言论等黄色文化与反动阶级的反动政权是分不开的，"没有反动政权，没有反动阶级了的时候，就会没有黄色文化"；后者揭露了旧世界是底层民众用血肉和生命喂养吸血鬼（统治者）的罪状，这些吸血鬼"一面吃人肉，喝人血，嚼人骨，撕人皮，一面又对我们说：'我就是旧世界，你怕不怕！'"夏衍是著名的左翼作家，解放初期任上海市委宣传部长。1949 年 8 月至 1950 年 9 月，夏衍在《新民报·晚刊》上开辟"灯下闲话"专栏，发表了众多发人深思的杂文，在读者当中产生了广泛影响，其中的名篇有《一个奇迹》《冷面孔》《刮目相看》《新生

的力量》《给远行者》《艺术家的路》等。与聂绀弩一样，夏衍以简洁明快的笔调赞颂了新的时代和新的人民，表达了对社会主义事业的积极拥护和执着信念。陈笑雨、郭小川、张铁夫三人在中华人民共和国成立初期以"马铁丁"为笔名在《长江日报》开辟"思想杂谈"专栏，产生了轰动效应。他们的杂文印上了明显的苏联痕迹，因此被称为"苏式小品文"，往往从政治和道德着手，穿插对青春、理想、真理、信仰等时代主题的探讨，为树立正确的人生观和世界观服务。《像真理一样朴素》以高尔基询问工人列宁最显著的特点是什么

作家夏衍

入手，歌颂了列宁"像真理一样朴素"的高尚品德和充实思想，号召人们向列宁学习，"让我们学习成为表里一致朴素的人吧"。《自求解放》中通过列宁用亲切友好的态度教育农民不要烧掉沙皇的房子，而是保留下来让老百姓自己住的故事，强调指出讲清道理，说服教育对于共产主义建设的重要性，"农民的认识还从这件具体事实中提高了一步"。这些杂文追求故事娓娓而谈，文笔清新直白，道理深入浅出，但多为即兴之作，形式简单，难以引人入胜，从而只是在短时间内引起人们的关注。

　　杂文形成创作浪潮出现在 50 年代中期"双百方针"文艺政策实施前后，即 1956 年至 1957 年间，文艺界提倡探索精神和独立思考，各种文艺形式和创作风格都得到了一定程度的发展。更主要的是，在"双百方针"这一作为发展科学文化事业的正确方针的带动下，作家被鼓励对社会现实中存在的"阴暗面"进行揭露，对人民内部矛盾进行批评，正是杂文的最重要的品格。在鲁迅杂文"嬉笑怒骂"本性的激励下，一些艺术家热烈推崇这种具有民主意识的文学模式，符合了一些作家怀旧与现实矛盾冲突的心理需要，因此它所体现出来的批判力度较大。"看近来的报章杂志的趋势，小品文的锋芒大都指向较小的干部，很少接触到大干部的思想作风。"[01] 1956 年，昆剧《十五贯》在北京上演引起轰动，《人民日报》发表社论《从"一

---

[01] 回春（徐懋庸）：《小品文的新危机》，《人民日报》1957 年 4 月 11 日。

新中国文学的开端——十七年文学史

出戏救活了一个剧种"谈起》，"满城争说十五贯"成为一个重大文学和社会事件，受到了周恩来重视并要求公安、检察和司法部门警惕官僚主义现象的发生。随后，老作家巴人在《人民日报》发表杂文《况钟的笔》，以深刻的思想和雄辩的力量巧妙地抨击了重大的社会问题。巴人围绕况钟断案时"那支三落三起的笔"展开论述，赞扬了况钟落笔的深思熟虑以及战胜官僚主义者上司周忱和主观主义者下属过于执的两支笔锋夹击的崇高品质，提出"笔的作用"事关人命、公平和真理的论点，"况钟的笔底下有'人'，就是况钟用笔的可贵精神"。作者以古喻今，揭露了当时政府官员也存在主观官僚主义倾向，给国家和人民带来了无法挽救的损失和灾难。"我们之间，也不缺乏像过于执那样的人，只知大笔一挥，看不到笔底下有'人'；或者把任何工作，往上一推，往下一压；自己仅仅经过手，签个名，只考究自己签名的字，是否'龙翔凤舞'，足够威势，也算是用过笔了。"我们联系到当时全国范围内轰轰烈烈展开的"肃反""审干"运动，许多无辜的革命工作者、艺术家和普通老百姓在官僚主义和主观主义的作祟下成为牺牲品，才能深切地体会到"况钟的笔"所寄寓的教育作用和现实意义。《人民日报》发文《关于整风运动的指示》指出："全党重新进行一次反官僚主义、反宗派主义、反主观主义的整风运动。"这使得作家在篇尾迫切希望"经常用笔而又经常信笔一挥的人，是不能不想想况钟的用笔之法的"，可谓一语中的。继《况钟的笔》之后，巴人趁热打铁发表了《论人情》《"多"和"拖"》《"敲草榔头"之类》《"上得下不得"》等杂文名篇，以其深刻和犀利的批判精神而著称。《人民日报》发表巴人的杂文之后产生了意想不到的影响，许多作家看到了新中国的革命和建设事业仍旧离不开杂文，禁不住纷纷拾笔通过杂文创作进行思想表达和社会批判，他们所流露的共同的坦诚相待构成了保卫社会的灵魂，也赋予国家以生机勃勃的大好形势。于是从 1956 年 7 月 1 日起，《人民日报》对副刊进行了重大改版，给杂文留出了更多的言说空间，强调杂文是"副刊的灵魂"，其副刊稿约

作家巴人

的第一条即为："短论、杂文、有文学色彩的短篇政论、社会批评和文化批评。"《光明日报》《工人日报》《中国青年报》《北京日报》和《文艺报》纷纷跟进，许多地方报刊也竞相效仿，将振兴杂文作为改版的基本思路。在此强力倡导之下，巴金的《"艰苦"和"浪费"》、老舍的《文艺学徒》、唐弢的《"言论老生"》、严秀的《官要修衙，客要修店》、舒芜的《"反动的无聊的小说"质疑》、柯灵的《悲剧与喜剧》、秦似的《学习泛感》、蓝翎的《"争鸣"与著作》、林放的《一篇功德无量的文章》、黄秋耘的《锈损了灵魂的悲剧》、臧克家的《"六亲不认"》、吴祖光的《相府门前七品官》、黄立文的《幽灵徘徊不去》等作家作品如雨后春笋般涌现出来，一时间杂文创作备受追捧，很快得到社会的认可和关注。这一时期的杂文创作风头最盛的是徐懋庸，他继承了鲁迅传统，经常运用化名，以笔为武器，先后创作了一百多篇杂文，将批判的矛头直指官僚主义、宗派主义和主观主义，鞭挞专制作风、特权思想和愚昧无知。此间，徐懋庸在《人民日报》文艺版开辟杂文专栏"打杂新集"，以尖锐的笔锋揭露了教条主义和主观主义对社会主义事业造成的巨大危害，其中的知名作品有《不要怕民主》《不要怕不民主》《敌与友的关系》《大国主义和大国》《教条主义和心》《武器、刑具和道具》《对于百家争鸣的逆风》《两个领导者》《倚墙为生的人》《论和风细雨》《批评和团结》《老实和聪明》《简单与复杂》等。《不要怕民主》和《不要怕不民主》两篇姐妹杂文直至今日仍然闪烁着真理和智慧的光芒，具有深刻的启迪意义，作家从正反两个方面对民主的含义进行了论证剖析，对当权者来说，要给人民讲真话的机会和勇气，如果任凭官僚主义兴风作浪，必将导致国家的衰败和民族的灭亡；对人民群众来说，要鼓足勇气与官僚主义做斗争，争取当家做主的权利，为振兴新中国而努力。在《武器、刑具和道具》一文中，作家从刀在不同人手上分别充当武器、刑具和道具的不同用途，分析了中外历史上的三种"理论家"："第一，真正以理论为武器，在交锋中分胜负的战士；第二，以'理论'为刑具的刽子手；第三，以'理论'为道具的艺人。"接着逐一对他们进行了本质分析及其对社会造成的不同后果进行分析，阐明只有

作家徐懋庸

真正的战士才能给科学和艺术的繁荣带来希望。此外，徐懋庸还是一位著名的杂文理论家，写下了《过了时的纪念》《小品文的新危机》《关于杂文的通讯》《我的杂文的过去和现在》《关于讽刺》《对"干预生活"的补充》等时文，主张杂文应该以真诚的态度面对现实，发扬战斗到底的勇气，宣扬"用针砭""讽刺也是治病救人的工具"[01]的表达方式，在一个教条主义盛行的时代，显示出了知识分子的良知与正义。随着反右派斗争的开始，杂文的兴旺景象很快遭到遏制。1957 年 4 月 15 日，《文艺报》编辑部召开了杂文座谈会，徐懋庸、陈笑雨、张光年、袁水拍、高植、杨凡、舒芜、叶秀夫、王景山等文艺工作者就如何通过杂文来反映人民内部矛盾、如何扩大杂文的题材范围和作家队伍以及如何使杂文的内容形式多样化等问题展开了讨论，其实有的人已经意识到了杂文并不乐观的发展前景，"因为教条主义和宗派主义是不需要杂文的"[02]。杂文与"双百方针"的命运起伏呈现出同一性，正如张光年所言："杂文是'百花齐放，百家争鸣'的急先锋，又是'百花齐放，百家争鸣'的晴雨表。当'百花齐放，百家争鸣'的方针受到抵制的时候，也就是杂文受到抵制的时候。"[03] 1957 年 12 月 1 日，《人民日报》再次改版，提供给杂文的版面大大减少，其他报刊的杂文举措也大都采取压缩政策，杂文创作很快进入沉寂状态。

　　1961 年至 1962 年一年半的时间内，伴随散文再度复兴的良好局面，杂文创作出现了小型的、局部性的复苏，它称不上"高潮"，只不过是在一个相对沉寂的特殊时期发出了自己的声音，因此给人以难能可贵的感觉。总体而言，参与杂文创作的队伍极其弱小，全国作家加起来也不过二三十人，并没有形成大规模书写的趋势，时空发展受到了限制；另外，这一时期直接体现出针对性强、针砭时弊的杂文屈指可数，绝大多数都丧失了理应承担的社会批评和文明批评的基本功能。邓拓、吴晗、廖沫沙代表了杂文创作的较高水平，他们的主要成就是邓拓的《燕山夜话》和吴南星的《三家村札记》。1961 年 3 月至 1962 年 9 月，邓拓开始以"马南邨"为

[01] 徐懋庸：《关于讽刺》，《北京日报》1957 年 5 月 28 日。
[02] 徐懋庸：《我们需要杂文，应该发展杂文》，《文艺报》1957 年第 4 期。
[03] 参见张光年在《文艺报》召开的杂文问题座谈会上的发言，《文艺报》1957 年第 4 期。

作家邓拓　　　　　作家吴晗　　　　　作家廖沫沙

笔名在《北京晚报》副刊"五色土"开辟"燕山夜话"专栏，一共发表 153 篇杂文。邓拓开辟"燕山夜话"的目的很简单，就是要把它办成普及知识的专栏杂文，这一点在 3 月 19 日刊登的一篇杂文《生命的三分之一》中交代得很清楚："一个月本来只有三十天，古人把每个夜晚的时间算作半日，就多了十五天。从这个意义上说来，夜晚的时间实际上不就等于生命的三分之一吗？……我之所以想利用夜晚的时间，向读者同志们做这样的谈话，目的也不过是要引起大家注意珍惜这三分之一的生命，使大家在整天的劳动、工作以后，以轻松的心情，领略一些古今有用的知识而已。"正是在这样的思想指导下，邓拓在《燕山夜话》中几乎是以百科全书方式介绍时事政策、科学知识、天文地理、文史常识、文物古迹，写法上讲究深入浅出与生动活泼并重。例如《多养蚕》《围田的教训》《地上水和地下水》《粮食能长在树上吗》《茄子能成大树吗》等类似于"十万个为什么"的普及教育，极大地满足了文化水平不高的工农兵群众的低层次要求。不过邓拓毕竟是优秀的共产党员，同时身居要职，目睹"大跃进"和人民公社运动普遍存在的不顾实际和劳民伤财的种种弊端给广大无辜群众带来巨大的伤害，他不禁在杂文中自觉流露出爱憎分明、批判时弊的倾向，干预生活的现实性较强。如《一个鸡蛋的家当》《说大话的故事》《主观和虚心》《王道和霸道》《变三不知为三知》《智谋是可靠的吗》等杂文一再强调实事求是、不脱离实际、反对主观主义的理念态度，真可谓见微知著，于妙趣横生中蕴含深意。《三家村札记》是这个时期另一典型的杂文代表，作者吴南星是笔名，实际成员为邓拓、吴晗、廖沫

邓拓的　　　　　　　邓拓、吴晗和廖沫沙的
《燕山夜话》　　　　　《三家村札记》

沙。"燕山夜话"专栏开辟之后产生了巨大影响力，北京市委机关理论刊物《前线》杂志决定效仿开辟一个杂文专栏，以达到"惩前毖后，治病救人"的效果。时任《前线》主编的邓拓一牵头，吴晗和廖沫沙欣然同意，于是从 1961 年 10 月至 1964 年 7 月共两年多的时间里，他们在"三家村札记"专栏断断续续发表了 65 篇杂文。"三家村札记"继承了"燕山夜话"的路数，从形式到内容都完全一致，林默涵这样总结和评价："这里面，无非是三位作者用杂文的形式，介绍了一些古人读书治学、作（做）事做人、从政打仗等各方面的经验得失，针砭了现实生活中一些不良倾向和作风；赞扬了社会主义社会的新人新事；还介绍了一些可供借鉴的各种知识……。"[01] 邓拓、吴晗、廖沫沙三人当时皆为北京政府官员，又同为知识渊博的学者，在杂文创作中通过温和的语调与朴实的叙述来引导和调动广大群众学习科学文化知识的积极性，同时以曲笔的方式来展现他们匡扶正义、祛除邪恶、捍卫真理的决心与信念，从而在一定程度上达到了思想建设与政治策略结合起来的效果。在这其中不乏《说谦虚》《谈火葬》《谈读书》《谈写作》《谈兴趣》《谈海派》《谈演戏》《谈北京城》《谈学术研究》《论戏剧改革》等以提倡多读书、强调学习的方法为主的知识介绍与借鉴，也有对不合理的社会现实进行批判与抨击的作品，例如邓拓的《伟大的空话》《重视群众的经验》，吴晗的《讨论的出发点》《赵括和马谡》，廖沫沙的《科学话同科学事》《不要囫囵吞枣》等。总的来看，邓拓

---

[01] 林默涵：《〈三家村札记〉序》，《三家村札记》，人民文学出版社 1979 年版。

等人采取谈心的写法，娓娓道来，循循善诱，拉近与读者的距离，同时在对现实的介入中表现了某种批判性质疑，力图妥善解决杂文与其他文类之间存在的巨大差距，这无形中为杂文的发展开拓了新的空间。

第九章

戏　剧

一、概况

相比小说、诗歌和散文，戏剧在中国左翼文学中是最强调掌握"领导权"的文类，主要原因是戏剧与现实、群众的关系最为密切，它可以在极短的时间之内促进群众组织和集体传播功能的完成。30年代的左翼戏剧运动和 40 年代解放区以《兄妹开荒》《白毛女》《逼上梁山》等经典剧目为代表的戏剧改革运动实际上都是沿着"广场戏剧"的大众化方向发展起来的。"中国戏剧运动的进路是普罗列塔利亚演剧。"[01] 戏剧与无产阶级工农大众化道路紧密配合，深入战场、街头、农村、军队、工厂、学校，发挥了战斗性的优势和教育性的作用，在极短的时间内达到振奋精神和凝聚力量的效果，组建剧社、剧团和文艺工作团成为一种推动戏剧发展的模式，归根到底还是为了突出戏剧的鼓动性和占有戏剧的领导权。中华人民共和国成立之后，戏剧更是广泛与政治、经济、文化、历史等社会生活领域有着密不可分的关系，意识形态功能进一步强化和凸显。

"十七年"的戏剧创作与演出是国家领导下的一种文学行动，国家将戏剧的发展完全纳入自己的管辖和控制范围。首先是成立了各种戏剧组织机构。我们知道，战争期间全国各地产生的业余演剧组织不计其数，从数量上来说，官方主办的较少，绝大多数都是民间自发组

---

[01] 沈起予：《艺术运动底根本概念》，《创造月刊》1928 年 10 月 10 日第 2 卷第 3 期。

织的。1949 年以后，这种情况发生了质的变化。首先是中央政府和国家领导人接二连三以会议和文件的方式规划如何进行戏剧改革创新，并且提出具有针对性的"百花齐放，推陈出新"方针，文化部要求各省级行政区和各大城市成立"专业化"或"正规化"的剧院或剧团，于是相关的戏剧学院和专业剧院纷纷成立，例如中央戏剧学院、北京人民艺术剧院、上海人民艺术剧院、中央实验话剧院等，这些"单位"成为政府推广戏剧的权威标志；另一方面，全国大型戏剧刊物如《人民戏剧》和《剧本》等纷纷创刊，这为活跃创作和理论探讨

戏剧刊物《人民戏剧》　　　戏剧刊物《剧本》

提供了重要园地，也是党和政府文化政策的宣扬阵地。其次是戏剧作家队伍建设的粗具规模，将来自不同区域的戏剧工作者集结在"新的人民的文艺"旗帜下，他们被标上了特定的身份符号，成为政治意识形态的传达者和呈现者，其自身的独立精神、批判意识和创造能力受到严格控制。除了郭沫若、丁西林、李健吾、老舍、曹禺、田汉、夏衍、于伶、陈白尘、马健翎等老作家之外，胡可、史超、白桦、赵寰、陈其通、沈西蒙、所云平、丁一三、崔志德等 50 年代崛起的青年作家也成为戏剧创作的主要力量，新旧两代作家的共同点在于按照主题先行和外部情节冲突来展开，使得戏剧创作常规范式的结构模式初步形成。第三是戏剧的"观摩"演出制度进一步加强了对戏剧创作的管理和规范。戏剧演出既起到了交流和宣扬的作用，又为规范写作和树立典型提供了保证。1956 年第一届全国话剧观摩演出大会历时一个多月，共有 41 个话剧团的 50 多部作品参演。1960 年文化部举

第一届全国戏曲观摩演出大会

办的话剧观摩演出会共有 12 部作品参演。1952 年文化部举办第一届全国戏曲观摩演出大会，共有 23 个剧种和 80 多个作品参演。1964 年首届全国京剧现代观摩大会共有 29 个京剧团演出了 36 个作品。加上 1959 年全军文艺汇演、1964 年空军首届话剧、歌剧汇演等作为全国性的戏剧"观摩"演出，体现的是国家对戏剧的统筹安排和系统控制，通过层层改编和净化，符合了戏剧艺术活动随着新形势下社会主义建设同步进展的要求。

戏剧在这一时期出现了三次比较明显的繁荣局面，而这一切的发生都与政治有着千丝万缕的关系。第一个阶段是中华人民共和国成立初期至 1952 年，戏剧改革运动拉开序幕，剧院呈现一派改天换地的新局面。首先是将对旧剧及一切旧文艺的挖掘、审定和整理提上了议事日程，旧艺人也被整编进全民集体所有制的戏曲剧团之中。这显示了新的文艺政策的权威性，"改戏、改人、改制"要求在党中央文化部统一调配和部署的范畴内进行，任何个人不得擅自主张。1952 年 10 月中央文化部举办的第一届全国戏曲观摩演出大会上共上演 82 个剧目，其中经过整理的传统剧目有 63 个，重新编定的历史剧有 11 个，标志着"三改"政策取得了一定成效。湖南花鼓戏《刘海砍樵》、越剧《梁山伯与祝英台》、京剧《将相和》、川剧《秋江》、评剧《小女婿》、楚剧《葛麻》、秦腔《游龟山》等都是"推陈出新"的成果。其次是现代话剧创作初见成效，显示出新中国生机盎然的时代特点，既有反映新人新事的剧作，如鲁煤的《红旗歌》，老舍的《龙须沟》，杜印、刘相如、胡零的《在新事物的面前》，魏连珍的《不是蝉》等，又有回顾革命战争年代的题材剧作，如刘沧浪的《母亲的心》，胡可的《战斗里成长》，宋之的的《打击侵略者》，傅铎的《冲破黎明前的黑暗》，赵寻、兰光的《人民的意志》等，它们大多数发表了单行本，产生了广泛影响。

第二个阶段是 1953 年至 1962 年，为戏剧创作的黄金时代。这也是最重要的一个阶段，一共出现了两次创作高潮。第一次是 1956 年前后，"百花齐放，百家争鸣"的文艺方针极大地促进了戏剧发展，出现了新的创作面貌。首先是话剧创作取得了大丰收，数量增多，题材丰富，形式多样，反映农业题材的作品有安波的《春风吹到诺敏河》、孙芋的《妇女代表》、田心上的《妯娌之间》、舒慧的《黄花岭》

等，反映工业题材的作品有崔德志的《刘莲英》、艾明之的《幸福》、夏衍的《考验》、蓝澄的《不平坦的道路》、陈桂珍的《家务事》、丛深的《百年大计》等，反映革命战争题材的作品有陈其通的《万水千山》、杜宣的《无名英雄》、沈西蒙的《杨根思》、胡可的《战线南移》、邢野的《游击队长》等，此外还有反映兄弟民族和国际斗争题材的作品。1956 年 3 月 1 日至 4 月 5 日召开的第一届全国话剧观摩演出大会共有 37 个话剧受到中央文化部的奖励，官方的认可无疑把戏剧创作推向又一个高潮。其次是戏曲改革取得了丰硕成果，通过对传统剧目进行"去芜存菁"和对上演剧目进行"抑浊扬清"结合起来获得的实践经验，大量传统剧目实现了艺术再创造和功能再发挥。1956 年 6 月第一次全国戏曲剧目工作会议提出了有组织有计划地进行传统剧目的"推陈出新"目标，整理和革新成为工作常态。据刘芝明发表于《戏剧报》1957 年第 9 期的《大胆放手开放戏曲剧目》一文记载，全国挖掘的传统剧目数量可观，有名目的为 51867 个，有文字记录的为 14632 个，初步整理的为 4223 个，公开上演的为 10520 个。昆曲《十五贯》和《墙头马上》、京剧《白蛇传》和《野猪林》、越剧《情探》和《追鱼》、评剧《秦香莲》和《杨八姐游春》、豫剧《花木兰》和《穆桂英挂帅》、秦腔《赵氏孤儿》和《游西湖》、黄梅戏《天仙配》、柳子戏《孙安动本》、道情戏《枫洛池》、弋阳腔《还魂记》等为经典名篇，其中《十五贯》更是以"一出戏救活了一个剧种"而享誉中外，成为传统剧目改革的成功典范。最后是歌剧创作有了显著发展。北京和上海等大城市建立了实验歌剧院，歌剧的专业化程度提高。1957 年中国剧协和中国音协召开了"新歌剧讨论会"，强调将本国歌剧传统和外国歌剧经验相结合，开拓了新歌剧的发展方向。《刘胡兰》《小二黑结婚》《草原之歌》《迎春花开了》《风雪摆渡》《海上渔歌》等一批比较优秀的作品受到群众欢迎。值得一提的是，在思想解放的背景下，戏剧创作冲破了左倾教条的束缚，取得了实质性的进展。1957 年关于"第四种剧本"的提法就是对此的探索和创新："我们的话剧舞台上只有工、农、兵三种剧本。工人剧本：先进思想和保守思想的斗争。农民剧本：入社和不入社的斗争。部队剧

中国戏剧家协会编的
《新歌剧问题讨论集》

本：我军和敌人的军事斗争。……到底我们能不能写出不属于上面三个框子的第四种剧本呢？"[01] 所谓"第四种剧本"其实就是要求突破"题材决定论"和"无冲突论"，强调直面现实，干预生活，揭露矛盾，突破"人性"和"人道主义"禁区，大胆深入人物的心灵世界，扩大戏剧的表现功能，代表作品有杨履方的《布谷鸟又叫了》、海默的《洞箫横吹》、岳野的《同甘共苦》、何求的《新局长来到之前》、鲁彦周的《归来》、熊佛西的《上海滩的春天》等。戏剧舞台上的其他重要"收获"还有老舍的《茶馆》和田汉的《关汉卿》，"五四"新文学传统在这里得以继承，这是非常有纪念意义的尝试。这一阶段的第二次戏剧创作高潮出现在 1962 年前后，党中央政治经济领域实行的"调整、巩固、充实、提高"方针对 50 年代末急剧膨胀的左倾思潮进行了遏制，文艺政策也随之进行了调整。这样才一步一步纠正了自 1958 年以来为了配合"大跃进"运动戏剧界掀起的大放"卫星"，"赶任务""写中心、演中心、唱中心"的公式化、概念化倾向。随着"第四种剧本"重新得到肯定和评价，剧作家们的创作积极性被调动起来，话剧创作和历史剧创作都取得了突出成就。话剧的优秀作品有沈西蒙等的《霓虹灯下的哨兵》、赵寰的《南海长城》、冯德英的《女飞行员》、胡万春等的《激流勇进》、刘川的《第二个春天》、孙维世的《初升的太阳》、蓝澄的《丰收之后》、张仲朋的《青松岭》等，这些作品比较忠实于从现实生活出发，塑造了个性鲜明的人物形象。历史剧作品是这一时期戏剧文学繁荣的另一例证，田汉的《关汉卿》和《文成公主》、郭沫若的《蔡文姬》和《武则天》、曹禺的《胆剑篇》、朱祖贻和李恍执笔的《甲午海战》等引起了人们对历史和现实关系问题的思考。此外，戏曲与新编历史剧的艺术融合为戏剧发展开辟了又一路径，吴晗的《海瑞罢官》、田汉的《谢瑶环》和孟超的《李慧娘》等作品都取得了重大突破。"现代戏、传统戏、新编历史剧三者并举"使得当代戏剧又出现了"文革"之

毛泽东提出
"千万不要忘记阶级斗争"的口号

[01] 黎弘：《第四种剧本 —— 评〈布谷鸟又叫了〉》，《南京日报》1957 年 6 月 11 日。

前最后一次繁荣景象。

1962 年 9 月，毛泽东在中共八届十中全会上提出"千万不要忘记阶级斗争"的口号，当代戏剧进入第三个发展阶段，其独立性基本丧失，沦为政治力量的工具。这一时期戏剧创作的一个主要特征是集体创作成为普遍现象，这为"文革"样板戏的打造埋下了伏笔。1964 年在北京举行的首届全国京剧现代戏观摩大会共展出了 36 个现代京剧，其中最引人注目的作品有翁偶虹和阿甲改编的《红灯记》、汪曾祺等改编的《芦荡火种》、上海京剧院集体改编的《智取威虎山》、李师斌等编剧的《奇袭白虎团》、天津京剧团改编的《六号门》以及赵化鑫等改编的《草原英雄小姐妹》等。这些现代京剧进行了大刀阔斧的"改制"，主要体现在改变了传统戏曲以生、旦、净、末、丑的表演行当为主的表演体制，以曲联体或板腔体为主要形式的音乐体制，以分场及空间不固定为主要原则的文学体制和以"随意赋形"为基本观念的舞美体制。这一阶段，歌剧创作所取得的成绩也可圈可点，产生轰动效应的作品有湖北省实验歌剧团集体创作，张敬安、欧阳谦叔作曲的《洪湖赤卫队》；阎肃编剧，羊鸣、姜春阳作曲的《江姐》；柳州市创编组创作，广西壮族自治区歌舞团改编的《刘三姐》等，在民族传统风格的继承和外国歌剧表现手法的追求上努力尝试将彼此相互融合与渗透。这些戏剧均系千锤百炼之作，戏剧性与抒情性、戏剧的艺术效果和文学的欣赏价值结合得较为完美，是当代戏剧改革的一个重要里程碑。"文革"前夕，随着左倾文艺思潮泛滥，"四人帮"提出"写十三年"口号，以及对《海瑞罢官》《李慧娘》和《谢瑶环》等作品及其作家进行批判和打击，戏剧文学的创作跌入低谷。

二、老舍《茶馆》

老舍是中国现代文学史上最著名的小说家之一，《骆驼祥子》《月牙儿》《二马》《离婚》等小说代表了作家的最高文学成就。抗日战争期间，除了长篇小说《四世同堂》，老舍以创作戏剧为主，《残雾》《归去来兮》《面子问题》《国家至上》（与宋之的合作）等话剧都是抗战时期的代表作，作家围绕为现实服务的原则，讽刺了官僚政吏、实业家、金融家等形形色色的投机主义分子给国家和民族带来的巨大危害。这是老舍的第一次转型，作为中华全国文艺界抗敌协会的主持人，作家潜心戏剧创作对于文艺介入战争无疑起到了良好示范作用。不过，因为着眼于为现实服务，它们体现出来的公式化、概念化倾向初露端倪。

1949 年底，老舍离开美国回到北京，一心一意接受党的"思想改造"，加紧学习，纠正小资产阶级的偏见，深入工农兵的斗争生活，跟上时代和政治步伐，为新兴无产阶级队伍创作出他们喜闻乐见的戏剧作品。"我急于写出作品，并期望收到立竿见影的教育效果。剧本这个形式适合我的要求。"[01] 可见老舍专攻戏剧创作是他意识到戏剧为政治服务和为人民服务的迫切需要，他克服了种种困难，从中华人民共和国成立初期到"文革"爆发之前，一共创作了 23 部话剧，《茶馆》《龙须沟》《方珍珠》《春华秋实》《红大院》《女店员》《全家福》《青年突击队》等体现了作家在当代的主要文学成就。此外，老舍还改编了几部戏曲、歌剧和歌舞剧，例如《柳树井》《消灭病菌》《大家评理》等，显然这不是他的擅长。这些作品绝大多数都是为了配合现实的需要，作家的满腔热情也带上了时代痕迹，例如《春华秋实》和《青年突击队》是为了配合"三反""五反"运动，《红大院》和《全家福》是为了配合"文艺大跃进"，为宣传政治意识形态的"赶任务"之作，在反映生活的深度、刻画人物形象的典型性以及情节结构的严谨方面都存在一定的欠缺。不过，《茶馆》和《龙须沟》为他带来了良名美誉，作家因此获得"劳动模范"和"人民艺术家"光荣称号。《龙须沟》是作家因热情激发而"不顾成败"采取的一次冒险之作，通过北京真实的"修沟"事件来表达中华人民共和国成立的重大政治意义，它合乎"文章合为时而著，歌诗合为事而作"的诉求，"对人民政府为人民修沟的歌颂"[02]，实际上是文艺对主流新闻报道的迎合，与《白毛女》"旧社会把人逼成鬼，新社会把鬼变成人"的主题有着异曲同工之妙，《龙须沟》里面连程疯子这样的旧社会艺人都在焕然一新的时代面前重新找回了生活的信心和艺术的真谛，可谓意味深长。

《茶馆》是老舍在当代文坛上标志性的典范之作，它的地位有点类似于曹禺的《雷雨》和《日出》之于现代文坛，在许多方面进行了

---

[01] 老舍：《我当选为全国人民代表大会代表的感想》，《戏剧报》1954 年第 9 期。

[02] 老舍：《〈龙须沟〉写作经过》，《人民日报》1951 年 2 月 4 日。

老舍名作《茶馆》剧照

创新。当然,《茶馆》本来就是在"百花齐放,百家争鸣"相对宽松的文艺方针政策背景下产生的一朵奇葩。"毫无疑义的是半个世纪以来中国话剧舞台上出现的第一流作品中最前列的几个之一,是中国话剧史上应该占有突出地位,应该详细描述的作为一个阶段的代表作品之一。它是我们社会主义戏剧战线的骄傲与光荣。"[01] 首先是时空艺术的巧妙处理和深刻隐喻,这既避免了公式化、概念化弊病的出现,又避免了遭受不必要的批判和阻力。《茶馆》重现了中国大半个世纪的历史风云变幻,反映了从 1898 年戊戌变法到 1945 年抗战胜利的社会历史变迁,三幕戏对应三个年代,分别是戊戌变法失败之后帝国主义在华势力的扩张、袁世凯死后民国初年的军阀战祸和抗日胜利之后国民党特务和美国大兵横行北京。我们知道,《茶馆》主要体现新旧社会的对比,鞭挞旧社会,歌颂新社会。前者是批判主题,显然老舍做得很好,那恰恰是他所熟悉的题材,因此写起来得心应手;后者呢,写起来可不那么容易,毕竟《茶馆》是一部应时之作,人们关心的不是它的艺术性,而是能否和政策保持一致。但是写政治又不是老舍的专长,他说:"我不熟悉政治舞台上的高官大人,没法子正面描写他们的促进与促退。我也不十分懂政治。我只认识一些小人物。"[02] 因为不懂,那么写出了对旧社会的恨,就是映射了对新社会的爱,这是老舍相当纯粹的想法,对他来说只能采取扬长避短的表述策略。在空间呈现上,老舍选取了一个小小的茶馆,并安排了形形色色的人物混迹其中,"茶馆"因此成为社会的一个缩影。"当帷幕升起,呈现在观众面前的是一幅中国画。在一幅充满活动和色彩的画面上,展现出一个供不同阶层、不同年龄的人喝茶、吸烟、玩鸟、高谈阔论的公共场所。"[03] 由此可见,"茶馆"不只是一个单纯的政治隐喻体,同时也

---

[01] 刘厚生:《〈茶馆〉——艺术完整性的高峰》,《人民戏剧》1980 年第 9 期。

[02] 老舍:《答复有关〈茶馆〉的几个问题》,《剧本》1958 年 5 月号。

[03] [德] 乌苇·克劳特编:《东方舞台上的奇迹——〈茶馆〉在西欧》,文化艺术出版社 1983 年版,第 83 页。

是一个文化展览场所，不同身份的人在这里展现人际交往和文化冲突，这又是老舍的专长，足以发挥他的才华，这才保证了作品的艺术质量。其次，老舍采用了"侧面透露"的艺术表现手法，以"茶馆"作为定点，通过场景的转换以及众多的"提示"和"穿插"画外音，将"三教九流"的人物群像联系起来，通过他们的命运来反映社会变迁，重大的历史事件和政治风云一览无余地呈现。这样，在不同时代的场景中，观众既看到了不同历史时代的跟进与联系，又真切地感受到了整个社会的沉浮与荣衰。《茶馆》描绘的三个时代是中国 20 世纪最动荡的几十年，老舍让七十多个人物轮番出场，完成了埋葬旧社会的主题，同时从侧面透露了历史发展的迹象与走向，这是当代戏剧的大胆革新，正如作家所说："我的写法多少有点新的尝试，没完全叫老套子捆住。"[01] 再次，老舍难能可贵地通过《茶馆》复活了戏剧文学的悲剧审美艺术，这在"十七年"阶段是相当少见的现象。1957 年，老舍发表《论悲剧》一文，是他对社会主义文学有无悲剧的思考和探索。"也许有人说：民主生活越多，悲剧就越少，悲剧本身不久即将死亡，何须多事讨论！对，也许是这样。不过，不幸今天在我们的可爱的社会里而仍然发生了悲剧，那岂不更可痛心，更值得一写，使大家受到教育吗?"[02] 在另一次和茅盾、欧阳予倩讨论社会主义文学是否有悲剧的问题时，老舍不禁感慨万端："茅盾先生讲得好啊！各尽所能。繁荣社会主义文艺，就应该这样！古今中外留下那么多感人肺腑的悲剧剧本，社会主义戏剧，悲剧就灭亡了不能存在?"[03] 老舍坚定认为悲剧存在任何一个社会制度中，不仅因为悲剧是一种生活现象，更是一种审美艺术。从内容来看，《茶馆》就是不同时代的社会悲剧的先后上演，而人物悲剧的穿插进一步强化了社会悲剧的不可避免，农村破产，民不聊生，连太监也买农家良女充当老婆，加上战祸连年，特务、大兵、巡警趁兵荒马乱之机，敲诈勒索，残害百姓，尤其是篇末王利发、秦仲义和常四爷三个老头子在茶馆里最后一次会面撒纸钱来祭奠自己，更是将悲剧氛围推向了高潮。这才是优秀的艺术作品所体现出来的深刻的思想价值和审美追求，作家展

---

[01] 老舍：《答复有关〈茶馆〉的几个问题》，《剧本》1958 年 5 月号。

[02] 老舍：《论悲剧》，《人民日报》1957 年 3 月 18 日。

[03] 葛翠琳：《魂系何处——老舍的悲剧》，《北京文学》1994 年第 8 期。

示了苦难的历程，促使人们思考解放的途径，老舍对当代文学的贡献也因此提升了一个层次。

老舍的《茶馆》是一部现代性杰作，是中国当代文学真正意义上的世界性因素之一种。在当时的中国，除了《茶馆》尚无其他任何戏剧能够从东方到西方形成上演浪潮，创造了"罕见的第一幕"。这就令人思考，到底是什么原因使《茶馆》大受欢迎？有专门研究《茶馆》的外国学者这样说过："从形式上看，《茶馆》似乎更接近西方戏剧。"[01] 事实上，《茶馆》不仅继承了"五四"文学传统，而且是西方现代戏剧理论在当时中国的成功运用。老舍多次尝试用小说的方法和技法来创作《茶馆》，他将"小说戏剧化"的构思技巧和艺术呈现推向了时代的巅峰。《茶馆》表现人物采取了契诃夫的"人像展览式"戏剧结构，发挥了以人物带动故事的优势，同时又根据人物的主次关系将他们组成一个有机整体，将众多的人物组织在一起，这对于吸引观众的注意力会起到很大作用。同样，为了吸引观众，《茶馆》采用了布莱希特的"间离化"艺术技巧，文中大量出现的"提示""穿插"和"说明"等非常明显的主观叙述使得读者很容易跳出戏剧本身，积极参与作者的话语言说，与人物命运同悲喜共患难，不知不觉中加入剧情的发展过程，同时对人生和社会进行了不断的反复的思索和追问。另外，老舍也尝试运用象征、荒诞、内心独白等现代技巧，尽管跟中国传统的快板、相声、鼓词等民间艺术成分的入戏相比有轻重缓急之分，但这仍然是《茶馆》与世界交流的必不可少的因素之一。在"十七年""主题决定论"的大环境下，老舍通过《茶馆》不断尝试形式上的创新，是他早期学习的西方一些新的文学观念和文学技巧在当代文学史上的延伸和运用，作家用他开阔的世界眼光为当代戏剧注入了鲜活血液。从更高层次的角度看，通过《茶馆》，老舍不仅是在歌颂新的社会带给人民新的生活，表达人民渴望追求幸福的迫切需要，同时也在思考，在取得革命胜利之后，社会主义新中国作为一个强大的现代民主国家应该如何实现与外面世界的交往和交流，既包括政治和经济的来往，又包括文化和观念的渗透，在此开放的基础之上建立健全的世界观。当然，情况远比这个复杂，《茶馆》成功走

[01] ［德］乌苇·克劳特：《联系演员和观众的纽带——谈〈茶馆〉演出的同声翻译》，《文艺研究》1981 年第 1 期。

向世界还离不开演员的精湛表演和舞台效果的精美设计等其他外在因素，这又牵涉到传播技巧方面的问题了。归根到底，"十七年"戏剧成为经典在舞台上永远闪耀光芒，是一个众人拾柴火焰高的艰苦过程，《茶馆》是这样，其他作品也是这样。

三、历史剧的创作

中国历史剧的创作与"五四"新文化运动同步进行，早在 20 年代就掀起了创作热潮，田汉的《颤栗》、陶晶孙的《黑衣人》、王独清的《杨贵妃之死》、郭沫若的《王昭君》、袁昌英的《孔雀东南飞》、杨晦的《磨镜子》、袁牧之的《爱神的箭》等作品代表了这一阶段的最高水平。早期历史剧带有明显的启蒙功能色彩，大都注重从人物的内心世界和伦理叙事角度出发来表现新人文主义精神，受西方现代心理学的影响较大。进入三四十年代，文学与现实的关系越来越密切，历史剧为现实服务的功能越发明显，一些作家强调历史剧应该直接作用于贴近现实、教育群众，例如郭沫若就持这种态度："有好些专家或非专家却爱把史剧和现实对立，写史剧的便被斥责为'逃避现实'或'不敢正视现实'。"[01] 历史剧与现实之间的互动关系成为时代特征，历史剧的社会政治学模式逐渐确立和形成。关于历史剧的史观问题在这一阶段得到讨论，邵荃麟、陈白尘、茅盾、田汉、柳亚子、欧阳予倩等作家都发表了看法，写历史剧加进一点"新的东西"成为共识。在解放区，旧剧改革强调的是加进"新的内容"，直接为现实斗争服务，例如《逼上梁山》和《三打祝家庄》经过改编之后成为样板得到推广，从而创造出能直接为战争、生产、教育服务的新编历史剧本，这为新中国历史剧的创作提供了参考对象。

"十七年"发生过两次大的关于历史剧创作的大讨论，这说明延安解放区遗留下来的旧剧改革问题还需要进一步完善和规划。第一次发生在 50 年代初期，参与讨论的主要人物有杨绍萱、艾青、阿甲、何其芳、陈涌、光未然等，论争的主要问题是历史剧中的"历史"一味为"现实"服务是否合理。这一时期改编的《牛郎和织女》《新天河配》《大名府》等历史剧为了配合文艺为政治和现实服务的政策，

---

[01] 郭沫若：《历史·史剧·现实》，《戏剧月刊》1943 年 4 月第 1 卷第 4 期。

大胆进行了现代改编，阶级斗争的内容、统一战线的寓意、土地改革的宣传，甚至对抗美援朝的拥护和保卫祖国的决心等现代社会生活都融合进这些历史剧，作为最主要的内容和主题给予呈现。杨绍萱作为《逼上梁山》的主要作者参与了50年代新历史剧的创作，他改编的《新天河配》就是借用牛郎织女的古代故事来表现朝鲜战争，在《新白兔记》中又加进了民族战争的内容，所谓"新"其实就是打破旧故事的框架，填塞新时代正在发生的社会生活和革命斗争，他说："处理正式的历史剧不应当做一般性故事剧来处理，倘把一部中国社会发展史变成一个模样，那对于人民认识祖国的历史是有妨害的。"[01] 杨绍萱关于历史剧的创作和理论遭到了艾青、周扬、何其芳、光未然等人的反对，他们称杨绍萱为"反历史主义者""主观主义者"，其作品用了"非现实主义的创作方法"[02]，在已经定型的"历史"之上强加"现实"是对历史事件和历史人物的歪曲和篡改，对于读者和观众会起到负面的引导作用。第二次大讨论发生在60年代初期，参与讨论的主要人物有吴晗、李希凡、茅盾、朱寨、杨宽、齐燕铭、王子野、沈起炜、高端洛等，论争的主要问题是历史真实与艺术真实之间的关系如何定位以及历史剧在新的历史条件下如何发挥作用。吴晗发表《谈历史剧》《再谈历史剧》《论历史剧》《怎样看历史剧》《历史剧是艺术，也是历史》等一系列文章，明确提出"历史剧是艺术，也是历史"的观点，主张历史剧的创作要忠实于历史、求真，人物与事件的叙述要遵守史实，"在这个原则下，剧作家有充分虚构的自由，创造故事，加以渲染、夸张、突出、集中，使之达到艺术上完整的要求"[03]。李希凡针对吴晗的观点提出"历史剧是艺术，不是历史"的观点，历史剧和历史是两个不同的概念，历史剧不能代替历史，科学领域不同，一个是"虚构"，一个是"史实"，他说："历史剧毕竟是戏，是艺术创作，它的艺术真实和历史真实的关系，正像一般文艺创作中的艺术真实和生活真实的关系一样——它来源于历史真实，历史真实是它的基础，但又毕竟不是历史事实的还原，历史事实的翻版。"[04] 因此历史剧

[01] 杨绍萱：《论戏曲改革中的历史剧和故事剧问题》，《人民戏剧》1951年第3卷第6期。

[02] 何其芳：《反对戏曲改革中的主观主义公式主义》，《人民日报》1951年11月16日。

[03] 吴晗：《谈历史剧》，《文汇报》1960年12月25日。

[04] 李希凡：《"史实"与"虚构"——漫谈历史剧创作中的历史真实与艺术真实的统一》，《中国戏剧》1962年第2期。

的创作应当允许自由虚构，没有虚构就不成戏剧，当然他也强调这种艺术虚构是以历史生活作为基础的，只有将两者结合起来才能创造出高质量的文学作品。可见，自从新文学以来一直困扰历史剧作家的问题在高度一体化的当代文坛还是没有得到圆满解决。历史剧创作大讨论促使作家通过文学作品来表达和阐述他们的观点，从而掀起了历史剧创作的热潮。另外一个原因是，作家们在创作现实生活题材时受到了种种约束和限制，加之政治意识形态的敏感性，为了保险起见，他们往往转向历史题材的创作，历史剧（其实还有历史小说）应运而生，"古为今用""推陈出新"的文艺政策体现出对创作积极的推动作用。1958 年至 1962 年间，以历史剧形式写作的话剧创作出现了高潮，不仅作家参与人数多，创作数量多，而且质量高，影响大，成为当代文坛的一大收获。郭沫若的《蔡文姬》《武则天》，田汉的《关汉卿》《文成公主》，吴晗的《海瑞罢官》，曹禺的《胆剑篇》，朱祖贻和李恍执笔的《甲午海战》等为其中的重要作品。

　　郭沫若在历史题材创作方面造诣颇高，将诗人气质融入浩大的历史场面，这是作家的一贯做法。50 年代末 60 年代初，郭沫若先后创作了《蔡文姬》《武则天》和《郑成功》三部历史剧，但后者的影响远不如前两者大，这可能与前两者的写作目的是为历史人物"翻案"有关，争议性也较大。郭沫若在《蔡文姬》和《武则天》中延续了关注妇女解放问题的传统，这早在"五四"时期他创作"三个叛逆的女性"（《聂嫈》《卓文君》《王昭君》）时已经众人皆知，为女性追求平等解放、人格独立的行动献了一曲赞歌。郭沫若的历史剧《武则天》为颇有争议性的历史人物武则天"定型"，从而使得她从饱受非议和嘲讽的反面人物转向值得称赞和歌颂的正面人物。武则天与太子贤、裴炎、徐敬业等反对派之间的斗争在剧中以平息"叛乱"的面目出现，这为她的形象定了基调，在此之中她处处以兵法谋略和斗争艺术取胜，更重要的地方在于她热爱百姓，宽厚仁慈，知人善用，以崇高的道德感召力量获得了广泛拥戴。第三幕

郭沫若的《蔡文姬》和《武则天》

第二场武则天对众多大臣剖示自己的心迹："我辅佐先帝二十多年，我夙兴夜寐，不敢顾恤自己的身子，我但愿天下的百姓能安居乐业。我不愿天下分崩，自相残杀；也不愿边疆多事，烽火连天。二十多年来我励精图治，劝课农桑，选拔贤良，和谐万邦，丝毫也不敢苟且偷安。"其贤明程度由此可见一斑。武则天把上官婉儿的祖父和父亲都杀掉了，却毫不犹豫地将她留在自己身边，用了六年时间去"感化"对方，最终连上官婉儿都觉得自己的父亲和祖父是要谋害好人，罪有应得，并这样评价武则天："天后是一位好人，当今天下离不了她。"这样的高度，真正是亘古未有，可以看出其中有着作家对武则天的主观厚爱和拔高。1923 年郭沫若计划写"三个叛逆的女性"原本包括蔡文姬、卓文君和王昭君，虽然后来以聂嫈取代了蔡文姬，但是蔡文姬却如影随形，始终盘旋在作家脑海里。历史上和文学史上的蔡文姬和其他女性人物一样饱受颠沛流离之苦，其人生哀婉沉痛，充满了悲剧色彩，历来有关"文姬归汉"的戏曲无不令人嘘唏动容。郭沫若一改旧辙，重书新义，更多地从人文主义出发，将蔡文姬置于反封建礼教、争取女性解放的背景框架内，她不再是受辱者，而是主动离家，肩负重任，作家通过第一幕左贤王的话语交代得很清楚："文姬，你安心回去吧。你回去，遵照曹丞相的意愿，继承岳父伯喈先生的遗业，撰修《续汉书》，比你在匈奴更有意义。"蔡文姬俨然成为民族团结与和睦相处，彰显爱国主义精神的化身与象征，原先浓烈的悲剧色彩已经荡然无存，而这个美好的人物形象的刻画又与另一个重要人物形象曹操息息相关。《蔡文姬》中的曹操也因此成为促进民族文化发展的功臣，而不再是"奸臣"，郭沫若说得很清楚："我写《蔡文姬》的主要目的就是要替曹操翻案。曹操对于我们民族的发展，文化的发展，确实是有过贡献的人。"[01] 郭沫若彻底颠覆了一千多年以来历史和文学史上曹操的奸臣形象，赋予他崭新的面貌。作家把他刻画成一位有天下为公胸襟的领袖，他在统一北方之后，励精图治，把国家治理为一派欣欣向荣、太平盛世的图景。郭沫若为了重新塑造"另一个"的人物，不惜篡改历史，可谓用心良苦，其背后有着深刻的政治目的和现实诉求。在第四幕第二场归汉途中，蔡文姬一路走一路感

[01] 郭沫若：《中国农民起义的历史发展过程——序〈蔡文姬〉》，《收获》1959 年第 3 期。

慨："我自从回到汉朝，经过长安来到邺下，一路之上，我所见到的都是太平景象，真叫我兴奋。我活了三十一年，这还是第一次看到的。"这是典型的借古寓今，展现的景象与中华人民共和国成立之后体现出来的热火朝天的社会主义伟大事业建设的景象何其相似。郭沫若一直自比为蔡文姬，"蔡文姬就是我！——是照着我写的"，两人都是历经困苦和磨难而最终被委以重任，知识分子的身处逆境与不甘沉沦都是相通的，在共同的人生体验之上表达出国家安定和民族团结的思想主题和崇高境界。

田汉在当代继续从事他的戏剧探索之旅，主要创作出了《关汉卿》《文成公主》《白蛇传》《西厢记》《谢瑶环》等历史题材作品，后面三部为戏曲，主要以改编为主。《白蛇传》消除了旧本繁复冗长的结构，田汉站在新的时代立场围绕白素贞与法海之间的矛盾斗争突出展开故事情节，将34出的旧剧改为26出，最后再压缩为16出，给人以紧凑严谨之感。《西厢记》保留了男女主人公对爱情的大胆追求，突出反封建主题，改编的重点在于人物性格，强化了莺莺的主动性和积极性，提升了张生的思想境界，歌颂了红娘的正义和献身精神，同时进一步加剧矛盾冲突，以配合当代斗争化的现实。《文成公主》是田汉听取周恩来意见而改编的历史剧，重在表达民族团结的主题，因缺少创新性而阻碍了作家艺术才能的发挥。《谢瑶环》和《海瑞罢官》一起刻画了"清官"形象，相比海瑞，谢瑶环作为一名女性"清官"压力更大，阻力也更大。田汉目睹三年困难时期国家和人民遭受的巨大的灾难，实际上是希望通过谢瑶环来表现"为民请命"的精神在当代的亟须和迫切，只是连田汉自己都没有想到，这成为日后遭到批判的靶子，把自己也牵连进去了，《谢瑶环》也因此成为他文学生涯的绝唱。《关汉卿》是这一时期田汉最重要的作品，也是当代戏剧史上的一大收获，流传较广。1958年，关汉卿被世界和平理事会确认为"世界文化名人"，田汉作为代表承担了为关汉卿写戏的任务，用了不到一个月时间就完成任务，可见作家对关汉卿怀着相当的崇敬之情。更难能可贵的是，当时处于反右派斗争背景，"大跃进"的浪漫主义激情席卷而来，《关汉卿》却是田汉以严谨的态度创作出来的现实主义杰作。历史记载的关于关汉卿的

田汉的《关汉卿》

资料少之又少，田汉另辟蹊径从关汉卿传世的十八种剧作和七十多首散曲中寻找有关他的性格和精神的资料，推测他的生平和为人，毕竟作家的行为会有意无意渗透到自己的作品中，刻画人物形象自然成为《关汉卿》的最主要目标。田汉在阅读《不伏老》这首曲子时发现了最好的概括关汉卿性格的句子："我却是个蒸不烂，煮不熟，捶不扁，炒不爆，响当当的一粒铜豌豆。"因此，尽管关汉卿并不是官员，却仍然以"为民请命"的英雄气概向那个吃人的社会发出呐喊。作为知识分子，他以笔为武器，创作杂剧来揭露社会的贪污腐化，上层社会的虚伪凶残，以及抒发对底层劳动人民深深的同情和热爱。关汉卿和朱帘秀的爱情在写剧、改剧和演剧的过程中一步一步变得坚不可摧，这就是戏中戏的艺术形式。在第二场中，朱小兰含冤而死，关汉卿通过《窦娥冤》进行了义正词严的控诉，"把这些滥官污吏的嘴脸摆在光天化日之下示众"，"替那负屈衔冤的好心女子鸣鸣冤、吐吐气"，并通过朱帘秀的本色表演淋漓尽致地体现出来，面对统治阶级的胁迫却斗争到底，决不改戏。田汉的一生也正是如此度过，为劳动人民写戏，揭露上层社会的凶残暴戾，决不投降，这一点与关汉卿是相通的，所以才能刻画出一个如此成熟、生动、丰满的人物。在全剧的结尾，田汉一再修改，最终将"蝶双飞"改为蝶分飞，凸显了悲剧色彩，避免了俗套的"大团圆"结局，但从中也透射出作家的矛盾与无奈心理。

四、"革命教育"话剧

"革命教育"话剧是战争年代的产物。在残酷的战争环境下，为了团结军民，一致抗敌，部队文艺工作者往往通过话剧形式来展开生动形象的宣传教育，"革命教育"话剧是流行最广影响最大的一种戏剧模式。从根本上来说，"革命教育"话剧是教育性的而非艺术性的，但是它借助了文学艺术生动活泼的形式而得以开展，人物形象的刻画、故事情节的推进、主题思想的呈现最终都是为了一定的教育和宣传工作。尤其是在救亡图存的特殊阶段，它带动了大多数人参加，学生演剧、农民演剧、士兵演剧、商人演剧、家庭妇女演剧风靡一时，成为"团结人民、教育人民、打击敌人"的有力武器。中华人民共和国成立之后，"革命教育"话剧的传统进一步发扬光大，并发生了一些新变化，主要是转向国家形象的构建和民族意志的强化，同时对当代社会生活的变化起着重要的导向作用。以 1957 年为界，"革命教育"话剧的发展分为两个阶段。

　　1949 年至 1957 年是"革命教育"话剧发展的第一阶段，主要以军事题材为主，因表现国内革命战争、抗日战争、解放战争时期的社会生活、革命领袖的光辉事迹、英雄人物的成长历程以及军民一家的感人情景等内容而受到推崇。鲁煤等集体创作的《红旗歌》、胡可等集体创作的《战斗里成长》、陈其通的《万水千山》、石凌鹤的《方志敏》等，是这一时期影响最大的代表作品。《红旗歌》的时代特征相当突出，是以边写边排的方式完成的表现城市产业工人新生活的话剧。在"前方打老蒋，后方挖蒋根"的背景下，鲁煤等血气方刚的年轻人将参与政治和宣传方面的经验用话剧的形式表现出来，共产党人与大兴纱厂工人阶级团结互助，一齐从解放区迈入新中国。《战斗里成长》为四幕话剧，系由 1948 年胡可和轻影等人集体创作的应时宣传剧《生铁炼成钢》改编而成。全剧以赵石头的复仇经历为主要线索，描写了一个普通农民从自发反抗逐渐成长为有高度觉悟的革命战士的光辉历程，战斗教育了人，改变了人，"从积极方面启发部队的阶级觉悟" [01]。陈其通是"十七年"文学史上的一位重要剧作家，革命战争年代著有《黄河岸上》和《炮弹》等话剧，中华人民共和国成立后著有《炮弹是怎样造成的》《井冈山》《同志间》《万水千山》《通天喜》和《阶级兄弟》等话剧，影响较大。《万水千山》是陈其通的代表作，为作家参与的两万五千里长征革命生涯的生动再现。最初的话剧写于 1938 年，题为《艰苦路程两万里》，1948 年改编为《二万五千里长征记》，1949 年易名为《铁流二万五千里》，1954 年再度修改并重新命名为《万水千山》，由解放军总政治部话剧团在全国公开首演，引起轰动。《万水千山》全剧共六幕七场，再现了举世瞩目的中国红军长征历程，是一部名副其实的"长征记"。在结构安排上，陈其通打破了流水线式的时间顺序进程，而以空间场景来重现长征的磅礴气势与英勇壮举，娄关山、桃花寨、大渡河、毛儿盖、大草地、腊子口等不同的场所组成了全剧的框架，通过这几个具有代表性的长征片断来

---

[01] 胡可：《〈战斗里成长〉的创作经过和几点体验》，《人民戏剧》1950 年第 1 卷第 2、3 期合刊。

陈其通的《万水千山》

展现毛泽东直接领导下的中国工农红军的伟大胜利。作者运用现实主义和浪漫主义相结合的创作方法，将这些重大的历史事件串联起来，通过艰苦悲壮的场面描写来表现红军的革命英雄主义精神。《万水千山》成功塑造了英雄人物形象，其中最出色的是红军第一方面军某部一营教导员李有国，"李有国使观众感受到那个时代的脉搏和呼吸！这给创作领域带来了新的收获"[01]。李有国是典型环境中的典型人物形象，坚持原则又不刻板，坚强勇敢又足智多谋，幽默风趣又诚挚热情，在流尽最后一滴热血之际仍然亲自指挥战斗。作者在他身上寄寓了革命者高尚的品格和不屈的精神，起到教育全党全军的重要作用。《万水千山》的修改和演出还引起了国家领导人的注意，并介入其中，可见这个话剧在当时的重要地位，它的反复不断的修改也是为了突出正面宣传的效果。1964 年 7 月，毛泽东对《万水千山》的修改提出两点建议：一是要写一、二、四方面军大会合，二是务必要把《万水千山》改好。邓小平也在 1975 年 10 月 1 日再次公演时提出了自己的建议，对红二方面军的描写、路线斗争问题、根据地的划定、直罗镇战役的意义、三个方面军会师的处理等问题都进行了详细指导。[02]

　　1958 年至"文革"前夕是"革命教育"话剧发展的第二阶段，这一时期的作品除了继续挖掘战争年代的生活矿藏，同时还将笔触伸向和平时期的生活万象，数量之多，影响之大，前所未有，例如刘云的《八一风暴》、顾宝璋和所云平的《东进序曲》、傅铎的《冲破黎明前的黑暗》、刘川的《第二个春天》、沈西蒙等的《霓虹灯下的哨兵》、赵寰的《南海长城》、林荫梧的《海防线上》、刘擎天的《杨靖宇》、马吉星的《豹子湾的战斗》、白刃的《兵临城下》、胡可的《战线南移》、黄悌的《钢铁运输兵》、杜烽的《英雄万岁》、邵宏大的《啊，将军》、所云平的《东进，东进！》、王军等的《一代英豪》、刘佳等的《平津决战》、东生的《巍巍昆仑》、李伯钊等的《北上》、马融的《转战陕北》、张仲明执笔的《战洪图》和《青松岭》等。这些"革命教

新中国文学的开端——十七年文学史

---

[01] 侯金镜：《要高山低头河水让路的英雄性格——试谈〈万水千山〉中李有国的形象》，《侯金镜文艺评论选集》，人民文学出版社 1979 年版，第 65 页。

[02] 邓小平：《关于〈万水千山〉的谈话》，《党的文献》2004 年第 4 期。

育"话剧在题材上继续重现重大的军事战略行动，塑造革命领袖和英雄人物形象，同时还力图表现中华人民共和国成立以来的社会主义新生活，话剧发展空间进一步扩大。不过，受到"浮夸风"和左倾文艺思潮的影响，"革命教育"话剧普遍存在"写中心""赶任务"的弊端，过于强调阶级斗争，抑制了作家的艺术想象力。例如胡可的五幕话剧《槐树庄》是社会主义现实教育之作，在农业合作化和人民公社运动的大背景下强调以"阶级斗争为纲"的思想重于一切。剧中人物郭大娘依照人民子弟兵的母亲戎冠秀的事迹来塑造，是革命的象征和化身，为时代精神的体现。值得一提的是，作家刻画了落后农民刘老成和李满仓在农业合作化过程中的犹疑和焦虑心情，较早反映了普通老百姓的真实想法和愿望，当然，为着"革命教育"的最终目的，他们注定受到批判和否定。

　　《霓虹灯下的哨兵》是这一时期影响最大的话剧作品之一，曾拟名《南京路进行曲》《霓虹灯下遭遇战》《霓虹灯下的奇兵》等，由沈西蒙（执笔）、漠雁、吕兴臣集体创作，一共九场，1962 年发表于《剧本》月刊，并由解放军南京军区前线话剧团首演，引起轰动。《霓虹灯下的哨兵》题材新颖，以 1949 年解放初期的上海为背景，生动再现了"南京路上好八

《霓虹灯下的哨兵》剧照

连"的感人事迹，实际上表现的是和平时期革命队伍如何抵制资产阶级"糖衣炮弹"腐朽思想侵蚀的主题。排长陈喜在战场上敢于冲锋陷阵，为革命成功立下汗马功劳，然而初进"十里洋场"的大上海，却被阵阵"香风"吹晕了头脑，急于享受物质生活，瞧不起曾经生死与共的糟糠之妻春妮，正如剧中所写："党培养他这么多年，没倒在敌人的枪炮底下，却要倒在花花绿绿的南京路上了！"在连长鲁大成和共产党员妻子春妮的教育下，他幡然醒悟，重拾革命精神的力量。这里贯穿着两条矛盾线索，一条是敌我之间的矛盾，另一条是人民内部矛盾，两者相互交织，传达出中华人民共和国成立初期的紧张局势，而正是在这样复杂的情况之下对人物的思想进行改造才能更好地突出作品的"腐蚀与反腐蚀"的主题。据作家介绍创作经验，该剧为"遵

命文学"："《霓虹灯下的哨兵》是我国经历了三年严重困难之后，特别需要在全国人民中间提倡艰苦奋斗精神的时候，我们迫于时代的要求，奉命投入创作的。"[01] 因此，对"南京路上好八连"事迹的文学艺术呈现并不仅仅是一个收集材料的过程，同时也是一个加工过滤的过程，是为了凝聚民心、防"修"反"修"之教育需要，该剧的创作和演出均得到毛泽东、周恩来、邓颖超等国家领导人的重视与教诲，并迅速确立了其经典地位。

"革命教育"话剧着眼于为现实服务，强调"社会主义教育"的重要性，其目的主要是对年轻一代进行革命传统和阶级斗争教育，丛深的《千万不要忘记》和陈耘的《年青的一代》是其中的代表性作品。《千万不要忘记》又名《祝你健康》，之前还用过《还要住在一起》和《鸭子和钥匙》等题目，原为轻喜剧，后来在准备进京汇报演出的过程中受到毛泽东在 1962 年党的八届十中全会上提出的"千万不要忘记阶级斗争"口号的影响而更名，并加入了阶级斗争的时代主题。作者丛深在创作中的立意也越来越明显，那就是："我决定通过描写一场无产阶级思想和资产阶级思想的争夺战，来歌颂无产阶级思想，批判资产阶级思想。"[02]《千万不要忘记》的故事情节很简单，是以 1962 年春某电机厂一个工人家庭的矛盾冲突来展开的，"资产阶级"的代表人物姚母为了买套毛料服而让女婿丁少纯去打野鸭子贩卖，以赚取"外进项"，丁少纯因此误工，并差点给工厂带来严重后果。这种行为激怒了"无产阶级"的代表人物丁海宽，他强烈批判姚母这种刻意"培养资产阶级的接班人"的腐朽思想，认为像她这样的人和行为普遍存在，任由发展必将祸国殃民，必须警惕和斗争到底，在剧末他慷慨激昂地说道："不但要抵抗，还要主动进攻；不但要搞好'个人卫生'，还要搞好'环境卫生'，要像医

丛深的《千万不要忘记》　　陈耘的《年青的一代》

[01] 沈西蒙、漠雁、吕兴臣：《〈霓虹灯下的哨兵〉创作回顾》，《戏剧艺术》1979 年第 2 期。
[02] 丛深：《〈千万不要忘记〉主题的形成》，《中国戏剧》1964 年第 4 期。

生和防疫员那样去杀菌消毒!"一直以来,"治病救人"和"消毒"是革命文学重点表现的内容,批判了资产阶级病入膏肓的末路形势,宣扬了只有无产阶级能够承担整治重任,这就是所谓的要给年轻的丁少纯们"常打防疫针","杀死病菌","增强抵抗力!"实际上,丁海宽设置的"阶级斗争"纲线之上的细节都是生活琐事,例如打野鸭子、买毛料服、掉落钥匙、工厂旷工等,但是却被视为干私活挣钱多了,生活享受了,势必影响工作和学习,于是亲人和亲人之间的"包围""浸染"和"腐蚀"也就成了错综复杂的"阶级斗争",因为关系到培养出"革命的接班人"还是"资产阶级的接班人"这一势不两立的重大问题。陈耘的四幕话剧《年青的一代》也是当时广受欢迎的剧目,并给青年以巨大的革命教育影响:"他们中很多人从中受到了深刻的教育,认识到必须警惕和抵制资产阶级思想的侵蚀;决心学习萧继业那种艰苦奋斗、不怕困难、勇往直前的革命精神。"[01]《年青的一代》的时代主题也相当鲜明,为了教育青年,批判资产阶级个人主义,反对现代修正主义。剧中人物的性格特征主要是通过对比手法来表现的,对年轻一代林育生和萧继业的对比贯穿始终,前者害怕吃苦,借助欺骗手段逃避责任,后者勇于牺牲自我,自愿到边远的西北地区贡献自己的力量和青春;对老一辈人物形象的塑造也是通过对比来实现的,林育生的养父林坚、萧奶奶和林育生的养母夏淑娟的育人态度在一定程度上也影响和决定着年青的一代对于生活和未来的抉择,寓意"治病救人"的革命任务任重道远。党在关键时刻的关怀和教育拯救了年青的一代,使其远离资产阶级"糖衣炮弹"的侵蚀,林育生最终"归队去","准备好接受任何考验了"。这些"社会主义教育剧"围绕青年的成长主题,立足于一定的生活基础,与时代保持着密切的联系,但是由于过度依赖于"阶级斗争"的理念来推动情节和解决问题,同时也丧失了直视生活本质的可能,当人们普通的日常生活都被念上了政治意识形态的紧箍咒,对青年的教育也注定在充满焦虑感的氛围下进行。耐人寻味的是,这些"革命教育"剧如火如荼地展开与"大写十三年"的创作指导口号是分不开的,一旦跌入"阶级斗争"主题的范畴,它们注定沦为建立在共识基础之上的简单的演化编年史。

---

[01]《〈年青的一代〉受到热烈欢迎》,《上海戏剧》1963 年第 11 期。

参考书目

[1] 毛泽东.毛泽东选集:第 1 卷 [M].北京:人民出版社,1991.

[2] 毛泽东.毛泽东选集:第 2 卷 [M].北京:人民出版社,1991.

[3] 毛泽东.毛泽东选集:第 3 卷 [M].北京:人民出版社,1991.

[4] 毛泽东.毛泽东选集:第 4 卷 [M].北京:人民出版社,1991.

[5] 周扬.周扬文集:第 1 卷 [M].北京:人民文学出版社,1984.

[6] 周扬.周扬文集:第 2 卷 [M].北京:人民文学出版社,1985.

[7] 周扬.周扬文集:第 3 卷 [M].北京:人民文学出版社,1990.

[8] 周扬.周扬文集:第 4 卷 [M].北京:人民文学出版社,1991.

[9] 周扬.周扬文集:第 5 卷 [M].北京:人民文学出版社,1994.

[10] 邵荃麟.邵荃麟评论选集(上、下)[M].北京:人民文学出版社,1981.

[11] 冯雪峰.冯雪峰论文集(上、中、下)[M].北京:人民文学出版社,
     1981.

[12] 张光年.张光年文集 [M].北京:人民文学出版社,2002.

[13] 胡风.胡风评论集 [M].北京:人民文学出版社,1984.

[14] 朱寨.中国当代文学思潮史 [M].北京:人民文学出版社,1987.

[15] 李扬.中国当代文学思潮史 [M].上海:上海社会科学院出版社,2005.

[16] 李华盛.周立波研究资料 [M].长沙:湖南人民出版社,1983.

[17] 黄修己.赵树理研究资料 [M].太原:北岳文艺出版社,1985.

[18] 中国赵树理研究会.赵树理研究文集·外国学者论赵树理 [M].北京:

中国文联出版公司，1998.

[19] 陈荒煤．赵树理研究文集·近二十年赵树理研究选萃 [M].北京：中国文联出版公司，1998.

[20] 孙大佑，梁春水．浩然研究专集 [M].天津：百花文艺出版社，1994.

[21]《中国当代文学研究资料丛书》编委会．柳青专集 [M].福州：福建人民出版社，1983.

[22] 牛运清．中国当代文学研究资料·长篇小说研究专集（上、中）[M].济南：山东大学出版社，1990.

[23] 崔西璐．刘绍棠研究专集 [M].重庆：重庆出版社，1985.

[24] 袁良骏．丁玲研究资料 [M].天津：天津人民出版社，1982.

[25] 周良沛．丁玲传 [M].北京：北京十月文艺出版社，1993.

[26] 陈思和．中国新文学整体观 [M].上海：上海文艺出版社，2001.

[27] 华中师范大学《中国当代文学》编写组．中国当代文学 [M].2版.上海：上海文艺出版社，1989.

[28] 陈思和．中国当代文学史教程 [M].上海：复旦大学出版社，1999.

[29] 孟繁华，程光炜．中国当代文学发展史 [M].北京：中国人民大学出版社，2009.

[30] 洪子诚．中国当代文学史 [M].北京：北京大学出版社，2007.

[31] 吴秀明．中国当代文学史写真 [M].北京：北京大学出版社，2010.

[32] 洪子诚．中国当代文学史·史料选（1945—1999）（上、下）[M].武汉：长江文艺出版社，2002.

[33] 洪子诚．二十世纪中国小说理论资料（1949—1976》（第五卷）[M].北京：北京大学出版社，1997.

[34] 洪子诚．文学与历史叙述 [M].郑州：河南大学出版社，2005.

[35] 洪子诚．当代中国文学的艺术问题 [M].北京：北京大学出版社，1986.

[36] 洪子诚．问题与方法——中国当代文学史研究讲稿 [M].北京：生活·读书·新知三联书店，2002.

[37] 孟繁华．中国当代文学通论 [M].沈阳：辽宁人民出版社，2009.

[38] 陈晓明．中国当代文学主潮 [M].北京：北京大学出版社，2009.

[39] 程光炜．文学想像与文学国家——中国当代文学研究（1949—1976）[M].郑州：河南大学出版社，2005.

[40] 程光炜.文学史的兴起 [M].郑州：河南大学出版社，2009.

[41] 李向东，王增如.丁陈反党集团冤案始末 [M].武汉：湖北人民出版社，
2006.

[42] 李辉.胡风集团冤案始末 [M].武汉：湖北人民出版社，2003.

[43] 秦林芳.丁玲的最后 37 年 [M].北京：中国文史出版社，2006.

[44] 孙玉明.红学：1954[M].北京：北京图书馆出版社，2003.

[45] 陶东风.文学史哲学 [M].郑州：河南人民出版社，1994.

[46] 郜元宝.小批判集 [M].上海：复旦大学出版社，2008.

[47] 南帆.叩访感觉 [M].上海：东方出版中心，1999.

[48] 南帆.理论的紧张 [M].上海：上海三联书店，2003.

[49] 钱理群.1948：天地玄黄 [M].济南：山东教育出版社，1998.

[50] 洪子诚.1956：百花时代 [M].济南：山东教育出版社，1998.

[51] 陈顺馨.1962：夹缝中的生存 [M].济南：山东教育出版社，2002.

[52] 杨鼎川.1967：狂乱的文学年代 [M].济南：山东教育出版社，1998.

[53] 王光东.20 世纪中国文学与民间文化 [M].上海：复旦大学出版社，
2007.

[54] 李杨.抗争宿命之路——“社会主义现实主义”（1942—1976）研究
[M].吉林：时代文艺出版社，1993.

[55] 董之林.旧梦新知：“十七年”小说论稿 [M].桂林：广西师范大学出
版社，2004.

[56] 蓝爱国.解构十七年 [M].上海：华东师范大学出版社，2003.

[57] 於可训.当代文学：建构与阐释 [M].武汉：武汉大学出版社，2005.

[58] 李遇春.权力·主体·话语——20 世纪 40—70 年代中国文学研究
[M].武汉：华中师范大学出版社，2007.

[59] 余岱宗.被规训的激情——论 1950、1960 年代的红色小说 [M].上海：
上海三联书店，2004.

[60] 席扬.多维整合与雅俗同构——赵树理和“山药蛋派”新论 [M].北
京：中国社会科学出版社，2004.

[61] 方维保.红色意义的生成——20 世纪中国左翼文学研究 [M].合肥：
安徽教育出版社，2004.

[62] 戴锦华.涉渡之舟——新时期中国女性写作与女性文化 [M].北京：
北京大学出版社，2007.

[63] 陈顺馨.中国当代文学的叙事与性别（增订版）[M].北京：北京大学出版社，2007.

[64] 陈顺馨.社会主义现实主义理论在中国的接受与转换[M].合肥：安徽教育出版社，2000.

[65] 孟悦,戴锦华.浮出历史地表——现代妇女文学研究[M].北京：中国人民大学出版社，2004.

[66] 贺桂梅.转折的时代——40—50年代作家研究[M].济南：山东教育出版社，2003.

[67] 贺桂梅.历史与现实之间[M].济南：山东文艺出版社，2008.

[68] 杨联芬.孙犁：革命文学中的"多余人"——二十世纪中国文学论[M].北京：中国文联出版社，2004.

[69] 唐小兵.再解读：大众文艺与意识形态（增订本）[M].北京：北京大学出版社，2007.

[70] 唐小兵.英雄与凡人的时代：解读20世纪[M].上海：上海文艺出版社，2001.

[71] 黄子平."灰阑"中的叙述[M].上海：上海文艺出版社，2001.

[72] 郭冰茹.十七年（1949—1966）小说的叙事张力[M].长沙：岳麓书社，2007.

[73] 汪民安.身体的文化政治学[M].郑州：河南大学出版社，2004.

[74] 许纪霖,陈达凯.中国现代化史第一卷1800—1949[M].上海：上海三联书店，1995.

[75] R.麦克法夸尔,费正清.剑桥中华人民共和国史：革命的中国的兴起（1949—1965）[M].北京：中国社会科学出版社，1990.

[76] 费正清.伟大的中国革命（1800—1985年）[M].刘尊棋,译.北京：世界知识出版社，2001.

[77] 朱正.1957年的夏季：从百家争鸣到两家争鸣[M].郑州：河南人民出版社，1998.

[78] 王丽丽.在文艺与意识形态之间——胡风研究[M].北京：中国人民大学出版社，2003.

[79] 陈徒手.人有病 天知否——一九四九年后中国文坛纪实[M].北京：人民文学出版社，2000.

后　记

　　本书所述评的内容，是新中国文学的开端。这开端颇为独异，因为它与新中国的开端不够合拍：新中国的开端是焕然一新的，摧枯拉朽的，昂首阔步的，而文学的开端和进程里有一种现成的认识方法。自现代中国以来，文学的作用妇孺皆知。新中国更是看重文学的作用，不仅是说一般的精神生活是国家存在的组成部分，而是进一步说，人民为胜利、为独立、为自由而展开的一切斗争，其较高的开端是起于精神之内。于是，新中国发挥了它的主观能动性，对文学进行了大规模的引导和改造，在很短时间内使得文学的创作和国家的建设保持同步。这样，新中国文学释放了它的力量，举起了它的旗帜，激发了最广大人民的爱国热情和正义感。由这开端启发的传统，现在仍在继续和发展。

　　本书所述评的内容，也是与历史紧密关联的，材料从历史中挖掘，思维从历史中编织，思想从历史中构建——它们贯穿的共同主题是人性。当然，由于各种原因，历史中有价值的东西可能被遗漏和忽视。但请相信，这不是故意的。汤因比说过："这主要是他人的历史，而不是我自己的历史。"为了将新中国文学述评得更清晰，更好理解，我们只有将它放到与历史的背景和发展

新中国文学的开端——十七年文学史

中来加以表现。也许在历史描述上是薄弱的、不够全面的，但在历史中贯穿的文学描写的人性是厚重的、有规律的。

本书由两个人完成，恰恰得益于人性的相通和不变，不同的问题、方法和观点被两个人成功地采纳是很难得的。具体分工是：李蓉主要负责第一章到第五章的写作，首作帝主要负责第六章到第九章的写作。

书中出现的大量图片，来源广泛，渠道众多，图书、杂志、报纸、网络等等，凝聚着许多人的心血。其中无疑有不劳而获的私心，但也是想将这些杰出的成果加以推广，让人们更多地、更好地熟知新中国文学的伟大和辉煌。恳请您的理解，并致以崇高的问候。倘若您——包括读者——有任何批评意见，请与我们联系，那是最催人奋进的一种力量。文学和人性的交流，永不停止。

首作帝

2019 年 10 月 30 日